白洛因，這人特個性，而且特聰明，寫得一手好字。不屬於大眾帥哥，但是帥得很有特色。單看五官，哪個都不出色，但是配到一起，組合出一股特殊的味道。

顧海，挺拔的身姿彰顯了軍人世家的風範，
即便是以一種散漫的姿態，都散發出血氣方剛的男兒氣魄。

尤其，總是保持冷酷的形象，只要走在路上，總會帶著一副耳機，
誰和他打招呼他都是一副聽不見的樣子。

楊猛，名字和人大相徑庭，人家同齡的孩子都在外面和泥巴、上樹，
他躲在家裡剪紙、做針線活。

白洛因早就猜到顧海會贏，但沒想到會贏得這麼霸氣。
他的體能水準，已經達到了常人不能企及的地步。

顧海那雙狡黠的眼睛，明著是剛毅沉斂的目光，
暗裡卻藏著蠱毒一般的狡詐。

悶了一天的雨，終於下起來了。
雨簾外的白洛因，渾身上下的衣服都已濕透，
黏在了身體上，勾勒出一副頎長勻稱的好身材。

上癮

ADDICTION

vol 1

柴雞蛋 著

腦洞開到最大的極致妄想，浪漫得教人上癮！

占星專家／唐立淇

相信很多對BL有興趣的人都跟我一樣，因為追了網路劇的關係，開始回頭尋小說來看，畢竟，劇裡很多細節沒顧到，看得人一頭霧水。好比顧海對白洛因產生興趣的開始與原因，怎麼沒頭沒腦被罵幾句後就「眼裡只有他」了？讀了小說，才知原來白洛因字寫得好看，而顧海是個字控，這才恍然大悟。

讀《上癮》小說也讓我終於大大滿足，從等劇的焦慮中被拯救，雖然第二季遙遙無期，但反正已看過第一季了，知道後面的劇情，所有畫面都可以自動腦補，誰叫我們是有特異功能又擅長妄想的腐女呢？

唯一要敬告「圈外人」的是，請勿以文學的標準看待BL創作，若以此為準，《上癮》絕對有許多值得吐槽之處：好比父親把兒子關在地洞八天不吃不喝，這真的很不實際啊！照說到第三天，人就會死了吧，哪有父親還能無動於衷？或墜機在全世界都尋不到的地方，愛人卻能第一時間自帶GPS般搜尋而至，成就分離八年後，終能「綁在一起，哪都別想去」的夢幻療癒場景（當然是療癒腐女）……

感人肺腐推薦——

通篇之中，諸如此類「不合理但腐女能接受且釋然」的安排比比皆是，因為那都是超受歡迎的老哏，而能成老哏，就因為管用、受歡迎啊！因此要問的並非劇情合不合理，而是老哏運用巧不巧妙，不用老哏，腐女才悶呢。

所謂老哏，就是用不可思議的阻礙來凸顯熱戀忠貞；面臨死亡才知道愛有多濃烈（只能瀕死不能真死）；集優點於一身，卻對愛虐待他的人死纏爛打，才顯得出專情至極……是的，我們終生都在期待這種不切實際能發生在自己身上吧，否則怎會被這些不合理吸引？（是的，我們自己知道）。那，既然都不切實際了就不切到底吧……畢竟我們知道老哏的作用是什麼，畢竟尋常強度已不能動搖心旌，腦洞只能一開再開，才能得到我們的笑容。

這也是許多腐女親自下海動手創作的原因，靠人不如靠己，乾脆當起自耕農，妄想自己來，腦洞沒有最大只有更大，能寫出妄想本身就很幸福、很過癮了，若能得到他人共鳴更棒。柴雞蛋絕對是箇中翹楚，《上癮》劇情蜿蜒曲折，內心鋪陳到位、細膩，毫不打折，主角個性夠鮮明，俊美的強攻VS強受又更增添風味，難怪讓人一吃上癮。

嗯，這是部能滿足腐女妄想的BL創作無誤，也能勾起「有為者亦若是」的雄心，是否該把高中時寫的BL小說再拿出來瞧瞧、繼續寫下去呢？

1.

「爸，我媽要結婚了。」

「祝你媽新婚快樂！」

白洛因一個激靈[1]醒了過來，耳根子後面、脖子上全都是汗，暑伏天氣還沒過，每天早上都是被熱醒的。他用手隨便胡嚕了一下，手心都滴答著汗珠子，一大早就讓人冒火。

拖著兩隻趿拉板[2]，白洛因懶洋洋地走到水龍頭底下，腦袋一垂，冰涼的自來水順著脖頸子直接流下來，心裡終於痛快了一點。

白漢旗，也就是白洛因的父親，此刻正在掃院子。一米八五的大個頭，每天窩在家裡操持內務，如果他能把家裡打理得井井有條也就算了，偏偏還做不好。

所以白洛因一直看他不順眼。

刷牙缸子裡的水被白洛因呑到嘴裡再吐出來，他打開水龍頭，想把這些白色泡沫沖下去，結果發現水池子裡的水越來越多，貌似又堵了。

一個分鐘後，白洛因用一根木棍挑起水池裡的一塊破布，水流很快順著水池子的眼兒流了下去。

「爸，您又把我的內褲倒水池子裡了。」

白漢旗剛掃到一半，聽到這話，猛地頓住，扔下掃帚就朝晾衣杆走過去。一個、兩個、三個……數了好幾個來回，都少了一條內褲。不用說，肯定洗衣服的時候落下一個，連同洗衣粉水一起倒進了下水道。

「哎，別扔啊！洗洗還能穿。」

白洛因氣得鼻尖冒汗，「得了，您留著自己穿吧。」

走出家門，繞過一個胡同，碰巧遇到剛出門的楊猛。

楊猛，名字和人大相徑庭，他父親年輕那會兒是村裡有名的小白臉，比娘們兒長得還水嫩，可惜了，那會兒的民風不開放，但凡長成這樣的都遭人膈應[3]。於是楊猛的父親為了改善下一輩的基因，委屈自己娶了一位壯妻，楊猛出生的時候，其父將全部的厚望都寄託在這根獨苗子身上，所以賜他一個「猛」字。

可惜了，這孩子自小就隨他爸，人家同齡的孩子都在外面和泥巴、上樹，他躲在家裡剪紙、做針線活。為此楊猛沒少挨打，他爸每次打完他，都會自己抹一會兒眼淚，然後義無反顧地繼續他的訓子之路。

「你頭髮呢？」

楊猛摸摸自己的頭頂，俊美的臉上浮現一絲哀愁，「得了，別提了，大早上醒來就沒了。」

「你爸昨天晚上偷偷給你剃的？」

「廢話，除了他還能有誰！」

1：突然受驚嚇而打冷顫。
2：拖鞋
3：意為討厭、令人噁心。

白洛因哼笑一聲，「咱倆還真是同命相連。」

楊猛突然想起來什麼，一巴掌拍在白洛因的脖頸上，「昨天你給我打電話，說到半截就掛了，到底想和我說什麼？」

白洛因沉默了半晌，淡淡回道：「我媽要結婚了。」

楊猛聳然直立，「你還有媽呢？」

白洛因深吸一口氣，「你以為我爸是蚯蚓啊？第五節能和第六節交配，自己就完成受精了？」

楊猛笑得肩頭直顫，「你別逗我，我說真的呢，迄小我認識你，就沒見過你媽。」

「胡扯！去年我媽還回家住過一個禮拜，你忘了？我媽經常去你家那邊倒車。」

「哦，我想起來了，那是你媽？怎麼比我侄女還年輕？」

「你是不是找抽啊？」

「不是，我侄女剛生下來沒幾天，一腦袋抬頭紋。」

「新生兒都那模樣兒。」

這下楊猛沒詞了，瞧見白洛因面無表情地走在旁邊，心裡突然掃進一層陰霾。他最好的哥們兒，自小和他爸過著稀裡糊塗的窮日子，現在他媽又要改嫁，心情可想而知。

「這樣吧，我找一群人，去他們婚禮現場砸場子，你覺得怎麼樣？」

「就你？」白洛因擺出一副鄙視的模樣，「你能找來什麼人？一群唱戲的小白臉？和一群部隊官兵作鬥爭？」

「部隊官兵？」楊猛面露驚詫之色，「你媽這是要嫁給誰啊？」

「一名少將。」

楊猛舌頭打結，「這……這麼高軍銜啊……」

「繼續說。」

「說什麼？」

「說你要找的人。」

楊猛俊朗的面孔被頭頂的陽光一照，白得都快透明了。「我要是再找，就等於找死了。」

白洛因突然站住腳，定定地瞧著楊猛，眼睛裡有一團暗藏的火焰，正在緩緩地壓抑著，馬上就要迸發出來的感覺。「沒關係，你就告訴我你一開始的想法。」

楊猛收住呼吸，略顯底氣不足，「我大舅是哭喪隊的大隊長，我開始是想讓我舅找一群人，去婚禮現場哭一通，現在……」

「挺好！」白洛因突然打斷了楊猛的話，「怎麼聯繫你大舅？」

「你別害我們，我們就是平常老百姓。」

「你放心。」白洛因的嘴角溢開一抹狡黠的笑容，「會把你大舅撇出去的。」

「小海，酒席已經訂好了，咱們明天什麼時候出發？」

「我說過我要去了麼？」

孫警衛緊閉的嘴角微微開了一條小縫，一股清涼的氣體沿著鼻翼爬到眉梢，這小子真難搞定，從小到大都這副強脾氣，軟硬不吃。

「首長說了，這是命令，不容反抗。」

顧海站起身，挺拔的身姿彰顯了軍人世家的風範，他在屋子裡遛達一圈，即便是以一種散漫的姿態，都散發出血氣方剛的男兒氣魄。

「那就讓他把我綁過去。」

輕描淡寫的一句話，讓孫警衛的兩個外眼角多出三層褶子。

「你何必呢？夫人都走了那麼長時間了，首長不過四十來歲，總不能讓他年紀輕輕就單過吧？」

孫警衛的話戳中了顧海的傷處。

「我媽的事，我記他一輩子。」

孫警衛忙不迭地跑到顧海的身邊，小聲說道，「小海，這話可不能亂說，要是讓首長聽見了，他得扒了你一層皮。你媽的事情純屬意外，法醫都鑒定過了，你怎麼還能懷疑你爸呢？……」

「行了，別說了，我心裡有數。」

孫警衛往後撤了一大步，敬了個標準的軍禮。

「那我明天來接你。」

顧海在擊劍俱樂部玩了一下午，摘下護面，被一雙充滿韌性的手捂住了眼睛。

「別鬧。」

金璐璐把手拿下來，瞇著眼睛打量著顧海，顧海則把手放在金璐璐的臉蛋旁，輕輕拍了幾巴掌，惹得金璐璐不時地發出爽朗的笑聲。

金璐璐，顧海現役女朋友，一米七二的個頭，四十多公斤的體重，用飛機場來形容她都有些牽強，更恰當的形容詞是前胸貼後背，真是要什麼沒什麼。若是你覺得她這張臉會出彩，那你就錯了，此人皮膚略黑，單眼皮，鼻子不挺嘴不翹，五十米開外看不出是女的。就是這麼一位屌絲[4]女，偏偏讓我們各方面都極其優異的太子爺看上了，而且一好就好了三年。

「你怎麼又晒黑了？」

顧海微微一笑，窗外的陽光全被他的臉吸了進來。「這程子[5]總是去游泳。」

金璐璐隨著顧海一起到休息區，抽出兩張紙巾給他擦汗，每次靠近顧海，都能聞到一股煙草夾雜著汗液的獨特氣味。閉上眼睛，會把這個人想像成三十歲的成熟男人，可是睜開眼，卻瞧見一張少年老成的面孔。

「傻丫頭，看什麼呢？」

顧海伸出胳膊將金璐璐圈到懷裡，輕輕歎了一口氣，「我爸要結婚了，婚禮儀式明天低調舉行。」

「這麼快？」

金璐璐的頭抬起來，炯炯有神的眼睛瞪著顧海，「那你呢？你去參加你爸的婚禮麼？」

「妳說我是去還是不去？」

「去啊！為什麼不去？你就得讓她明白，這裡不光一個當家的，她沒有興風作浪的份兒！」

4：意近臺灣網路用語「魯蛇」（Loser）。
5：這陣子。

顧海把心中的無奈藏得很深，「我是真的不想瞧見他倆，妳知道麼？在我媽出事之前，他倆就認識了。像我爸這樣的身分，絕對不可以二婚的，所以，不用我說妳也應該明白。」

「或許是你把事情想複雜了。」

顧海咕咚咕咚喝了兩口水，喉結處一跳一跳的，金璐璐笑呵呵地捏了一下，顧海險些嗆到。

「我問妳，假如我找來一群記者，對明天的婚禮大肆報導，會不會給他倆造成一定的負面影響？」

金璐璐一驚，「你想砸場子？」

「我想報復老爺子很久了。」

「我覺得，記者不好請，就算他們採集到了新聞，電視臺不讓報也白搭。」

「妳錯了，我的目的不是讓他們報導，是讓他們扛著相機設備到現場攪局，反正誰也別想痛快。」

「哦——」金璐璐尾音拖得很長，「我明白了，是不是記者不重要，重要的是那個陣勢，得給婚禮主辦方和當事人造成心理恐慌對吧？」

「妳很聰明。」

顧海的黑眸裡透出異樣的光亮。

2.

楊猛他大舅給白洛因找來了四個人，分別是麻禿、刺刺蔓、三渣子、四鈴鐺。光是聽外號，就知道不是什麼機靈人，說來也是，機靈人誰幹這一行啊！

麻禿直愣愣地瞧著眼前這座豪華的五星級酒店，忍不住往手掌上啐了口唾沫，然後雙掌一合，搓出了一層泥花，臉上盡是興奮之色。

「今天我非得哭抽過去不可。」

三渣子不理解，「哭抽過去算三百塊錢的，那小子就給咱們一個人三百塊錢，你要是哭抽過去，咱們不就賠了麼？」

「那一百塊錢算我送他的。」

「……」

刺刺蔓蹲在牆根底下朝麻禿問，「為啥？」

「誰讓他來這麼貴的地方擺酒席！」

四鈴鐺一直站在旁邊不說話，眼睛盯著面前經過的一輛輛名車，心裡越來越沒底。

「鈴鐺，幹嘛呢？」

「我發現這裡停的都是軍車，這人來頭不小啊！」

「廢話，哪個來這裡擺酒席的人是我們這副德行的？」

「不是……我的意思是說，咱們別把事搞瞎了，到時候再折進去，蹲個三年五年的……」

「半不嘍嘍[6]的顛兒[7]了，丟不丟人啊？再說了，事成了還有一千塊錢呢，不要了？」

四鈴鐺蔫[8]了，瞧著一排排的保安不發一言。

「我看有人進去了，咱們也進去吧，請柬拿好了，把東西歸置歸置，進門的時候別露怯。」

「等下！」四鈴鐺猛地頓住。

三渣子沒耐性了，「你麻利兒[9]的行不行？不想進去就把錢拿過來。」

「我……我好像瞧見記者了。」

剩下的三個人都順著四鈴鐺的視線看了過去。

「萬一他們也混進去了，把婚禮現場一通直播，今天北京晚報的頭條肯定是咱們了。這錢我不掙了，你們誰愛去誰去。」四鈴鐺甩袖子就要走人。

「回來！」麻禿一聲吼。

三渣子見麻禿要發火，趕忙拽住兩個人，勸道：「別吵了，不就是記者麼？咱們過去把他倆拿下不就完了麼？咱們四個人，他們就兩個人。」

「就是啊！」刺刺蔓膽子更大，「再把他們手裡的設備搶過來，那傢伙也值不少錢呢！」

「乾脆這樣得了。」麻禿發話了，「咱們不哭了，反正哭完了也就一千塊錢。咱們直接把他們肩上扛的那個東西搶過來賣了，絕對超過五千塊。到時候再把錢退給他外甥，就說太冒險咱們不幹了。」

「還是大哥聰明，哈哈哈……」

於是四個人鬼鬼祟祟地朝兩個記者靠近。

這兩個記者也是顧海臨時請來的，就連拍攝都是現教的，但凡有點兒腦子的人，都不會來這裡冒險。所以他們也一直在酒店門口徘徊，即便拿著請柬，也不敢直接走進去。

麻禿瞅準時機，朝身後的三個人揮揮手，「湊過去，先和他們套近乎，把他們騙到沒人的地方，然後下手。」

三個人點點頭，若無其事地跟著麻禿走了過去。

扛攝像機的人剛鼓足勇氣往入口走，突然就發現四個賊眉鼠眼的人朝這邊走了過來。

「嘿，哥們兒！咱們那邊說話。」

「啊——!!」

兩個偽記者嚎叫一聲，不約而同地朝酒店後面的小路逃竄，四個人窮追不捨。偽記者瞧見這架勢，以為便衣員警追來了，設備也不要了，攔了一輛計程車就溜了。

「咋回事?」四鈴鐺對著攝像機大眼瞪小眼。

三渣子喘著粗氣，「我哪知道?」

刺刺蔓撓撓頭，「這設備不會是剛偷的吧?」

「管它呢!」麻禿二話不說扛起來，「走，找個地方賣了去，有了這玩意兒，這個月都不用接活

6：指事情做到一半未完成。

7：撒腿跑了。

8：委靡不振的樣子，音ㄋㄧㄢ。

9：做事速度迅速。

兒了。」

「他大爺的，真是走了狗屎運了。」

「哈哈哈……」

「到底怎麼回事？」

「那兩個人說，當天有便衣員警跟著他們，他們害怕員警看出底細，就臨時扔下設備逃跑了。」

「他們有什麼底細？」

「額……就是假記者唄……」

「是誰規定只有真記者可以扛著攝像機？」

「可是他們的胸前戴著假記者證，這不是怕……」

「那我問你，他們怎麼看出那是便衣員警的？」

「那些人一個勁兒地猛追他們，他們慌了，所以就……」

「追他們？」顧海怒了，豹子一樣的身軀從沙發上驟然挺起，「你找的是一群缺心眼麼？還便衣員警？那是一群劫匪，他們被人盯上了。」

「劫劫劫劫匪……不可能吧？」

「不可能？」顧海閉眼猛吸一口氣，「那我問你，那些設備呢？那兩個人跑了之後，那些設備哪去了？」

這下被審問的人不吭聲了。

顧海平靜了一下，揮揮手，「你出去吧。」

屋子裡陷入片刻的安靜，顧海雙手交叉握在鼻樑骨的兩側，回想著昨天婚禮上發生的一切，那種坐在席位上等待著希望，最後希望又落空的過程。

其實仔細想想，還是自己太天真了。就算請過來的兩個人順利抵達現場，成功攪局了，結果會因此而改變麼？

答案是否定的。

他自小敬仰的父親，終究要牽著另一位女人的手，重新步入婚禮的殿堂。而他的母親，卻躺在一座孤零零的墳墓之中，她是為他的丈夫而死，她臨死前的笑容都是心甘情願的。

顧海直挺挺地站在窗口旁朝外望，媽，我想你了。

「小海，我是你表姐，設備用完了麼？電視臺這邊一直在催，盡快給我送回來。」

「沒了。」

「什麼，沒了？」

「嗯，我盡快給妳搞來兩臺新的。」

顧海掛斷電話，與此同時，他的父親和繼母也回來了，新組建的家庭第一次共用晚餐。

顧海自己吃自己的，整個過程都沒有說話。

顧威霆掃了顧海一眼，「怎麼不吭聲？」

「吃飯的時候，不是不應該說話麼？」

「今天允許你說。」

「報告首長，沒什麼可說的。」

「哈哈哈……」

一陣銅鈴般的清脆笑聲，毫無徵兆地響徹在安謐的餐廳裡，顧海差點被噎到。事實上，過去的十多年裡，他家的屋子裡從未出現過如此爽朗的笑聲。

顧威霆似乎早就習慣了，面不改色心不跳，直接抽出一張紙巾遞給旁邊的女人，聲音低沉有力，「擦擦嘴，飯都噴出來了。」

「不好意思，不好意思。」姜圓一邊擦嘴一邊笑，眼睛時不時地放在顧海的身上，見他一直不愛搭理自己，便伸出筷子，夾了一整條的鯽魚放到了顧海的盤子裡。

「多吃點。」

顧海再次被這個女人雷到了。

他以為顧威霆怎麼也要找一位可以和他母親可以相媲美的女人，可眼前的這位，除了年輕貌美，找不到一點優點。笑容裡帶著放蕩之氣，一舉一動透著農村婦女的架勢。

顧威霆怎麼會看上她？難不成是山珍海味吃多了，突然想嘗嘗大糞的味道？

「明天孩子接過來一起住吧。」顧威霆的一句話，再次將屋子裡的氣氛弄僵。

顧海沒說話，但是從他的臉色上，已經看出他想說什麼。

「小海。」姜圓依舊笑臉盈盈，「我家兒子和你年齡一樣大，脾氣也差不多，我覺得你們肯定會投緣的。」

「他來了，我走。」顧海一句話，將姜圓所有的話都堵了過去。

顧威霆怒了，「你現在就可以走。」

顧海站起身，姜圓也跟著站起來了，語氣焦急。

「別和你爸置氣，我壓根沒想讓我兒子過來，他比較黏他爸，和我在一起住不慣。」

四十多歲，離異女人，十七歲的兒子。顧威霆，你還真能遷就自己。你就是為了這個女人，設計陷害陪了你二十年的妻子？

「他過不過來，我都得走。」

顧威霆的臉陰雲滿布，儘管他站得筆直，可仍舊能看出來，他那寬闊的肩膀在微微顫抖著。

顧海無視身後兩道灼熱的視線，他早就想走了，只是少一個動力而已，現在，如願以償了。

3.

「起來，別睡了，給你奶奶買藥去。」

白洛因揉揉眼，天還沒亮。

「買藥不用掛號，有藥單直接排隊就成。」哼哼兩聲，白洛因又翻了一個身。

「早去早回，你奶奶著急。」

白洛因掙扎了一陣，還是不情願地起床了。早飯是數十年如一日的油條、豆腐腦，白漢旗每天都是第一個去早點攤買早點，有時候擺攤的婦女還沒來，他就去攤位那裡候著了。一來二去，兩人熟了，每次白漢旗走過去，她就直接把打包好的早餐遞給白漢旗。

「我吃飽了。」白洛因放下勺子。

白漢旗瞪了他一眼，「每天都剩一口。」

白洛因有個毛病，無論吃什麼飯，都要剩一口。就算是沒吃飽，也得剩一口，這是自小養成的一個習慣。因為小時候爺倆吃不飽，白漢旗把什麼好東西都留給白洛因，白洛因心疼他爸，每次都給他爸留一口。

現在能吃飽了，這個惡習也改不掉了。

今天是週五，週末醫生不就診，所以掛號排隊的人特別多，尤其是三甲醫院，看病和不要錢似的，擁擠程度絲毫不亞於上班高峰期的北京地鐵。

「嘿，哥們兒，你踩到我的腳了。」
「不可能，咱倆的腳都沒在地上。」
「……」
白洛因就站在一個漂亮女生的後面，後面的人一推，他就往女生身上撞一下，推一下撞一下，白洛因不知道是該煩還是該樂，再這麼撞下去，前面的女生恐怕都要懷孕了。
「嘿，帥哥。」
「就說你呢！」
白洛因的心思還在前面那位妙齡少女的身上，直到有人拍他的肩膀，才把目光轉過去，旁邊不知道什麼時候多了兩個女的，長得一般，打扮入時，看樣子似乎要插隊。
「帥哥，給你兩個選擇，要麼讓我站你前面，要麼把你的手機號給我。」
「136XXXXXXXX。」
兩個女的嘻嘻哈哈地走了。
前面的女生似乎忍了多時，聽到白洛因開口，終於鼓起勇氣回過頭，「那真的是你的手機號麼？」
「我根本沒有手機。」
「……」
一直到中午，白洛因總算是提著一包藥回來了。一千零五十七塊三毛二，一個月固定的支出，他家本來不用那麼貧苦，大部分原因是家中的二位老人。奶奶靠吃藥維持病情，爺爺為預防腦血栓復發，每隔一段時間就要去打點滴。

「嬸兒。」白洛因和迎面走來的街坊打招呼。

「回來了？中午家裡吃什麼？」

「不知道呢。」白洛因剛說完，身後突然傳來汽車鳴笛的聲音，他一回頭，瞧見一輛豪華氣派的軍車，再一看車主，是一位年輕漂亮的女士。

白洛因加快了腳步。

「洛因。」

為了追上白洛因，姜圓只好穿著一件束身長裙狂奔。要是這副模樣被顧海看到，估計又得在心裡批鬥一番。

「你躲著媽幹什麼？」

白洛因不說話。

「媽找你有事，你上車。」

白洛因一動不動，神情冷漠。

「你要是不答應，我就進你們家院子了。」

白洛因依稀可以聽到他奶奶在院子裡說話的聲音，塑膠袋裡面裝的都是醫治心臟病的藥，白洛因掙扎了一下，還是妥協了。

「你現在念的高中升學率低，教學環境也不好。我幫你聯繫了一家私立高中，你去那讀兩年，高考過後，我就可以安排你出國了。」

白洛因就兩個字，「不去。」

姜圓早知道是這個結果，可心裡仍舊不放棄。

「你可以討厭我，覺得我這個媽怎麼怎麼樣，可你不能這麼委屈自個。在這麼一所破高中讀書有什麼出路啊？我新任老公他兒子，和你一樣大，就在我給你安排的那所私立高中就讀，將來前途無量，你比他差在哪了？」

新任老公——白洛因就聽見這四個字。

「難道你還想走你爸的老路，一輩子窩窩囊囊，四十多歲還蹬著自行車上下班？」

白洛因面色平靜地喝了口水，終於說了一句完整的話。

「衡量一個人是否有所作為，不是看他個人所擁有的財富，而是看他為別人創造的財富。我想請問妳，姜圓女士，妳開著名車、拿著名包，妳養活了幾口人？」

這一句話，簡直是往姜圓的胸口捅了一刀。她直愣愣地瞧了白洛因好久，才哆嗦著嘴唇開口。

「我知道我沒盡到母親的責任，我現在正在彌補，你才十七歲，媽媽還沒老，你為什麼就不能給媽媽一個機會呢？」

「給妳一個機會，妳別再來找我了。」

白洛因站起身，逕自地朝門口走。

「洛因！」姜圓起身哭喊了一聲。

白洛因攥了攥拳頭，轉身瞧著姜圓。「還有，以後別在我面前提他們家人，我煩！」

「什麼？你要辦轉學？」

顧海點頭，「那所高中離我家太近了，我現在搬出去了，上學不方便。」

房菲被顧海弄糊塗了，「什麼叫搬出去了？」

顧海的半個屁股倚在櫃子上，漫不經心地點起一根菸，「我和老頭鬧翻了。」

房菲抽出顧海手裡的菸，「年紀輕輕的就這麼大菸癮，告訴你，抽菸影響發育啊！」

「我已經發育完了。」

房菲的眼睛不自覺地朝顧海的下身瞥了一眼，然後故作鎮定地收回目光，開始轉移話題。

「你打算找一個什麼樣的學校？」

「這得看妳了。」

「我就知道，你來找我，準沒好事。」

顧海笑了，「我現在就妳這麼一個親人了。」

房菲聽這句話倒是挺動容的，顧海從小就和她這個表姐親，整天在屁股後面轉，長大了之後也是這樣，好事壞事都往這裡跑。

「你姐夫倒是認識幾個校領導。」

「那趕緊著吧。」

「你先等會兒。」房菲拽住了顧海的手，「我先說明，不是重點高中咱不去，條件比不上你之前的那所學校，也不能太差了。」

「只要有學上就可以，隨妳安排。」

白洛因打開電腦，登錄信箱，二十多條未讀郵件，均是來自海外，署名都是同一個人——石慧。全部刪除，然後徹底刪除。既然斷了，就斷得一乾二淨。

「小因啊，過來。」旁邊屋子，白奶奶的聲音傳了進來。

白洛因趕緊起身去了奶奶的房間。

白奶奶坐在沙發上，胖胖墩墩的像一尊小佛爺，如果不張嘴，任誰都會覺得這是一位健康硬朗的老太太。可是一說話，準把你嚇一跳。

「小因啊，給奶奶砍一個蘋果吃。」

白洛因習以為常，直接拿起一個蘋果削起來，剛削到半截，白奶奶瞧不慣了，一把拽過蘋果皮，嘴裡嗚嚕嚕說了一大堆鳥語，把蘋果皮塞到嘴裡。

白洛因去攔，「別吃了，奶奶。」

「厚，厚。」

白洛因知道，他奶奶是嫌他削的蘋果皮太厚了。

一年前，白洛因的奶奶是個很健談的人，往往一家人在一起聊天，就聽他奶奶一個人說。那個時候白奶奶嘴皮子真溜，十個人都說不過她一個。

就在今年，白奶奶因為肺血栓住進了醫院，後來血栓被打散，順著血管流到了腦袋上，壓迫了語言中樞神經，導致她說話總是言不對腦，莫名其妙。

把「削」蘋果說成「砍」蘋果還算是輕的，大多數時候，白奶奶能把爺爺說成叔叔，把大媽說成大姐，久而久之，這個家老老小小都變成平輩的了。

「奶奶，我去那屋了，電腦還開著呢。」

「愣一會兒，跟奶奶聊聊。」

忘了說一點，別看白奶奶現在說話不如從前了，可聊天熱情依舊不減，甚至越來越瘋狂，幾乎是逮誰和誰聊，導致鄰里街坊瞧見白奶奶都躲著走，實在是理解不了她那一套自創的人類語言符號系統。

「快開鞋（學）了吧？」

「還有一個禮拜。」

白奶奶攥著白洛因的手，臉上帶著誇張的謹慎，活脫脫一個成精的小老太太。

「好好念書，不要驕鬧（傲）。」

白洛因用哄孩子的口氣回了句，「放心，我不會驕鬧（傲）的。」

不出五分鐘，白奶奶就開始打呼嚕了，都說老人家睡眠少，白奶奶絕對是個例外。早上八點醒，吃過早飯，睡到中午，吃過午飯，睡到下午四點，活動活動之後，開始吃晚飯，晚上八點準時睡覺。

白爺爺和白奶奶相反，他早上四點就起床，騎著三輪車出門，中午回來吃午飯，下午出門，晚上回來吃晚飯，再出去散散步，回來時已經很晚了。

老倆口唯一的共同點，就是稀裡糊塗。

這個稀裡糊塗從看電視上就能體現出來，兩個人一晚上串五個臺，愣是能看成一部完整的電視劇，回頭還津津樂道地講給你聽。

白洛因隨手拿起沙發上的一個褂子，蓋在了白奶奶身上，起身走了出去。

4.

臨近中午，白洛因被一個電話吵醒。楊猛充滿磁性的聲音從電話那頭傳過來。

「哥們兒，還睡呢？今天開學，你被分在三十七班了，快來報到吧，包准給你一個大驚喜。」

白洛因坐起身，被電話吵醒的煩躁勁兒還沒過去，想著這麼快就開學了，心裡更覺得膩味。人家都已經坐在教室裡，他還慢悠悠地往身上套衣服。

去學校的路上，白洛因被什麼東西硌了一下腳，低頭才發現，自己竟然穿了個趿拉板就出來了。算了，已經走到這了，不想回去了。

高二三十七班，就是這裡，白洛因推門走了進去。

這是一條定則，每一個最後進教室的學生，總會引起同學的高度關注，白洛因也不例外。可人家像個沒事人一樣，遲到了沒有半句解釋，大大方方的走到最後一桌，抽出凳子就坐下，表情要多淡定有多淡定。

結果，周圍噓聲一片。白洛因不明白這些噓聲源自何故。

旁邊的一個男生解答了他內心的疑惑。「你剛才錯過了一個絕佳的機會。」

白洛因顯得興致不高，「什麼機會？」

「你抬眼看看。」

白洛因抬起眼皮，目光在班主任的臉上停留了片刻。這是學校的風雲老師，因為長得極致漂亮，但凡學校有露臉的事情，都是由她做代表，所有男生都嚮往做她的學生。

「我要是你，絕對利用這個遲到的機會和她道個歉，先套套近乎再說。」

「你可以把桌子砸了，她會主動來找你套近乎的。」

男生憨笑兩聲，「我這不是不敢麼。」

白洛因此刻明白楊猛所說的驚喜是什麼了，原來就是這位老師。說實話，白洛因對成熟的漂亮女人是不感興趣的，尤其這個女人還長得和他母親神似。

歸置東西的時候，一枝圓珠筆掉到了地上，白洛因俯身去撿，無意間發現前面的男生也是穿著拖鞋來的。不僅如此，人家底下還配了個短褲，要多拉風有多拉風。

「同學們。」性感的紅唇一開啟，班裡靜得連根針掉在地上都聽得見，特別是雄性動物，此時此刻連大氣都不敢喘。

「我是你們的班主任，名叫羅曉瑜，這是我的手機號。」班主任轉身寫在了黑板上，「以往那幾屆學生，我都沒有公布過。所以，這是你們的榮幸。」

班裡響起雷鳴般的掌聲。

只有兩個人沒把這個手機號記下來，其中一個就是白洛因。事實上他也是最明智的，因為這個手機號從來沒打通過。當然，這是後話。

學生輪流上去做自我介紹。輪到短褲拖鞋哥的時候，白洛因特意關注了一下。

「我是天津人，尤其是我的名字。」

白洛因還在等，結果此男已經瀟灑地走下來了，白某人呆愣片刻，顧自嘟囔道：「尤其是你的名字？你的名字怎麼了？也不說出來就走！」

結果，白洛因抬起頭的時候，發現黑板的一角上寫了兩個字——尤其。

原來他的名字就叫「尤其」。

白洛因崩潰，幸好剛才沒人聽到他嘟囔。

「這是咱們班同學交上來的名字卡片，你按照位置和順序寫出一份座位表，放學之後交給我。」

白洛因默不作聲地接過來，一張一張地登記。

旁邊的男生紛紛朝白洛因投去豔羨的目光，這才開學第二天，班主任就讓他幫忙做事情了，憑什麼啊？其實白洛因已經習慣了，每到一個新班級，他都會被老師選中抄寫座位表，原因就是他的字漂亮。當然，這張臉的吸引力絲毫不亞於他的字體。

「高超，王健，魏澤龍，古新，方小詩……」

白洛因一個個地往紙上謄寫，在拿起倒數第四張紙片的時候，他愣住了。

顧……渴？不像。

顧……毋？誰叫這名啊！

顧……琅？也不對。

糾結了將近一分鐘，白洛因終於拍了拍尤其的肩膀。

「嘿，這個字念什麼？」

尤其一隻手拿著卡片，另一隻手的食指放在鼻樑處，沉默冷思的樣子很酷。幾秒鐘之後，他打了一個噴嚏，習慣性地拿出紙巾擤鼻涕，一切都完事之後，大喇喇地回了一句，「怎麼和明星簽名似的？」

「這就是此人的討厭之處。」

其實，抄了這麼多年的座位表，白洛因什麼字都見過，再亂再瞎的字他都能認出來。他最反感的就是這種故作瀟灑的藝術字，完全改變了字體結構，根本無法辨認。

「你可以去那邊問問，反正卡片上有他的座位號，直接過去找他不就完了麼！」

白洛因平生最懶得搭理這種人，拿腔作勢，標榜另類，最大的愛好就是譁衆取寵。

顧海正在低頭看著書，突然手底下的書就被人抽走了。

白洛因面色冷靜地翻到第一頁，上面有顧海的名字，只不過還是那一手瀟灑的明星簽名，看不懂。

在顧海凌厲的視線逼視中，白洛因若無其事地將顧海桌上放著的書本一一拿起來，但凡有他名字的地方，無一例外都是明星簽名的字體。

「你要幹什麼？」低沉的聲線帶著隱隱的壓迫感。

白洛因這才正眼瞧了顧海一眼，「登記座位表，把名字報上來。」

「顧海。」

白洛因愣了片刻，淡淡回了一句。「是人就寫人字。」

顧海略顯驚愕，這種攻擊性極強的話，除了他爸，還真沒有人敢當他的面說過。很大的一部分原因是，過去的十多年裡，他一直帶著身分與人相處，現在，成了一個徹底的自由公民。

偶爾被人損兩句，感覺也不錯。

這個字念海？白洛因恨不得扒進紙縫裡面看，這個字怎麼就念「海」了？根本就不沾邊嘛！

帶著幾分惱意，白洛因將這個名字重重地寫在了紙上。

由白洛因抄寫的座位表複製了五十七份，發到了每個同學的手裡。顧海接過那張座位表的時候，沒有立刻貼到桌面上，而是靜靜地看了好久。

他是一個字控。

顧威霆自小就教育顧海，字如其人，一個人寫的字，可以如實反映出這個人的性格和修養。白洛因的字，鏗鏘有力，蓬勃大氣，和他昨天對自己說話的那副刻薄樣兒，還真是大相徑庭。

難道是我太不招人待見了？顧海想再去試探一下。

下課鈴一響，顧海拿著那份座位表，徑直地走到白洛因的前桌，也就是尤其的位置，坐下，靜靜地看著白洛因。

白洛因正在著急趕作業，沒空抬頭，也就等於無視了這位太子爺灼視的目光。

一分鐘過後，顧海終於開口。「這個字是你寫的？」

白洛因的腦袋正在高速運轉，顧海的一句話，一下把他的思路打斷了。拿著尺子，不知道該把輔助線畫到哪，最後一怒，直接把尺子甩到了顧海腦袋上。

「有事沒事啊你？沒事別給我搗亂。」

顧海這才看清了白洛因的臉，還不錯，配得上他的字，不屬於大眾帥哥，但是帥得很有特色。單看五官，哪個都不出色，但是配到一起，組合出一股特殊的味道。

白洛因絲毫沒意識到顧海在打量著他，仍舊絞盡腦汁琢磨那道題，突然，顧海的手指伸到了他的作業本上，「這道題我知道怎麼做。」

白洛因攥住顧海的手，從容地從桌子上推下去。「謝謝，我能做出來。」

手勁挺大的，顧海的皮膚略黑，不然整隻手都紅了。

「把尺子給我撿起來。」這是命令的口吻，白洛因對顧海發出來的，顧海沒有動。

「你這人怎麼這麼費勁呢？不就讓你撿把尺子麼？你就不能麻利點兒？」

顧海的眼神就像是從北極撿回來的兩把冰刀，結果在白洛因這個陽光普照的角落裡，這把冰刀竟然奇蹟般地融化了。沒辦法，每個男人都對自己欣賞的人帶有異乎尋常的包容心，誰讓人家的字那麼漂亮呢。

我們的太子爺，屈身將尺子撿起來，恭恭敬敬地遞到了白洛因的手裡。

上課鈴響了，顧海回了自己的座位，手裡拿著一張從白洛因作文本上撕下來的作文紙，滿滿當當的一篇字，足夠他慢慢欣賞了。

中午放學，尤其收拾完東西，回頭朝白洛因說：「一塊吃飯去吧。」

「我不是住校生，我得回家吃去。」白洛因往門口走，尤其在後面大步追上。

「今天我請客，咱們去食堂吃。」

咳咳……白洛因真不好意思說，您請客也選個好地方啊！學校食堂，你是跟我有仇麼？

不過想想白漢旗做的飯，白洛因還是答應了。

一路上，尤其一直保持一個冷酷的形象，他不喜歡穿校服，喜歡穿格子衫，而且還喜歡把格子衫上面兩個扣子解開，露出半個胸膛。而且白洛因發現，尤其只要走在路上，總會帶著一副耳機，誰和他打招呼他都是一副聽不見的樣子。

可白洛因說一句刺激他的話，他立刻就炸毛。所以白洛因總是懷疑，尤其的耳機下面到底有沒有插著機器。

「我覺得你很冷。」

白洛因以為自己聽錯了，旁邊這位一路上不發一言的酷男，此刻開口說別人冷。

「我有你冷麼？」

「我這是裝的。」尤其突然壞笑，「你這是真的，從骨子裡透出來的，給人一種無法接近的距離感。」

「別拽那酸詞成麼？」

尤其沒說話，趁著四周沒人的時候，又抽出一張紙巾擤鼻涕。

白洛因疑惑地看著他，「你是不是有鼻炎啊？」

尤其詫異，「這都被你看出來了。」

「我要是連這都看不出來，我就成瞎子了。」

尤其每節課擤鼻涕不下五次，只要一下課，尤其從座位上離開，白洛因抬起眼皮，總能瞧見他的抽屜裡白花花的一團團用過的紙巾，不知道的還以為他是從廁所的紙簍裡倒進來的呢。

別想了，越想越噁心，白洛因強迫自己把注意力轉移到別處，不然這頓飯別想吃了。

「……你咋這麼能吃啊?!」

尤其瞧著餐桌上堆起的盤子，有種看到武松的感覺。兩份飯菜，八個包子，一碗炒餅，三個燒餅夾腸，外加一份涼皮，一盤子餃子。

這些，都是白洛因一個人吃的。

「這還多啊？我還沒吃飽呢！」

尤其一身冷汗，他總想減肥，因為他的腿有點兒粗，穿褲子不好看。他一直羨慕白洛因，不胖不瘦正合適，現在瞧見他吃這麼多東西，已經變成羨慕嫉妒恨了。

「你平時做運動麼？」尤其開始取經。

白洛因最後剩下一口飯，擦擦嘴說道：「除了走路上學，沒啥運動，能待著就待著。」

「真邪門了，那你吃的這些東西哪去了？」

白洛因指指自己的胃，「你得問它，我不知道。」

說完，抬起屁股走人了。

尤其凝滯了片刻，心裡無限懊惱，這頓飯請的，把飯卡都刷爆了，今天一整天都別想去飯堂吃飯了。

「學長，可以借你的飯卡用一下麼？我出來的時候忘記帶了。」無辜可憐的眼神可以秒殺眾生。

尤其用兩根手指夾起那張飯卡，邪肆的眼神甩了過去。

「拿去隨便用，卡不必還了。」

5.

「白洛因，你出來一下。」

自習課上，白洛因被語文老師叫了出去。

「我不知道你對我有什麼意見，還是說你對我留作業有意見。即便真有，你可以直接說出來，沒必要和我玩這套。本來我對你的印象很好，可你這一次的做法，確實讓我有點兒失望。」

白洛因被批評得丈二和尚摸不著頭腦。

「你給我解釋解釋，這是怎麼回事？」語文老師往白洛因的身上砸了一個作文本。

白洛因打開一看，裡面一個字也沒有，唯一的一篇作文，還被人撕了。他仔細回憶了一下，自己就是按照老師要求寫的作文，雖說文筆一般，可也沒到被撕被罵的地步啊！

「你說，你交一個空作業本是什麼意思？」

「空的？」這句話，讓白洛因的眼神瞬間呆愣。

語文老師氣得不輕，「別給我裝，我教書這麼多年，什麼花花腸子10沒見過？回去補一篇，順帶寫一份檢討書。」

10：指有奸詐心計之人。

「不是……」白洛因略顯焦急，「老師，我真寫了，不知道讓誰給撕了。」

語文老師慢悠悠的回過頭，幽靈般的眼神打量了白洛因良久，「你的意思，是我給你撕的？」

「不是，我沒這個意思！」

「下節語文課別上了，在外面反省，想明白了為止。」

白洛因站著沒動。

語文老師轉過頭又咆哮了一聲，「別以為我好欺負!!」

……

這是誰欺負誰啊？白洛因暗自咬了咬牙，他大爺的，要讓我找到撕我作業的混蛋，一定剝了他一層皮。

崇文門外大街的一家火鍋城，顧海正和自己的兩個哥們兒一起吃飯，這兩人是他的髮小11，三個孩子在軍區大院裡長大的，臭味相投了十幾年。

「老爺子這幾天真沒找你？」

「沒有。」

「哎呦，這回老爺子夠能沉得住氣的。」

顧海哼笑一聲，擺弄著手裡的酒杯，語氣不冷不熱，「他哪是沉得住氣，他壓根顧不上我。要我說，他早就想讓我走了，就是不好意思轟而已。」

「好歹是親兒子，不至於這麼狠吧？」

李爍給顧海倒了一杯酒，三個人碰了下杯，都是一飲而盡。

「你剛知道他狠啊？你記不記得我小時候和他頂嘴，他把我吊房梁上抽？要不是我媽在，我都活不到今天。」

周似虎不住的點頭，「反正我迄小看到你爸就犯怵[12]。」

「對了，上次你說有人破壞你的計畫，把設備搶走了，逮到那人沒有啊？」

一想到這件事，顧海就氣得牙癢癢。

「我在二手貨市場找到那兩臺設備了，可賣主用的是假身分證，查起來比較麻煩。不過再麻煩我也得查，我倒要看看，是誰敢搶我的東西。」

李爍笑著搖搖頭，「這人慘了。」

周似虎一邊往鍋裡放肉，一邊朝顧海問，「我聽說那女的還有一個兒子呢，你看見過麼？」

「最好別讓我看見。」

李爍笑著調侃道，「你就不怕他哪天騎在你頭上？」

顧海朝李爍飆過去一個冷銳的目光，差點兒把李爍碗裡那幾片熱騰騰的肥牛給凍上了。

周似虎拍拍李爍的肩膀，笑嘻嘻地打圓場，「得了得了，別扯這些沒用的了，趕緊吃飯。」

11：從小一起長大的朋友。

12：害怕。

6.

「白洛因！」

白洛因回過頭，看到高一的同班同學董娜，董娜笑得和朵花似的，兩隻腳習慣性的內八字，一邊走一邊從二十七班的後門口往裡面瞄。

「問你個事唄。」

白洛因掃了董娜一眼，「直說。」

「你們班有一個帥哥，坐在倒數第二桌，叫什麼名啊？」

「倒數第二桌好幾個男的呢，誰知道妳說的是哪個？」

董娜想了想，眼睛環視四周，特神祕地湊到白洛因耳邊說：「就那個總穿著一個格子衫，耳朵上插著耳機，喜歡聽音樂的帥哥，我們班女生都覺得他特酷。」

白洛因知道董娜說的是誰了，可他沒想起來尤其的這些魅力之處，腦子裡只有一抽屜的鼻涕紙。

「你說，我要是追他，他能接受我不？你瞧瞧姐姐這姿色，有戲不？」

白洛因急著回家吃飯，就敷衍地回了一句，「有戲，有戲。」

「真的啊？」董娜拽著白洛因不撒手了，「那你告訴我，他喜歡什麼？我看你倆天天在一起。」

白洛因把董娜的手從自己的胳膊上畫落下去，很誠懇地告訴她，「妳就送他一袋衛生紙，記住，不是一卷，是一袋。」說完，大步朝樓梯口走去。

董娜在後面喊，「是十二卷一袋的還是十卷一袋的？」

白洛因差點兒從樓梯上滾下去。

楊猛屁顛屁顛[13]地從白洛因的身後追了上去，一把勾住他的肩膀，嘻嘻哈哈一頓鬧哄。

「我們班今天評選班花了，集體投票，有五個女生票數都差不多，長得都不賴。要我說最好看的，不是被選上的那個，是左眼角有一顆痣的那個……」

白洛因頗具殺傷力的眼神一直沿著牆上的紅磚縫遊走著。

楊猛推了白洛因一把，「你聽見我說的沒？」

「聽見了，你說你奶奶買了一斤生柿子。」

楊猛狠狠朝腦門上拍了一下，剛才那些話全白說了。瞧見白洛因還在一旁愣神，試探性地問：

「你是不是想石慧姐呢？」

聽到這兩個字，白洛因眼睛裡的波動一閃而過。

「不是。」

「那是什麼？」

久久之後，白洛因才開口說道：「我在想，誰把我的作文本給撕了。」

13：形容像孩子一樣高興。另一種意思是形容低三下四，沒有尊嚴的樣子。

顧海臨時租的房子有一百二十平米[14]，只有一間臥室，一個浴室，其餘所有空間都給了運動器材。在運動這一方面，顧海純粹是被顧威霆給逼的，打五歲開始就在部隊和士兵一起訓練，後來離開部隊，他卻得了強迫症，每天不給自己搞些任務，就好像一天少吃了兩頓飯。

二百個俯臥撐輕鬆搞定，跑步機高速運轉一個小時，然後狂打沙袋，把沙袋當成顧威霆和姜圓，還有那個他見也沒見過一面的偽兄弟，打得那叫一個歡暢。

運動完已經晚上八點多了，顧海這才把手伸進書包裡，掏出來的是一張作文紙。欣賞了一番之後，顧海將作文紙用透明膠條貼在了寫字桌上，然後拿出一張薄薄的紙遮在上面，開始拓寫。

他喜歡極了這個字，不是標準的楷書亦或是行書，這是白洛因自己創造的一個體兒，猶如一個人舒展著四肢，自由，放縱，卻帶著剛勁不屈的力量。

早上，尤其從後門走進教室，像往常一樣，漫不經心地把書包甩到桌子上。結果這一甩不要緊，甩到地上一大袋的衛生紙。衛生紙下面壓著一張紙條，這張紙條被衛生紙的慣性一帶動，脫離了尤其的桌子，飄啊飄的，飄到了白洛因的桌子上。

四周的同學瞧見這陣勢，全都偷著樂，暗想這尤其也忒能拉了，一次性拿來這麼多衛生紙。

尤其無視周圍的目光，抱起一大卷的衛生紙，抽屜裡塞不下，只好立在座位旁邊。就在他轉身的時候，瞧見身後的桌子上有一張紙條。

「送你的。」

尤其一陣驚愕，白洛因送我的？他送我衛生紙幹什麼？目光轉向自己的抽屜，愣了一會兒。想明白了，白洛因坐在他後面，天天看到他抽屜裡那麼多鼻涕紙，肯定是覺得不夠用，特意買給自己的。

行啊，這小子平時看著挺冷漠的，內心這麼火熱啊！

早自習開始後二十分鐘，白洛因才進教室，在全班同學注視的目光中，從容地走到最後一桌，拿起自己的英語書，準備到教室外面背書。

這是班級規定，但凡遲到的同學，都要在教室外面站著上自習。開學一週以來，白洛因從未在教室裡上過一節早自習。

「欸！」尤其拽住了白洛因，手指著旁邊一袋衛生紙，「謝謝了啊！」

白洛因雙目聚光，心中驚詫，這丫頭也太二15了，讓她買她還真買了。

「不是我買的，不用謝我。」

尤其笑中帶邪，邪中帶笑，「有什麼不好意思的？又不是送我一袋衛生棉。」

「操！」

14：約三十六坪。一平方米約是〇．三坪。

15：二與B都是傻、愚笨之意。

自打尤其收到這袋衛生紙之後，就像魔怔了一樣。本來就頻繁地擤鼻涕，現在更猖獗了，一天得用一卷衛生紙。每次擤完，都得回頭朝白洛因會心一笑，那副模樣就和情竇初開的小丫頭一樣，要多矯情有多矯情。

白洛因實在是看不下去了，尤其一米八的大個，長了一張金城武的臉，私底下卻總幹這麼缺心眼的事。

「我說，衛生紙真不是我買的，你別寒磣[16]我了成麼？」

尤其才不管那一套，擤鼻涕的聲音一下比一下大。

最後白洛因無奈了，連頭都不抬了，作業早早地寫完，上下眼皮開始打架，趴在桌子上就睡著了。

尤其這麼鬧騰，班裡誰沒有意見？可就是沒人敢提醒一句。班裡一半的女生都對尤其有意思，剩下的一半就是書呆子型的，有個地雷爆炸了都聽不見。男生玩遊戲的玩遊戲，聊天的聊天，壓根沒人注意到這一塊。

當然，凡事都有例外。

最北排的倒數第二桌，有個閒人，此人做什麼事都是雷厲風行，別人兩節課寫完的作業，他半個小時就搞定了。尤其這左一聲右一聲的動靜，顧海自然而然會朝那個方向看過去，結果每次第一眼看到的都不是尤其，而是白洛因。

他又在睡覺？

顧海特別納悶，白洛因每天晚上都去幹什麼？他怎麼就那麼睏呢？他是真睡著了還是在那待著呢？要是真睡著了，為什麼每次上課點名叫起他來，他都能對答如流。

「你在看誰呢？」一個聲音從前面傳過來。

顧海把目光從白洛因的身上移開，轉到前桌的女生臉上。此女生樣貌精緻，聲音悅耳，京腔裡面混雜的一嘴港臺味兒，絕對能聽得你一身雞皮疙瘩。

「妳認識他麼？」顧海指指白洛因。

單曉璿柔情款款地看著顧海，「誰不認識他啦，以前我們班班草，我還追過他呢，可惜人家沒瞧上我。我和你說，他這個人特個性，而且特聰明，以後你就慢慢知道了。」

單曉璿的一句話，無疑勾起了顧海對白洛因的興趣。

「那他以前也這麼愛睡覺麼？」

「睡啊！他每天都這麼睡，上課下課都睡。而且我告訴你一個祕密，你別告訴別人，白洛因沒有媽。」

這句話，是用一種八卦的口氣對顧海說出來的，卻扎得他心口窩疼。沒有媽，對於一個被母親寵在懷裡的孩子而言，只是一個神祕的悲劇，只要不在他們身上上演，他們總是用一件奇聞來看待。

「你熱不熱啊？我看你都出汗了。」

單曉璿拿起一個小扇子，用特別漂亮的姿勢給顧海扇著風，引來周圍男生陣陣咳嗽。

16：丟臉、不光彩。

顧海只是掃了那群看熱鬧的男生一眼，集體噤聲。

下課，顧海走到白洛因的課桌旁，看了看他桌面上擺放的文具。一支磨白了的鋼筆，在碳素筆和水性筆橫行的年代，鋼筆是練字的人才有的文具。五毛錢一瓶的墨水，已經快用到了底兒。一把刻度磨沒了的尺子，一個簡易的文具袋。抽屜裡面是一個雙肩背包，背包的帶斷過幾次了，上面縫著的線什麼顏色都有，顯得很突兀。

說實話，窮人顧海不是沒見過，但是敢把自己的窮展現得這麼淋漓盡致的人，顧海還是頭一次見。

放學，一輛軍車靜靜地停靠在距離校門口不遠的大樹下，這個地方本是不允許停車的，但是此車的車牌號早已成了這個區域最權威的標誌。別說停靠在樹下，就是停靠在樹尖上，也沒人敢來鏟走。

「我都說了多少次了，不用來接我，我自己打車就成了。」顧海對著身邊的人，總是耐性極低。

司機陪笑著點頭，「這不是怕你出事麼？這邊的交通秩序這麼差，司機素質這麼低，萬一被坑了怎麼辦？……來，上車吧，我的小公子，你和首長置氣，犯不上折騰自個。」

顧海往校門口掃了一眼，突然瞥見一個身影，定定地瞧了幾秒鐘，迅速邁開大步朝馬路對面走去，還沒等司機反應過來，攔了一輛計程車就顛兒了。

7.

「師傅，勞駕您慢一點兒。」

計程車司機沒好氣地回了一句，「還要多慢啊？你瞧瞧這時速表都已經打到哪了？」

「您就跟住前面那個人，穿藍色校服的那個，跟住他就成了。」

司機徹底怒了，「鬧了半天你是讓我追一個走路的？你存心折騰我呢是不是？我這車是按公里算錢，不是按時間算錢，耽誤我半天工夫走個一里地，值當麼？」

顧海掏出二百塊錢，直接甩了過去。

司機的態度立刻柔和下來。

「我說小夥子，你要是跟蹤一個走路的，何不自己下來走呢？或者找一個電動車，都比我這省錢多了。花二百塊錢走這麼幾步，你不覺得虧疼啊？」

「走路容易暴露……快點兒，他轉彎了。」

一直到白洛因家的胡同口，顧海才從車上下來，這是一排排破舊的四合院，與周圍的高樓大廈格格不入。以顧海的經驗判斷，這裡的房子馬上就要拆遷了。這些在胡同裡穿梭的大爺大媽，很快就要失去他們唯一的暖巢了，因為補貼金是不可能滿足他們在北京買下任何一所房子的。

沿著胡同往裡走，顧海瞧見白洛因進了一個院子。

他低頭看了看表，五十分鐘的時間，他現在明白為什麼白洛因總是遲到了。以顧海所觀察到的白洛因的家庭條件，他恐怕連一輛自行車都沒有。

白洛因進了屋子，把書包往雜亂的床上一扔，脫掉校服，赤裸著上身直奔廚房。打開電鍋，呆愣了幾秒鐘，朝院子裡的白漢旗大吼了一聲。

「不是說熬粥麼？怎麼又變成米飯了？」

白漢旗猛地拍了一下腦袋，一臉追悔莫及的表情。

「我剛才在外面洗衣服，把熬粥這事給忘了，這粥裡面的水分蒸乾了，就變成米飯了。」

顧海走到門口的時候，白洛因正往碗裡倒自來水，碗裡是白花花的米飯，攪和攪和就變成粥了。他喝了一碗又一碗，旁邊只有一碟鹹菜。

吃過飯，白洛因把碗沖了沖就放了進去，沒一會兒走出來，看到白漢旗在晾衣服，怒火中燒，拽下一條內褲冷聲質問白漢旗。

「這條內褲不是乾淨的麼？你怎麼又給我洗了？我一共就三條內褲，一條讓你給倒水池子裡了，一條髒了，這條乾淨的又讓你給洗了，明天我穿什麼？」

白漢旗先是愣了一會兒，然後濕了吧唧17的兩隻手放在衣服上蹭了蹭，柔聲哄道，「爸這就給你買一條去。」

「不用了。」白洛因一把拽住白漢旗，「我現在就把它穿上，明天早上就乾了。」

顧海被這爺倆兒逗樂了。

回去的時候，顧海沒打車，直接跑著回去的，也省得到家再鍛煉了。他的腦子裡一直重播著剛才看到的那些畫面，那對爺倆亂七八糟的生活片段，越想越覺得可樂，可樂著樂著卻又不是那麼回事了。

其實，他來這裡有三個目的；第一個是想看看白洛因為什麼總是遲到，第二個是想看看同胞的生活狀況，第三個就是閒的。

現在，這三個目的都達到了，還有一個意外收穫。

他發現，他們各自擁有的，都是彼此最匱乏的。

根據互補原理，這個人，他交定了。

第二天早上，白洛因依舊姍姍來遲，剛把書包放好，就瞧見抽屜裡面有個盒子。他直接抽出來扔到桌子上，等瞧清楚了是什麼，又趕緊塞進了抽屜裡。

怎麼回事？誰往我的抽屜裡塞了一條內褲？

就在昨天，他還為一個女生送尤其衛生紙而偷著樂的時候，今天他竟然收到了一條內褲！！會不會是有人放錯了，放到了我的抽屜裡？

一張紙條打消了白洛因的念頭。

「送你的。」

和昨天一模一樣的三個字，白洛因甚至連字體都沒有對照一下，就扔到了尤其的桌子上。

尤其正趴在桌子上打盹，突然感覺腦袋被什麼東西給砸中了，撿起來一看，呵！竟然是一條內褲。

「你噁不噁心啊？」

「行啊！小白，看不出來你這麼悶騷啊！前兩天送我衛生紙，今個又送我內褲。」

「滾！」白洛因罵了一聲，拿起書就朝外面走去。

顧海目睹了這一切，心裡無奈地笑笑，這小子寧願穿一個濕內褲，也不肯占一點兒小便宜，倒是挺有骨氣的！

這一條濕內褲，算是把白洛因給折騰慘了，本來昨天晚上穿了一宿，早上已經乾了。可這濕氣一時半會兒去不掉，最直接的後果就是拉肚子。

三節課，白洛因去了七次廁所。到了第八次，白洛因自己都不好意思了。乾脆不回教室了，直接在外面蹲了半個小時，一直捱到中午放學。

收拾東西的時候，白洛因還聽見肚子裡面刺啦刺啦的響聲。他恨透了白漢旗，從小到大因為白漢旗的疏忽，白洛因受的罪數不勝數。

長出一口氣，白洛因剛要走，突然一個東西掉到了地上。撿起來一看，一盒藥，治療拉肚子的。

邪門兒了，這又是唱的哪一齣？

白洛因再怎麼糊塗，也知道這盒藥不是尤其送的，因為尤其沒有出過教學樓，也就沒有去過醫務室，他怎麼可能提前知道自己拉肚子，把藥準備好了呢？

現在想想內褲的事情，白洛因也覺得很蹊蹺。

內褲不是在學校買的，所以排除了住校生的可能性，也就排除了尤其。那麼再近一步想想，假如是某個開放的女生送的，為了表達自己的愛意，特意先放一條內褲試探試探……

不對……時間上怎麼會那麼湊巧？

我昨天剛好沒有內褲穿，結果早上就出現一個。我昨天剛好穿了一條濕內褲，結果放學就出現一盒止瀉藥，這儼然都是提前準備好的。

也就是說……

白洛因把書包摔在了課桌上，冷聲質問道：「昨天晚上誰跟蹤我了？」

此時班裡只剩下零星的幾個人在，但是白洛因斷定，這個人，絕對包含在其中，他一定在觀察著自己的一舉一動。

顧海神情微滯，他真沒想到，白洛因竟然如此精明。單是憑藉一個內褲和一盒藥，就能推斷出昨天有人跟蹤他。

「別他媽總玩陰的！」

白洛因怒了，甩飛了那盒藥，藥盒打到了牆上，又反彈回來，被顧海牢牢地攥住。

此時此刻，班裡的人都撤了，以往的經驗告訴他們，別惹白洛因，此人十分不好對付。當然，有一個人例外，那就是始作俑者。

「我。」

簡簡單單一個字，從顧海的嘴裡說出來，帶著一股子撼動天地的霸氣。他朝白洛因走過來，每一步都是那麼穩健，絲毫沒有這個年齡段的青年人特有的輕浮。

「我沒有別的意思，就是想關心關心你，順帶為我做的事情道個歉。」

顧海笑著把藥塞給了白洛因。

伸手不打笑臉人，這個道理白洛因還是懂的。

「就為你寫得那兩個破字？」

一直到現在，白洛因還對顧海那個明星簽名耿耿於懷，也就從那天起，顧海在他心中留下了極端惡劣的形象，他看顧海處處不順眼，甚至看他回答問題都覺得堵心。

「當然不是。」顧海很從容地承認，「因為我撕了你的作文本，拿去練字用了。」

五秒鐘後，班裡響起白洛因的一聲怒吼。

「你大爺的！——」

什麼語言都無法形容白洛因此時此刻的憤怒，因為這麼一張作文紙，他在外面上了一個星期的語文課。現在，這個罪魁禍首竟然如此輕易地陳述他的罪過，不痛不癢的，臉不紅心不跳的，連點兒不好意思都沒有。

白洛因攥住顧海的衣領，將他直逼到牆角。

「你沒事撕我作文本幹什麼？你怎麼不提前和我說一聲？你是不是找抽啊？」

「因為我欣賞你的字，你應該感到高興才對。」

白洛因快被顧海給氣瘋了，但是現在他不能暴怒，不能大吼，不能鐵青著臉亂嚷嚷，那樣等於丟份了。他要做的就是一件事——打！

在挨了白洛因重重的幾拳過後，顧海才箍住了白洛因的肩膀，一副不和他一般見識的表情。

「得了得了，都和你道歉了，別沒完沒了的。」

白洛因喘了幾口粗氣，指著顧海的鼻子罵，「沒見過你這麼不要臉的。」

顧海也用手抵住了白洛因的腦門，「我也沒見過能讓我道歉的人。」

「呸！」一個字，白洛因毫不吝嗇地送給了顧海。

顧大太子爺，挺拔健碩的身軀倚在門框旁，眼睛定定地瞧著越走越遠的那道俊逸非凡的身影，心裡哼笑了一聲，你放心，咱倆沒完。

8.

「老師，我想調桌。」

羅曉瑜水晶一般的大眼睛閃動了兩下，身子轉到與顧海對視的角度，笑容溫柔如水。

「你想往前調一調？」

「不是。」

「那你是想調到最後一桌？」

「也不是。」

羅曉瑜充滿好奇的神情宛若一個墜落人間的天使，讓顧海的心有那麼一剎那的失衡，不過很快就恢復了平靜。

「我想往南邊調一調。」

「是這樣的。」羅曉瑜耐心解釋，「我們的座位是每兩週挪動一次的，也就是說，再過兩天，你們這一排就會從最北邊挪到最南邊了。」

「我不是這個意思。」顧海表情很堅定，「我是要調到白洛因的後面。」

「調到白洛因的後面？」羅曉瑜疑惑了。

顧海笑笑，「是的，我倆關係好，和他坐在一起，我學習起來有動力。」

羅曉瑜顯得有些為難，按照常理來說，學生調桌是件很麻煩的事情。要考慮個子高矮啊，學習成績啊，男生女生的分布啊……

「你先回去，我了解一下那邊的座位情況。」

「就現在。」顧海表情很堅持，「我馬上要換。」

羅曉瑜的臉色稍稍變了變，淡雅的紅唇抖動兩下，看得出來，她是不滿意顧海的態度的。因為在這個學校裡，還從未有學生敢這麼和她說話。可是，這滿肚子的脾氣，怎麼就發不出來呢？

「好吧，下午來了直接搬過去。」

顧海走後沒有多久，一個滿臉青春痘，外加羅圈腿[18]的男生走了進來，剛到羅曉瑜的面前，就擺出一張苦逼[19]臉。

「老師啊，您能給我換個位子不？張大偉的腳總是踹我凳子，我都摔了三回了。」

「他踹你凳子你不能提醒他麼？」羅曉瑜的嗓門開始拔高，表情變得比博爾特[20]跑得還快，「調桌調桌！你以為調桌是那麼簡單的事兒麼？能不能讓我省點兒心？」

不知道為什麼，漂亮老師發起火來都那麼迷人，苦逼男忍不住就想多說兩句。

「老師，求求您了，給我往前調一桌就成了。」

羅曉瑜的脾氣那可是遠近聞名的，人家聰明漂亮又有能力，還嫁了一個有錢的老公，脾氣自然給慣得不小。

18：O型腿。

19：不滿足於現狀，但又無可奈何。

20：尤塞恩．聖李奧．博爾特（Usain St. Leo Bolt），牙買加短跑運動員，外號閃電俠。

「你再說一句話，立刻從這個班滾出去。」

兩秒鐘之後，苦逼男灰溜溜21地走出了辦公室。

下午，白洛因剛一進班，就瞧見自己最厭惡的人坐在後面的位置上。心裡惡罵了一句，冷著臉回了座位。

眼瞧著上課鈴就要響了，白洛因還沒看到顧海動彈。

終於，他繃不住了。

「你怎麼還不滾回去？」

「我調桌了，這就是我的位置啊！」顧海笑得很愜意。

白洛因的臉黑得像個鍋底一樣，絲毫不掩飾自己的情緒。他這人就是這樣，愛恨分明，只要他不喜歡的人，就是拿槍指著他的腦袋，也別想讓他說一句好聽的。

上課鈴響了，白洛因轉過身，心裡暗暗勸了自己一句，別搭理他，就當後面是個糞堆好了。

「同學們把昨天發的卷子拿出來，今天我們講題。」

「咳咳……」顧海用手指頭彈了白洛因一下，「我說，你這白背心破了個洞，幹嘛要用黑線縫啊？」

白洛因漠然地回了一句，「這叫牛！」

「牛？」

「不是有一種牛，滿身都是黑白花麼？」

「……」

顧海笑了，這小子嘴皮子挺厲害。不過，一個黑白花怎麼能叫牛呢？得很多個黑白花才叫呢。於是，顧海拿出一把小剪子，趁著白洛因睡著的時候，給他的校服背心剪了很多個口子。

回去的路上，白洛因縮了縮脖子，心裡納悶，今天這個校服背心怎麼總是漏風呢？

「大海，你在做運動麼？」

顧海插上耳機，騰出兩隻手，一隻手拿著針，一隻手拿著黑線頭，正在把線頭往針孔裡面插。

「我在穿針引線。」

「穿針引線？」金璐璐嘿嘿笑了兩聲，「你這一離家出走，連縫衣服的人都沒了，苦了你這個大少爺了。」

終於穿進去了，顧海傲然正氣的臉上染了一層邪肆。

「我不是給自己縫。」

手機對面響起了霹雷般的怒吼聲。「那你給誰縫的？」

顧海拔下耳機，語氣不緊不慢，「喊什麼？我又不是給女生縫，妳別問了，說了妳也不懂。」

21：形容神情懊喪或消沉。

金璐璐想也靠譜22，以顧海這種脾氣的人，怎麼可能給一個女生縫衣服？他在街上看到男生給女生繫鞋帶都會罵兩句，更別說這麼丟份23兒的事情了。

「大海，我想你了，你這個週末來天津看我吧。」

顧海放下針線，俐落地脫鞋上床。

「成。」

第二天一早，白洛因依舊遲到。顧海特意看了一眼，他的身上還是昨天那件背心，而且沒有縫。就因為顧海對白家父子的邋遢程度有所了解，他才敢在白洛因的衣服上畫口子，因為他知道白洛因極有可能不脫衣服就睡覺。

很好，萬事俱備只欠東風了。

可惜，今天這東風刮得有點兒不順暢。

顧海一直盯著白洛因，就等著他趕緊睡覺。可今天的白洛因就像打了雞血一樣，兩節課都倍兒精神，那腰背挺直的，就跟上了夾板似的。

睡吧，睡吧……顧海在心裡念經。

終於，到了第二節課快下課的時候，白洛因撐不住了，趴到了桌子上。顧海靜靜地等了一會兒，等到白洛因完全沒動靜了，才把手伸過去。

「鈴鈴鈴……」

下課了，顧海磨了磨牙，心有不甘地把手放了回去。

第三節課是體育課，顧海暫時把針線放進了抽屜裡，等著第四節課再用。
這節體育課換了個新老師，這個老師剛從部隊下來，帶著一股子剽悍和狂妄的勁頭兒。剛開課就爆粗口，數落這幫學生站沒站相，坐沒坐相，一群窩囊廢。
「你，趕緊整隊。」體育老師指了指體委。
體委剛喊了一聲口號，老師立刻大吼一聲，「你沒吃飯啊？」
體委一臉委屈，「我吃了，沒吃飽。」
班裡同學都笑了，體育老師卻不吃這一套，我這是在訓你，你竟敢和我嬉皮笑臉！
「滾回隊伍去，我重新選人。」
帶著鄙視的眼神，體育老師從一個個的學生前面走過，直到走到隊伍的末尾，他的眼神終於定住了。此人的站姿和別的同學明顯不同，神態中隱隱含著一股霸氣，再看身形和體態，絕對是個練體育的好苗子。
「你，出來。」
顧海這幾步走得英姿颯爽，氣宇軒昂。
老師的臉上終於露出了幾分滿意之色。「喊兩嗓子我聽聽。」

22：意為「可靠」。
23：丟臉。

顧海瞥了體育老師一眼，看到了他眼中那種頤指氣使的傲慢。好像我讓你喊兩嗓子，是多給你面子似的，你不給我喊出花兒來都辜負了我對你的賞識。

「口號不是喊出來的，如果沒有威信，就是把嗓子喊劈了，別人也聽不見。如果有威信，你就是閉著嘴，這幫人也知道該幹什麼。」

這話一說出口，集體噤聲。

誰也沒料到，在如此蠻橫的老師面前，竟有人敢放出這樣的豪言。他們暗暗念叨著這個人慘了，卻又忍不住在心底為他喝彩，誰都討厭這種老師，敢於頂撞老師的人，自然成了他們心中悲壯的英雄。

體育老師恍了一下神，這口氣怎麼聽著這麼耳熟？再瞧瞧眼前的人，不對，怎麼感覺位置倒換了？他是學生我是老師啊！我讓他幹什麼他得幹什麼！他憑什麼反過來教育我啊？沒天理了！

「你有什麼資格這麼和我說話？」

顧海毫不客氣地回執了一句，「那你所謂的資格是什麼？」

體育老師鐵青著臉指著地面，「你要是能在一分鐘之內做五十個俯臥撐，剛才那句話我就不計較了。」

顧海淡淡一笑，雙手撐地，等著體育老師說開始。

體育老師拿著碼表，不屑地瞥了顧海一眼。「開始。」

「一、二、三、四……」

班裡的同學一邊數著，一邊發出驚歎聲，顧海的動作之標準，速度之快，也就只有在電視上才能欣賞到。當他們數到五十的時候，才過去半分鐘，有些男生的額頭都冒出了汗，也不知道是被晒的，還是被嚇得。

「一百零六。」

班級隊伍裡爆發出一陣熱烈的掌聲。

「鼓什麼掌？」體育老師大吼一聲，待到班級隊伍安靜下來，又把臉轉向顧海，「你以為這樣很光榮是麼？呸！同學們不知道怎麼笑話你呢！人家就把你當一個猴，他們就當我在耍猴呢！你以為人家真佩服你啊，別臭美了你！」

「那你做一件光榮的事情給我看看。」

顧海的反覆叫板24，也讓班裡的幾個男生有了底氣，一個勁的地在後面起鬨。

「老師也露一手吧，我們也想開開眼，您不是剛退伍麼？我們想領略一下軍人的風采！」

「是啊，老師這麼大本事，也得讓我們見識見識啊！」

「……」

班裡的起鬨聲和顧海漠視的眼神，讓體育老師那根好鬥的神經瀕臨爆炸，他意識到自己真該給這些學生一點兒顏色看看了，不然以後沒得混了。

「都別鬧哄，看到那根單槓了麼？一會兒跟我去做引體向上，一個一個來，能做幾個是幾個，等你們都做完了我再做。聽好了，我能做的一定超過你們的總數。」

24：京劇術語，衍申挑釁之意。

哇哇數聲，班裡和炸了鍋似的，一群男生往單槓那裡跑，女生則站在周圍加油喝彩，旁邊幾個班級的學生都湊過來看熱鬧，剛才還冷清的操場瞬間變得熱鬧非凡。

體育老師先做了一個示範，下巴必須要過槓，腳不能沾地，這樣才算是完整的一個。

「一、二……你那個不算，下一個接著數……三、四、五、六……四十一、四十二……」

雖說男生在引體向上這一塊都不怎麼出色，可架不住人多啊！一個理科班，大半都是男生，四十多個人，哪怕一個人做三個，總數就大於一百了。沒有經過特殊訓練的人都知道，引體向上能做幾十個就是神話了。

按個頭由低到高排位，還剩下三個人，白洛因，尤其和顧海。

剩下的那群男生一共才做了八十九個，有的人因為體質問題，一個都做不了。所以體育老師心裡已經有底了，他可以間斷性地做上二百個，顧海再怎麼厲害，他們三個人加起來也不可能超過一百個。

9.

「尤其，尤其，尤其……」

尤其的女生粉絲還真是龐大，喊出的聲音震天響，就連站在一旁的白洛因耳朵都麻了。他心裡冷笑了一聲，你們喊吧，一會兒喊得尤其鼻涕都下來了。

美男就是美男，往單槓底下一站，整個單槓都發光了。多少美女的傾慕眼神，都沒能搏得這位酷男的露齒一笑。事實上他也笑不出來，因為他心裡根本沒底。

上槓之前，尤其做了一個打住的手勢，示意周圍安靜下來，動作很有范兒[25]。

你給自己留條後路吧……白洛因心裡奉勸了一聲。他敢篤定，尤其能做下來三個就不錯了。

尤其開始抓槓，兩條手臂拚命用力，腦袋也使勁往上伸。在周圍的加油吶喊聲中，他的頭皮過槓了，眼睛過槓了，鼻子過槓了……

然後，他沒勁了。眼紅脖子粗地從槓上掉下來了。

好嘛……還高估他了。

四周一片噓聲，皆是男生發出，他們就等著看笑話呢。女生則不然，人家會說，我們偶像真的好

25：形容有架勢。

可愛啊，他竟然一個都做不了。

白洛因在尤其鬆軟的胸膛上彈了一下，「你這半個多月的胸肌白露了，下次把扣子扣嚴實點兒吧！」

尤其冷哼一聲，「你也不見得比我強到哪去。」

白洛因上槓了。

體育老師的臉繃了起來，看得出來，他對白洛因還是挺緊張的。他期待白洛因做到十個以下，那樣一來，超過全班同學的總數就沒問題了。

「一、二、三……」

隨著數字的推移，體育老師的臉色越來越差，他真沒想到，這個班裡還有一個身體素質這麼好的。眼瞧著數字都快飆到三十了，他的手心也開始冒汗。

尤其在一旁驚歎，那幾碗飯還真沒白吃。

數到三十的時候，白洛因已經有些吃力了，但是再做十個應該沒問題。猶豫了一下，白洛因還是從槓上下來了，他還得留點兒力氣走回家呢！

四周響起一陣喝彩聲，這個數字已經相當不錯了。而且人家下來的時候臉不紅心不跳的，看起來還保留著實力，著實讓那幫男生羨慕了一把。

接下來，就剩下顧海一個人了。

「到你了，上去吧。」

體育老師揚揚下巴，一副不把顧海放在眼裡的樣子。

不知誰在人群裡喊了一聲，「老師，顧海剛做了一百個俯臥撐，胳膊早沒勁兒了，讓他下節課再上吧，要不然不公平。」

體育老師故作一副體諒的神情看著顧海，「要不咱下節課再來？」

「您先來吧。」

體育老師一愣。

顧海還是挺客氣的，「您先來，等您做完了，我做你們的總數。」

體育老師臉都黑了，「能耐不小啊！」

圍觀者又開始起鬨，「一起來！一起來！」

體育老師不信這個邪了，他區區一個學生，沒當過兵，沒受過特殊訓練，沒打興奮劑，能達到特種兵的標準？絕對不可能！他一定是在詐唬，想把我嚇垮了！

體育老師還在糾結著，就被一股大力推到了單槓底下。而顧海則主動走到另一個單槓底下，他不怕一起做，反正最後下來的人一定是他。

「幫我拿一下衣服。」顧海把校服背心脫了，扔向男生群。

背心被一個男生接住，白洛因朝他伸出手，「把背心給我吧，我幫他拿著。」

男生注意力全在單槓上，想都沒想就把衣服遞給了白洛因。

「一、二、三、四……」

顧海在單槓上迅速做著動作，白洛因也在草坪上忙碌著。他心裡為顧海吶喊了一句：哥們兒！加油！爭取做幾百個！我需要你長時間的配合！

起初，兩個人旗鼓相當，速度都很快。同學們的喝彩聲此起彼伏，難得欣賞到這麼一場激烈的比賽，嗓子不喊啞了都不盡興。

漸漸的，體育老師已經開始減速了，兩個動作的間隔時間越來越大。而旁邊的顧海，動作依舊勻速俐落，看不到半點兒體虛的樣子。

「老師，人家顧海一口氣做一百個，你這剛到七十個啊！」

這一句話，就讓體育老師的勁兒崩了。他徹底認栽！

剩下的時間，完全成了顧海一個人的表演秀。

白洛因手裡的黑線已經用完了，可他走到人群中的時候，顧海還在單槓上做，豆大的汗珠子流到脖子上，他的手臂青筋暴起，呼吸也有些困難，可他還在堅持。

那位體育老師早就下來了，也站在了喝彩的人群中，他不喝彩也沒轍了，輸都輸了，總要給自己留點兒風度。

白洛因靜靜地注視著顧海，心裡也在默默震驚著。他早就猜到顧海會贏，但沒想到會贏得這麼霸氣。他的體能水準，已經達到了常人不能企及的地步。姑且不論人品，單從這一方面，白洛因總算給了顧海幾分肯定和欣賞。

下課鈴聲已經響了，顧海這才從單槓上跳了下來。周圍的同學早已數亂了，根本不知道具體的數字是多少，或者說這個數字已經不重要了，顧海的表現早已超過他們能想像的極限。

「哥們兒，你太帥了！」一個男生拍著顧海的肩膀。

顧海一邊應著，一邊接過同學遞來的校服背心，搭在肩膀上，往教室的方向走。

白洛因慢悠悠地走在人群後面，旁邊是尤其，身後是一群女生在談論顧海。

「天啊，我覺得他好爺們兒，我太喜歡他了。」

「這樣的男生我可駕馭不了，太霸道了。」

「以前怎麼沒發現這號人物呢？」

「……」

尤其依舊冷著臉，今天丟人丟大發了，聽到身後女生的談論，忍不住感慨了一句。

「這麼一堂課，得給他招來多少情敵啊?!」

白洛因恍若未聞，依舊走著自己的路。

尤其的手在白洛因的眼前晃了晃，「想什麼呢？」

白洛因笑，「沒什麼。」

在學校裡，經常能看到男生赤膊著在教學樓裡面走動，尤其是剛上完體育課的。可真能達到回頭率百分之百的，恐怕只有顧海了，人家身上的肌肉，都可以走到T型臺上秀兩下了，哪個男生見了不眼紅？

回到教室，顧海依舊是眾人談論的物件。面對不時飄過來的關注目光，顧海意識到他得盡快穿上衣服，不然就有作秀和顯擺的嫌疑了。

把校服背心抖落開，兩隻胳膊伸到袖口，然後把腦袋鑽進去……

我鑽！我鑽！我鑽！……

欸？怎麼鑽不進去？難道找錯口了？

顧海把頭鑽出來，再次將背心攤開在腿上，然後，他發現了一個嚴重的問題。

為什麼我的背心只有兩個口了？領口呢？領口哪去了？

顧海急忙翻找，然後，他瞧見一圈圈密密麻麻的黑線分布在領口周圍，就像下雨前紮堆的小螞蟻，看著特別麻心。

領口被封死了，這還怎麼鑽啊？顧海呆滯了片刻，趕緊低頭翻抽屜。

黑線和針都不見了。

再瞧白洛因的位置上，沒人，轉過頭，看到後門口一張似笑非笑的臉。不知道他在那裡站了多久，從他臉上的表情來看，想必剛才鑽衣服的全過程，他都欣賞到了。

白洛因在顧海注視的目光下，慢悠悠地走到自己的座位旁，沉默著，一直沉默著，突然……

「哈哈哈哈哈……」他受不了了，笑倒在課桌上。

前面的尤其嚇了一跳，他何曾聽過白洛因這麼酣暢淋漓的笑聲。轉過頭的時候，白洛因笑得眼淚都出來了，一邊笑一邊拍桌子，好像已經控制不了自己的情緒了。

「你受什麼刺激了？」

尤其的話沒得到任何回應，白洛因已經笑得忘乎所以了。

小子，算你狠！

放在以前，以顧海這脾氣，早把白洛因拖出去一頓揍了。可今天不知道為什麼，瞧見白洛因笑得這麼歡，他突然有種哭笑不得的感覺。

這能賴誰呢？針和線是自己拿來的，人家的衣服你也給剪了，現在人家反將你一軍，你能說什麼呢？還是趕緊把線拆了吧。早知道昨天不買這麼結實的線了。顧海到處借小刀。

上課鈴響了，從起立到坐下，顧海的手裡一直在擺弄著校服背心，縫得真夠緊的，拆了半天剛拆出一個小口。

這節課是化學課，化學老師是個五十多歲的婦女，教學嚴謹，思想刻板。她攤開教案，眼睛往下面一掃，就定在了顧海的身上。

「最後一排的那個男生，咱們這可不興光膀子上課啊！」

所有的目光齊聚顧海這裡，顧海甚至能夠讀出那些目光中所含的寓意。體育課秀秀就算了，還跑到課堂上裝酷，丟不丟人啊？

「老師，我衣服有點兒問題，馬上處理好。」

說完這句話，顧海便專注地開始拆線，可這線縫得亂七八糟，線頭到處都是，拆起來特別麻煩。十分鐘過去了，顧海才拆了一半。

「我說那位同學，你要是喜歡光著，就去教室外面，別人怎麼看你我都不管。別在我的課堂上，這嚴重影響了我的講課心情。」

狠狠拽了一下線頭，顧海看到白洛因的肩膀在抖動。

「你丫的縫了多少針？」

「你做了多少個引體向上，我就縫了多少針。」

「操！」

顧海連自殺的心都有了，他做那麼多幹什麼啊？累了一身臭汗，回頭還讓人家給耍了！白洛因揉了揉肚子，剩下的那點兒體力都笑沒了，今天放學能不能走回家都是個問題。

顧海最終還是出了教室，站在外面繼續拆線，一直拆到下課，總算把脖領子給拆開了。可關鍵是背心也沒法看了，自己買的針太粗了，剛才拆線又著急，活兒幹得有點兒粗糙。

低頭一瞧，好嘛，領口變成鏤空的了！

下課鈴一響，顧海回了教室，白洛因正在收拾東西，瞧見顧海回來了，自己在前面偷著樂。

顧海把白洛因的腦袋猛地扭了過來，兇神惡煞的眼神直盯著他，「你丫的終於會笑了？」

「我一直都會啊！」

白洛因這話剛說完，又瞧見顧海的脖領子變成這副德行，一下沒忍住，再次爆笑出聲。

顧海狠狠地將白洛因甩了回去。

「笑死你丫得了！」

10.

「咱們老百姓就是納稅大戶，只要我們買東西，我們就是在納稅……」

白漢旗說得正興起，突然瞄見白洛因拐進了胡同，趕緊組織結束語，「哎，說這些也沒啥用，反正國家政策不會傾斜到老百姓這邊。我回家吃飯了，你們繼續聊著……」

白漢旗一遛小跑來到了白洛因旁邊，「兒子，下學了？今天累不？爸給你拿書包。」

白洛因的臉上難得掛上幾分笑容，「不累，飯熟了麼？」

「早就熟了，就等著你回家來吃呢。」

白洛因把書包放到房間裡，直奔廚房而去，剛一掀開門簾子，就聞到一股菜香味兒。

「今天的菜不是您做的吧？」白洛因朝白漢旗問。

白漢旗笑得尷尬，「不是我做的，是你鄒嬸給端過來的。」

「鄒嬸？」白洛因一臉納悶，「哪個鄒嬸啊？」

「就……賣早點的小鄒，你鄒嬸，你天天吃她做的豆腐腦，還不知道她姓鄒？」

「哦??」白洛因這個字的尾音拉得很長，語氣也變了味兒，「您一年到頭都在人家那吃早點，現在連晚飯都惦記上了。要不直接把她娶回來算了，以後連早點錢都省了。」

「胡說什麼！」白漢旗用筷子敲了白洛因的腦袋一下，「她家那位還在呢。」

「一年到頭不見人影，在和不在有什麼區別？」

「人家在外地做大事，不能倆口子守個早點攤啊！」

白洛因哼笑一聲，「做大事還用媳婦兒這麼奔波？」

「咳咳……」白漢旗給白洛因使了個眼色，「你奶奶來了，快吃飯吧……」

今天白洛因的奶奶穿了一件藍色的褂子，領子的邊兒是鏤空的。白洛因瞥了一眼，突然想起了什麼，噗哧一聲笑了出來。

白奶奶瞧見白洛因笑，自己也瞇起眼睛跟著笑，「今天我大龜子真高興。」

白漢旗筷子一停，「媽，那是您大孫子，孫！不是龜。」

「嗯，是，龜孫子！」

白洛因狂汗……

白爺爺在一旁笑得嗆到了，口水流了一桌子。白洛因趕緊拿來衛生紙，把白爺爺面前的那些汙物全都擦乾淨，又給白爺爺戴了個圍嘴兒，這頓飯才正式開始吃。

一家人吃得正盡興，白漢旗的手機突然響了，誰也沒在意。手機接通了沒一會兒，白漢旗又把手機遞給了白洛因。

「找你的，一個丫頭打過來的。」

白洛因接過手機，一臉納悶地走出了廚房。誰把他爸的號碼給打聽到了？連他自己都記得不太清楚。

白洛因剛一出屋，白奶奶的脖子就伸長了，眼睛賊兮兮地瞄著外面，小聲朝白漢旗問，「對象？」

「什麼物件啊？他才多大就對象啊！」白漢旗給白奶奶夾了塊魚，「吃飯吧您。」

「哼……反正在我死之前，我得看到我墩（孫）子結婚。」

白漢旗隨口回了句，「您且得活著呢！」

「怎麼說話呢？」白奶奶敲了白漢旗的手背一下。

白漢旗笑笑，「還嫌我說話難聽，是誰一天到晚管我叫孫子？」

「……」

「喂？」

手機那頭傳來嚶嚶的哭聲，白洛因還未開口問，就已經知道對方是誰了。本來挺平靜的一顆心，突然被這幾聲哭亂了，直覺告訴他得立刻掛斷。

「別掛。」

對方似乎已經猜到了白洛因的心思，哭聲停止了，說話口氣也硬了起來，「你要是掛斷，我馬上回國找你，絕不是開玩笑的。」

白洛因平靜了一下，淡淡地問道：「什麼事？」

「為什麼我給你寫信，你從來都不看？我給你發消息，你也從來都不回？我一個人在國外，沒有認識的人，正是需要你陪的時候，你怎麼能這麼狠心？」

「妳怎麼知道我沒看？」

「我知道，我就知道。」對面的哭聲再次響起。

白洛因握緊手機，「那妳也應該知道，我這人就是這麼決斷，分手了就是分手了。」

對面沉默了半晌，幽幽地說道：「看我給你發的郵件，每一封都看了，否則我就天天往你爸的手機上打電話，直到他老人家膩了為止。」

「不是……石慧……」白洛因氣結，「我以前怎麼沒發現妳這麼不講理？」

「都是你給逼的！」

白洛因還想說什麼，對方已經把手機掛斷了。

「兒子？兒子？拿瓶啤酒進來。」

白洛因把手機放進口袋，提著兩瓶啤酒進了屋。接下來的時間裡，再好吃的東西都變了味兒，為了不讓爺爺奶奶看出來，白洛因只好硬著頭皮把碗裡的飯菜吃了下去。

睡覺之前，白洛因打開電腦，進入到信箱頁面，看著二十八封未讀郵件愣神，過了好一陣，才把滑鼠移了過去。

孫子……白洛因在心底暗罵了自己一句。

為了從簡，也為了減少自己的心緒波動，白洛因直接打開了第二十八封郵件。

「我就知道你會從這一封開始看，為了防止你偷懶，我把郵件內容定在了第六封。」

白洛因又打開了第六封。

「桑心了……你果真從最後一封開始看，可這封也沒有我想說的話，假如你不甘心，你可以打開第十封。」

白洛因耐著性子打開第十封，內容大同小異，目的就是讓白洛因打開下面那一封。

依此類推，直到還有兩封未讀郵件，白洛因都沒有看到實質性的內容。他沒心情再玩這個遊戲了，直接點開了其中一封。

「呵呵……沒耐性了吧？我讓你打開的是另一封，你打開了這一封，註定什麼也看不到。」

「我手賤……」白洛因又打開最後一封。

「假如剛才那些郵件的內容你都看懂了，證明你心裡真的沒有我了。我們，真的走到頭了麼？」

白洛因心裡的鬱悶和煩躁都在這一刻消失了，只剩下空落落的無奈。壓在他內心最深處的一塊石頭被撬開了，裡面是社會階層的土壤，緩緩在他心裡生根發芽。石慧是官員的女兒，買一件衣服要上萬，吃一頓飯的開銷足夠支撐他家裡兩個月的伙食費。他以前從沒有這樣的意識，直到姜圓再次出現在他的生活中，赤裸裸地揭露著他父親的不堪和卑賤……

他內心是深愛著自己父親的，從未有任何的鄙視，也不允許他人的鄙視。但是，他絕不會做第二個白漢旗，總有一天，他會站在一個高處，俯視著芸芸眾生。將那些曾經視他們為螻蟻的小人揪出來，抽掉他們的筋骨，讓他們腐爛的血肉暴露在世人的目光中，接受最殘忍的洗禮。

早晨，顧海進教室之前，一個痞裡痞氣的男生站在門口，從頭到尾打量著顧海。待到顧海從他身邊走過，那男生拽住了顧海的胳膊。

「問你一件事。」

顧海瞥了一眼，瞧見一張吊兒郎當的臉。「什麼事？」

「去那邊說，這話不能讓別人聽見。」

顧海耐著性子走了幾步。

「我問你啊……」男生的熱氣哈到了顧海的耳朵旁，「你是不是退伍的老兵？故意改了身分證，來咱們班混學歷來了？」

「啊——!!!」一聲粗狂的驚天長吼，在樓道裡久久迴響著。

顧海走進教室的時候，感覺自己像是中了彩票一樣，今天白洛因竟然沒遲到。端端正正地坐在自己的位置上，手底下壓著書，目光一直在遊移中。

「怎麼著？今天是搭車過來的？」顧海說說笑笑地在自己的座位坐下。

「我早上三點就起了。」

顧海的腦神經跳了跳，儼然沒把白洛因的話當真。

「那你幾點睡的？」

「兩點五十。」

「合著一宿沒睡唄？」

白洛因身子一倒，兩條胳膊下垂，半張臉貼在桌面上。眼睛直勾勾地盯著白牆上的釘子，神情木訥，好像是被人勾走了魂兒一樣。

顧海看似在收拾東西，其實一直在觀察白洛因。

眼圈發黑，眼睛裡有血絲，看來還真是一夜未眠。

白洛因趴著趴著，睏意席捲上來，他稍微調整了一下姿勢，以便睡得舒服一些。

吱——

刺耳的一聲響驚醒了白洛因，緊接著後面的課桌頂到了他的後背，很猛烈的撞擊，讓白洛因倒吸一口涼氣。

「我撿個東西。」

把事先扔在地上的尺子撿起來，顧海又把課桌挪了回去。後背隱隱作痛，白洛因忍了，他知道顧海是故意的，可沒心情去和他計較。腦子裡面像是灌了鉛，白洛因的頭剛碰到課桌，很快就睡著了。

「嘿，小白。」

顧海拽著白洛因後腦勺最下端的那撮頭髮，硬是把他的頭拽起來了。

「我說，你昨晚上一宿沒睡，不是樂大勁兒了吧？」

白洛因暈黑的目光包裹著一雙凌厲的眼睛，他緩緩地轉過頭，幽幽的提醒了一句，「告訴你，我今天心情特別不好，你最好別招惹我。」

顧海像是聽不懂一樣，「心情不好？樂極生悲？」

白洛因咬著牙拽住了顧海的衣領，怒瞪著他，「你聽不懂人話麼？」

顧海雙手的手心朝外，笑得很不和諧。

「我還真是聽不懂。」

「這節早自習我們來學習一下第三單元的單詞，先由我給大家領讀一遍。」

班裡霎時安靜下來，班主任羅曉瑜那張漂亮的臉蛋喚醒了同學們一早的睏倦，白洛因和顧海僵持了一會兒，便鬆開了他的領子，僵硬地轉過身，趴在桌子上繼續睡覺。

前五分鐘，白洛因睡得很不踏實，擔心顧海繼續惡作劇。後來感覺沒什麼動靜，便放開膽子繼續睡，就在他馬上要進入夢鄉的時候，突然感覺一雙手伸到了自己的後背上，開始拉扯他的校服背心。

「嘖嘖……這衣服上這麼多口子，還能穿麼？你就算不捨得扔，也該補一補吧？是不是那點線全給我使了？」

白洛因的頭挪了挪，被再次吵醒的他表現出異常的煩躁。

「你能不能不貧了？」

顧海一副體諒的表情，「不好意思，你繼續睡，我保證不打擾你了。」

白洛因往前挪了挪桌子，又往前挪了挪凳子，以保證顧海的手夠不到自己。然後，他再次趴下來，這一次睡得更加警覺。

一分鐘，兩分鐘，三分鐘……白洛因在心中數著時間，精神漸漸從緊張變得鬆懈，肢體和耳朵的感應能力也開始慢慢下降。突然，白洛因的手指動了一下，他睜開眼，一切正常，於是繼續閉上眼睛。

突然，又有一隻手爬上了白洛因的後背。

該死！

白洛因嗖的坐了起來，張口即罵。「你他媽的是不是有病啊？」

旁邊站了一個人，白洛因狠戾的目光掃了過去，很快，便轉歸呆滯。

羅曉瑜的目光和她的手一起定在了白洛因的身上，班上的朗讀聲也定格在了前一秒，所有人都在看著這位在課堂上大張旗鼓地睡覺，被老師叫起來還罵人的同學。

「對不起老師，我以為……」

白洛因就是不看顧海，都知道他臉上是怎麼一副欠抽的表情。

羅曉瑜的表情終於由晴轉陰，「你出來一下。」

到了外面，白洛因立刻朝羅曉瑜解釋。

「老師，我罵的不是您，是顧海。」

羅曉瑜的眼圈突然紅了，「你別找理由了，當初顧海調桌的時候就說了，他是因為和你關係好，才調到最後一桌和你挨著。」

「……」

白洛因認栽，「好吧，剛才算我罵您的，您想個處置辦法吧。」

不料，白洛因這話一說出來，羅曉瑜竟然哭了。

白洛因最看不得女人哭，可從昨天晚上到今天早上，竟然一連碰到兩個女人在他的面前哭，一瞬間心裡的陰霾又厚了一層。他無奈，渾身上下的口袋都摸了，全都沒找到紙巾，也難怪，他每次上大號的時候都不見得帶著。

「老師，我錯了，您別哭了。」

不是說脾氣不好，性子很烈麼？怎麼說哭就哭了？難不成她也失戀了？

「行了，你進去吧，我在這哭一會兒。」

「老師……」

「進去！」羅曉瑜終於嘶聲喊了出來，隨即一串串的眼淚往下掉，讓人看了憐惜不止，尤其是男人看了，更是扯著心肝子疼。

白洛因忍不住想，假如石慧就站在他面前這麼哭，他會不會一心軟就答應復合了？

回到教室的時候，白洛因怎麼躲都躲不開顧海那雙狡黠的眼睛。

那種不易被人發覺，明著是剛毅沉斂的目光，暗裡卻藏著蠱毒一般的狡詐。

白洛因的屁股剛一著坐，後面的聲音就響起來了。

「我不是說了麼？我不會再打擾你了，你還張口罵人，你說你是不是傻？」

白洛因面無表情地收拾著課桌上的書本。

「問你話呢。」

凳子被人踹了一下，白洛因的身子往前探了探，但是很快恢復了平衡。

他知道，這種人，就像是狗一樣。你不理他，他不理你；你給他一塊吃的，他能跟著你一天；你給他一下子，他見你一次咬你一次。

對付這種人，就一個招兒，離他遠一點兒。

「咱倆換個地方。」

尤其轉過頭看著白洛因，「換地方幹嘛？」

「別問了，就當幫我一個忙。」

尤其點點頭，收拾好書本換到了白洛因的位置，而且不忘把他那幾卷衛生紙捎帶上。

白洛因坐到尤其的位置上，剛想把幾本書塞到抽屜裡，就瞧見那裡面滿滿當當的一抽屜用過的紙巾……本想給尤其扔過去，可一想後面的課桌是自己的，又硬生生地忍下來了。

沒有人騷擾的日子，真是舒服。

尤其雖然話多，可是句句說不到點上，白洛因聽他在後面嘟囔，沒一會兒便有了睡意。

迷迷糊糊的，砰的一聲。

白洛因舊傷未癒的後背，又被課桌頂了一下。

我草，怎麼回事？

白洛因一回頭，瞧見尤其也正齜牙咧嘴。

「別賴我，後面那位先推的我，我的慣性太大，才牽連了你。」

白洛因的頭皮一陣陣發熱，他知道以顧海的本事，他若是調到第一桌，顧海敢把這一排的桌子推到講臺上。要是真和他動起手，吃虧的肯定是自己，武鬥是不行了，現在只能智取。白洛因暫時拋開了心裡頭的煩悶情緒，發動所有腦細胞出來工作，對付這個頑固又狡猾的敵人。

第四節課是自習課，顧大公子又空虛了，寂寞了。他拍了拍尤其的肩膀，指了指他課桌上的衛生紙，「給我一卷，我沒紙用了。」

尤其漠然的目光橫掃六桌，半個教室都被他凍上了。

「給你撕一塊還不成？還要一卷?!」

「……」

最後，尤其還是沒抵住壓力，忍痛割愛地將其中一卷衛生紙給了顧海。

顧海撕開外包裝，找到衛生紙的頭兒，弄開之後，手故意一哆嗦，衛生紙的另一頭甩了出去，砸到了白洛因的課桌上。

「不好意思，力氣用大了。」

顧海大跨步走到白洛因的課桌旁，把那卷紙拿了回來，可是，拋的時候是從左邊拋的，拿回來是從右邊拿的，一來一回正好把白洛因和尤其給繞在裡面了。

「哎？怎麼回事？」顧海假裝不知道一樣，又拿著那卷衛生紙走了過去，來來回回又多繞了一圈。

尤其看出端倪了，趕緊喊停，「別繞了，再繞把我倆都給繞進去了。」

白洛因按住尤其的手，「讓他繞。」

顧海手裡的衛生紙繞沒了，他又寫了一張紙條遞給了旁邊的女生，「把這張紙條給最北排第五個男生送過去。」

「趕緊撕了吧，還愣著幹什麼？」尤其作勢要動手。

白洛因瞥見那張紙條，立刻出手阻止尤其。

「別撕，絕對不能碰。」

緊接著，白洛因從抽屜裡拿出一團團的鼻涕紙，從顧海搭起的這座衛生紙橋上滑了過去，速度非常快，尤其還沒反應過來怎麼一回事，自己身後的課桌上就成了鼻涕紙的海洋。

顧海暗呼不妙，剛想阻止那張紙條的傳送，可惜晚了，那男生已經打開紙條看完了。緊接著，那位男生伸出手按動電風扇的開關。

一陣旋風，數十張鼻涕紙在顧海的臉上和身上橫掃而過。

……

11.

中午放學，白洛因走在路上，心情極端複雜。一方面他要想怎麼能讓石慧死心，徹底斷了和好的路；另一方面他又琢磨怎麼能把顧海整得心服口服，以後別再來煩自己。

權衡了一下，白洛因覺得顧海是當務之急。

石慧的事情註定要打一場持久戰，只有先把這隻煩人的蒼蠅解決掉，才能靜下心來處理感情問題。

天氣悶得讓人喘不過氣來，本來都已經立秋了，可身上還是黏糊糊的，走幾步路就會出汗。什麼時候能下場雨啊？

白洛因抖落著衣服，一邊走一邊看著街上的店面和路邊的花花草草，突然，他被三個字吸引住了，不由得停下腳步。

潤滑油……

下午第一節課，上課鈴已經響了，顧海突然發現自己的胳膊上一團黑。他用手指摸了摸桌面，很快發現兩個指頭都黑了。無緣無故怎麼會多一層黑色的粉末呢？顧海用腳後跟也能想出來，這一定是白洛因灑在上面的。

「幼稚……」

顧海冷哼一聲，用濕巾將桌面清潔乾淨，舉手示意老師出去一下。得到允許之後，顧海起身走了出去，順帶著將門關上，因為外面起風了。

聽到門響，白洛因的嘴角浮現一絲笑容。

顧海洗完手，走回教室後門的時候，發現門從裡面反鎖了，怎麼打都打不開。他輕輕地敲了敲門，靠門的同學也嘗試著開了一下，可是門好像突然軸26了，怎麼擰都擰不動。

前門也是關著的，顧海擰了一下，打不開。看來，門是被人動了手腳。

顧海想起剛才桌上的那些黑色粉末，頓時明白過來，一定是白洛因搗的鬼。弄髒桌子並不是他的最終目的，他的最終目的是把自己關在外面。

你以為把門動了手腳，我就進不去了麼？

顧海淡然地走出教學樓，站在平地往上看，二十七班的窗戶都是大敞著的。僅僅三層而已，對於顧海這種五六歲就練習攀爬的人來說，簡直是小菜一碟。

四下看了幾眼，沒什麼人，顧海兩隻腳踩著防護窗，手攥著旁邊的水管，快速往上爬。他的動作十分矯健，每一步都是又輕又穩又快。不到半分鐘，顧海就爬到了三樓的窗戶旁，他往裡面看了一眼，趁著老師轉身寫字的機會，雙手從水管快速轉移到了窗沿上。

我草，怎麼這麼滑？

白洛因聽到外面撲通一聲，心裡似乎吞噬了數百顆薄荷糖，清涼舒爽。好久沒這麼暢快過了，彷彿一下子置身大草原，一下子又漫步在蔚藍的海邊……

砰砰砰！

幾聲門響，一下子打亂了白洛因的思緒。

不是剛掉下去麼？怎麼這麼快就上來了？

保衛處的張主任氣急敗壞地敲著門，一邊敲一邊大喊，「不是打電話說老師暈倒了麼？怎麼還關著門？快給我打開！」

物理老師嚇了一跳，放下書著急的去開門，結果發現門根本打不開。

「老師，後面的門也打不開。」

張主任盯著門把手上的貼紙發愣。

白洛因專利？

「讓我來吧。」

白洛因推開靠門的那個同學，偷偷拽出了門鎖裡面的一根皮筋兒。很快，門打開了，白洛因瞧見了張主任那張氣急敗壞的臉。

「你叫白洛因？」

白洛因猶豫了一下，還是點點頭。

「到我辦公室來!!」一聲怒吼，震傻了那些剛睡醒的同學。

「說輕了，你這是損壞公物，說重了，你的思想道德出現了嚴重的問題！呼救電話是打著玩的麼？門鎖是說換就給換的麼？你也老大不小了，怎麼還能做出這麼幼稚愚蠢的事兒？」

白洛因的耳邊嗡嗡響，腦袋一團亂麻，但是他很清楚電話是誰打的，他現在就詛咒那個人被摔斷

26：此處指不受控制。

一條腿。

「損壞公物就得交錢，明天拿一百塊錢來。」

白洛因愣住了，「為什麼要交錢？那兩把鎖根本沒壞，我現在就能恢復原樣。」

「你動過了就得賠！這是規矩。」

「我們家窮，賠不起！」

「弄壞東西還有理了？賠不起你怎麼改得起？你還弄起專利來了？告訴你，不拿錢也成，把你家長的電話號碼告訴我，我找他要去。」

「你找他要還不如找我要。」

張主任急了，「少廢話！說號碼。」

白洛因報了一連串的數字。

手機接通了，那邊傳來白漢旗憨厚的聲音。

「您哪位？」

「我是白洛因學校保衛處的主任，白洛因弄壞了班裡的兩把鎖，我讓他交罰款，他回了我一句家裡窮。我倒是想聽聽，你們家到底窮到了什麼地步？弄壞東西了都不賠。」

「我們家的鎖壞了快五年了都沒換新的，這五年裡沒有一個賊進來過，您說我們家有多窮？」

張主任的胸脯都喘出大波浪來了。

白洛因差點兒笑出聲，果然是塊老薑，辣得夠滋味。

悶了一天的雨，終於下起來了。

而且一下就是暴雨，站在教學樓的最底層，看著快要沒過臺階的雨水，白洛因心裡還是高興的。渴了那麼久的棒子，總算是喝上水了，這下又省去了好幾百塊錢的灌溉費。

大部分的學生都是住校生，直接打著傘回宿舍了，剩下十幾個跑校的，幾乎都被家長接走了。白洛因看看牆上的鐘表，瞧這陣勢，估計天黑之前都停不下來了，還是走吧。

顧海剛一走出教學樓，就瞧見自家的司機站在外面等他。

「今天這麼大雨，還是別自己打車了。」司機的目光裡面，帶著幾分哀求。但是顧海能看得出來，那是被迫無奈的，與父母眼中的哀求完全不同，那裡面沒有絲毫的關心，只有預知後果的忐忑。

最終他還是上了車。

「小海，首長說今天是夫人的生日，想請你回去一起吃頓團圓飯。」

顧海的頭仰靠在坐墊上，我的母親已經沒有生日了，她只有忌日。

「回我的住處。」

「小海……」

「我說回我的……」顧海瞧見窗外的人，突然止住了嘴邊的話，他伸出手朝司機比畫了一下，「開慢一點兒。」

雨簾外的白洛因，赤腳走在馬路上，渾身上下的衣服都已濕透，黏在了身體上，勾勒出一副頎長勻稱的好身材。他的步伐很穩，絲毫沒有行走在暴雨中的倉促和狼狽，那個破了N多個洞的背心還在穿著，而且濕透了，露出星星點點的麥色皮膚。

汽車緩緩地朝白洛因靠近，他絲毫沒有察覺，手一直在胡嚕著臉上的雨水，從顧海的角度看過去，他的嘴唇有些泛白。

沒有白天那副生龍活虎的架勢了。

不過想想也是，一宿沒睡，又陪著他折騰了一天，能好的著麼？

「小海，還跟著他繼續走麼？」

「跟著。」

「怎麼不把他叫到車上來？」

顧海冷銳的目光嗖的射了過去，司機立刻噤聲。

一路淌著水回到家，打老遠就瞧見白漢旗站在雨中，幫著鄒嬸收拾未撤走的桌椅板凳。這個地方比較凹，平時不下雨還好，下雨就會把整個早點攤位都淹了。所以沒人在這裡擺攤，只有鄒嬸，她就是圖一個消停。

白洛因加快腳步，過去和白漢旗一起拽塑膠布。

白漢旗大聲吼，「你進去吧，不用你了。」

「別廢話了，趕緊著吧。」

顧海家的車靜靜地停靠在胡同口，他坐在車裡，看著白洛因在雨裡忙碌的身影，看著他們父子倆因為誰拿最重的那一頭而吵得不可開交，心裡掠過淡淡的溫暖。也許，生活就該是這樣的，細小而瑣碎，不是用一頓飯就可以找補回來的。

「回我的住處。」

司機歎了一口氣，還是將車調頭了。

白漢旗遞給白洛因二十塊錢，「明天在路上買點兒早點吃吧，我瞧這外面的雨啊，明天早點攤大概是開不成了。」

白洛因擦擦濕漉漉的頭髮，又把錢給白漢旗遞了回去。

「餓一頓沒事。」

「讓你拿著你就拿著！」白漢旗還急了，「咱家沒窮到那份上，連頓早飯都吃不起。」

「那你咋不多給點兒啊？這二十塊錢，也就在鄒嬸那能吃飽。」

白漢旗在白洛因的腦袋上拍了一下，「你小子。」

說說笑笑的，白漢旗就把五十塊錢扔給了白洛因。

第二天一早，白洛因起來收拾好，直接上學去了，錢沒拿，不是不想拿，是真給忘了。走到鄒嬸的攤子旁才想起來，今天沒早點吃了，可白洛因最討厭走回頭路，於是乾脆餓著肚子去了學校。

到了教室，剛把書包放下，白洛因就被桌子上一大袋的早餐給鎮住了。裡面什麼都有，有他不愛吃的西式糕點，如麵包、三明治、蛋撻一類的，也有他愛吃的燒餅夾腸，大餡包子，小米麵煎餅，八寶粥……

這麼多早點，誰放在這的？這不是存心饞我麼？

白洛因四下看了幾眼，沒人注意他這，他把袋子拿開，瞧見下面一張紙條。

「就是給你的。」

白洛因習慣性地看向尤其的位置，尤其還在睡覺，但是白洛因猜測應該是他了，除了他沒人知道自己這麼能吃。

那我就不客氣了！

12.

白洛因把自己喜歡吃的東西都吃光了，剩下一些不喜歡吃的，直接扔到尤其的桌子上。

「留著你自個吃吧。」

尤其剛睡醒，迷迷糊糊的，看到一堆早點，立刻咧嘴笑了笑，「你怎麼知道我沒吃早點？」

白洛因心裡還挺感動，尤其給他買了這麼多早點，自己卻還餓著肚子呢。

尤其坐起身，看了看袋子裡的東西，回頭又是一樂。

「報答我那天請你吃飯？」

這麼一說，白洛因覺得哪裡不對勁了，聽尤其這副口氣，貌似這些早點和他一點兒關係都沒有。

「先別吃呢。」白洛因按住了尤其的手。

尤其擰了擰眉毛，「剛給我就後悔了？」

「這早點不是你給我買的？」

這話沒刺激到尤其，反而刺激到了白洛因後面那位。顧海以為白洛因吃得那麼有滋有味，是接受了自己的好意，敢情他吃了半天都不知道是誰買的。

感覺到有人敲打自己的肩膀，白洛因回過頭。

「你要是不想吃，可以扔了，別借花獻佛。」

白洛因的臉立刻冷了下來。「東西是你買的？」

顧海沒回答，但是眼神已經給了肯定。

白洛因惱了，「你怎麼不早說？我要知道是你買的，我就是餓死了都不吃。」

「可是你已經吃了。」

白洛因恨不得吐出來，「誰讓你放在這的？」

顧海給氣得夠嗆，我給你買東西吃，你還罵罵咧咧的！我顧海對誰這麼好過？上次我女朋友想吃煎餅，我都懶得去煎餅鋪子那排隊。

「你要是後悔，可以把錢給我，剛才那堆東西一共三十二。那些沒吃的就不算了，給你抹掉一個零頭，給我三十就成了。」

白洛因心中暗自咬牙，嘴上依舊是不依不饒。

「你們家是不是賣早點的啊？沒生意就想出這麼一個損招兒。」

「是，我們家就是賣早點的，專門訛你這種傻子。」

「你大爺的。」

「……」

白洛因轉過身，尤其都已經開吃了，他沒能在顧海那撿到便宜，心裡憋屈，就拿尤其撒氣。

「讓你吃了麼？」

尤其英俊的臉上露出幾分疑惑，「我吃的這些不是沒和你要錢麼？」

白洛因站起身對尤其一頓暴揍。

大課間，班裡的同學三五成群地往實驗室走，尤其走在白洛因的身邊，瞧見他臉上布著一層冰霜，忍不住調侃了一句，「其實人家顧海對你挺好的。」

白洛因正在想石慧的事情，聽到尤其這麼一說，思緒很快轉了回來。

「他對我好？」白洛因恨不得撕了尤其這張嘴，「你怎麼淨說沒譜的話？你從哪看出來他對我好了？」

尤其整理了一下衣領，不緊不慢地說道：「就拿今天早上這早飯來說吧，人家下了多大的工夫？那些蛋糕、麵包之類的倒是好買，去一趟超市全搞定了。可那些包子、肉夾饃、煎餅、雞蛋灌餅之類的，不得一個攤子一個鋪子地排隊等麼？」

白洛因的表情有少許緩和，但是語氣仍舊不冷不熱的，「也許是在一個攤子買的呢？」

「你見過那麼大的早點攤麼？要是真有，早被城管[27]給收走了。你就知足吧，反正讓我買那麼多樣兒，我是沒有那個耐心去排隊等。」

白洛因想起今天吃的早飯，都是熱騰騰的。

「我納悶了，你怎麼老是和顧海過不去？」

「我和他過不去？」白洛因冤得直想用頭撞牆，「是他一直看我不順眼，一直在我這找茬[28]。要是真有人讓他不搭理我，我直接給那個人磕三個響頭。」

尤其被白洛因逗樂了，「至於麼？我覺得顧海挺喜歡你的，反正我每次回頭，都發現顧海盯著你

27：城管主要管街頭秩序，例如取締攤販。但城管也是惡名昭彰，打人事件頻傳，在一般人心目中，城管都是有牌流氓。

28：找碴、故意挑人毛病。

看。我挺納悶的，你說他一個男生，怎麼一天到晚盯著你看呢？」

「你說為什麼？整么蛾子29呢唄！」

「可我在他的眼神裡面看到的都是欣賞啊！」

白洛因差點兒被腳下的臺階絆一個大跟頭。

「白洛因，你怎麼跑這來了？」

聽到熟悉的聲音，白洛因面露笑容，大步朝楊猛走過去，一把摟住了他的肩膀。

「我們下節課是實驗課，所以去實驗室上。」

「哦。」楊猛笑呵呵地看著尤其，「這誰啊？」

「我前桌，尤其。」白洛因介紹著。

楊猛一邊點頭一邊念叨，「繼續。」

「繼續什麼啊？」

「往下說啊。」

「這不已經說完了麼？」白洛因拍了拍楊猛的後腦勺，「還讓我說什麼？」

楊猛一愣，「你還沒說他叫什麼呢！」

白洛因瞬間石化，不愧是從小一起玩到大的。

尤其吹了吹額前的幾絲長髮，一臉的無奈。「我叫尤其。」

楊猛尷尬地笑了笑，「你怎麼起這麼一個破名兒啊？」

尤其冷下臉，「你這人說話我可不愛聽。」

「不愛聽就改名去。」

「……」
簡單地聊了幾句，白洛因和尤其繼續往實驗室走，路上尤其開口問：「剛才那哥們兒叫什麼啊？」
「楊猛。」
「草……還沒我的名兒靠譜呢！」
白洛因意味深長地笑了笑，「是……你倆站在一起挺般配的。」
「不過你那哥們兒長得倒是挺帥的，和我有的一拚。」
「實驗室裡面有硫酸，小心我潑你。」
「……」

英語課上，白洛因總是心神不寧，一會兒覺得後背火辣辣的，像是被什麼東西燒灼著，一會兒又突然打了個冷噤，好像衣服裡面塞了冰塊。
「我覺得顧海挺喜歡你的，反正我每次回頭，都看到顧海盯著你看。」
剛才還火熱的身體，瞬間毛骨悚然。
白洛因緩緩地轉動自己的頭，一隻眼睛不停地往後瞄，終於，他的目光觸到了一束亮光，很快，他在那束亮光裡看到了自己的半邊臉。

草，果然如尤其所說！

「你看我幹什麼？」

顧海冷笑，「你的腦袋和方向盤似的，我不看著你，你拐到溝裡怎麼辦？」

「……」

「班裡的氣氛太壓抑了，我看同學們都睏了。這樣吧，你們班誰唱歌最好聽，請他給大家唱一首英文歌，活躍活躍氣氛，怎麼樣？」

集體鼓掌表示贊同。

「誰唱？自告奮勇一下。」

集體沉默。

英語老師無奈地笑笑，「要不誰給推薦一位？」

久久的沉默過後，一個角落裡響起沉睿的男聲。

「白洛因。」

白洛因恨不得掐死顧海。

「誰叫白洛因啊？剛才我聽到有人推薦你了。」

白洛因站起來，順帶著用大腿頂了桌子一下，桌子撞到顧海的胸口，震感很強烈。

既然站起來了，不唱總是不行，白洛因也沒謙虛忸怩，直接撿一首最拿手的，輕輕哼唱起來。

歌曲很短，但是帶給顧海的震撼是很大的。

這首英文歌，是他年幼的時候母親經常哼唱在嘴邊的，那時候的她會一邊哼歌一邊跳著華爾滋，一個人的華爾滋，美得像一隻孤傲的天鵝。多少年後的今天，顧海聽到這樣的曲子，仍舊能夠拾起那些瑣碎的時光。

班裡的掌聲響起，顧海如夢初醒般地看著白洛因坐下。

旁邊的男生忍不住感慨了一句，「白洛因，你可真是個全才，老天爺怎麼把所有的優點都安在你身上了？哪怕勻我一個也好啊！」

白洛因還沒來得及消化這句讚美，幽冷的聲音再次從身後傳來。

「我以為你這張嘴只會吃和擠兌[30]人呢。」

日子一久，班裡所有的同學都看出顧海和白洛因是死對頭。白洛因說東，顧海說西，白洛因做事，顧海肯定去拆臺子……就連班裡的書呆子看到白洛因都問：「顧海怎麼老是和你作對啊？」

「他有病。」

除了把顧海當成神經病，白洛因已經找不到任何有說服性的理由了。他無法想像一個心理正常的人，可以孜孜不倦地找茬到今天。他也很想問問顧海，我到底哪兒惹著你了？為什麼你在別人那都正常，到了我這就……

可每次都是還沒張嘴，對方就開始進攻了，為了不吃虧，白洛因也只能反擊。

30：排擠、欺負、挖苦。

久而久之，速戰速決的計畫已經徹底土崩瓦解了。

「兒子啊，那個丫頭又給你打電話了。」

白洛因剛吃幾口飯，聽到這句話，又沒了食欲。

「爸，您直接掛了吧。」

白漢旗剛要按掉，白洛因又一把奪了過來。

「算了，給我吧。」

已經入秋了，院子裡的風很涼，白洛因站在大樹底下，感覺自己的心和身體的溫度一樣在下降。

這段時間，每天晚上回家，他都要和石慧視訊語音很久，造成他精力嚴重不足。比這更折磨人的，是白洛因心理防線的一點點降低。

他不想這樣，所以昨天刻意停了一晚。結果，今天石慧就打電話過來了。

「你有那麼煩我麼？」

「咱們以後，別聯繫了。」

「不，絕對不可以，你要真那麼做，我就整天騷擾你爸爸。」

「就這樣吧。」

白洛因掛了電話，拔掉卡，回了屋子。

「打完了？」

「嗯。」白洛因點頭。

白漢旗好奇地打聽了一下，「那丫頭是誰啊？」

「和您說您也不認識，您這手機卡裡面還有多少話費啊？」

白漢旗想了想，「二十塊不到吧。」

「那就換個新的吧。」白洛因的手特別快，一下就把手機卡給掰折了。

白漢旗剛想去攔，已經晚了，眼瞧著自己用了好幾年的手機卡沒了，心裡不由得心疼。

「手機號碼都存在那張卡裡了，這下子全丟了。」

白洛因拍著白漢旗的肩膀安慰他，「放心，您的手機放在家裡一天都沒一個電話，那些號碼留著也沒用，還不如清空了。」

白漢旗歎了幾口氣，目光轉向白洛因的嘴角。

「你這兩天上火好點兒了沒？」

「好多了。」白洛因往裡屋走，「估計再抹點兒藥膏就下去了，藥膏呢？您給放哪了？」

「就在裡屋書櫃的第二層，黃色的藥管。」

以往都是白漢旗用棉花棒沾上藥膏幫白洛因抹，今天他自己動手，在書櫃的第二層找了半天，終於看到一管黃色的藥膏。

「馬應龍痔瘡軟膏。」

不可能是這個……白洛因又在第一層和第三層找了半天，弄了滿手的灰塵，都沒看到治療嘴角裂口的藥膏。

「爸，在哪呢？」白洛因朝院子裡喊。

白漢旗正在努力把那張手機卡掰直了，結果發現是徒勞的，只好扔掉手機卡走進屋。

「不就在第二個櫃子上麼？」

「我找了，沒有啊！」

白漢旗走過去，拿起那管黃色藥膏，「不就在這呢麼？」

馬應龍痔瘡軟膏……

白洛因的臉噌的一下黑了，「我這是嘴角裂口了，您給我用痔瘡膏？」

「這有什麼啊？」白漢旗爽快一笑，「上次你奶奶犯腳氣，也是用這個治好的。」

白洛因的骨頭攥得咔咔響，「那犯腳氣和嘴角上火能是一回事麼？」

「哪裂口不是裂啊？那五〇二31能黏塑膠，也能黏鞋是不是？甭管它是什麼藥，只要能把你的嘴治好了，就證明這藥管用。你瞧瞧，嘴角這的口子是不是小了好些？」白漢旗說著還去摸白洛因的嘴。

白洛因一把推開白漢旗，怒衝衝地回了屋子，猛地關上門。

白漢旗一邊打門一邊大聲朝裡面喊：「爸不是捨不得花錢，是這藥真管事，我嘴上手上哪潰爛裂口，抹這個都管用，不信你去問醫生，醫生肯定也說這藥啥都能治。」

裡面沒有半點兒動靜。

白漢旗又拍了拍門，「兒子？你都抹了這麼多天了，也不差這兩天了，再抹抹就好了。」

白洛因又失眠了。

第二天一早，悲催的一天正式開始，白洛因的生活已經形成了一個定律：白天和顧海作鬥爭，晚上回去和石慧瞎折騰。本來就心力憔悴，今天還雪上加霜了，白洛因早上是被憋醒的，兩個鼻孔都不通氣，他坐起身看了看，就剩下一個被角，剩下的整個被子都在地上。
感冒是在所難免的了。
白洛因加了身衣服，去學校的路上經過一家小診所，進去讓醫生看了看，醫生給他開了一板「白加黑」。到了學校，白洛因看也沒看，掰出一片藥就吃。
結果，他發現，藥板上少了一個黑片。
白洛因的腦子裡浮現一句廣告語：「白天吃白片，不瞌睡；晚上吃黑片，睡得香。」

31：指502膠水，中國膠水品牌。

13.

從早自習到大課間，白洛因連個頭都沒抬。這下可算是憋壞了顧海。

顧海在後面怎麼待著都不舒服，他嘗試了各種方法叫醒白洛因，可人家睡得那叫一個踏實，你用桌子撞吧，撞得全班同學都回頭看你，人家白洛因照樣睡得好好的。

第三節課是羅曉瑜的課，羅曉瑜很喜歡叫白洛因回答問題，這節課也不例外，清脆的「白洛因」三個字一出口，全班同學的目光都掃向白洛因這裡。

白洛因的左臉頰睡出了一個紅印子，可人家依舊站起來了，而且對答如流。

這樣的現象在前段時間一直發生，大家也見怪不怪了。

可顧海就是一個喜歡刨根問底兒的人。

從他認識白洛因的那天起，他就懷疑白洛因睡覺的真實性，哪有人能一邊睡覺一邊聽講呢？很多同學都說過白洛因的這個特異功能，說得神乎其神，顧海就是不信這個邪。

他覺得，白洛因肯定沒睡著。為了檢驗一下這個想法的真實性，第三節課下課的時候，顧海去校醫室買了兩片安眠藥，回來之後磨碎了，放進了白洛因的水瓶裡。

一直到下午上課，白洛因的腦袋仍舊昏昏沉沉的。

感冒藥還真是個催眠的好東西，尤其把感冒藥吃顛倒的人，絕對能睡個天昏地暗。

白洛因覺得口乾，拿起瓶子大口大口喝水。

奇怪，今天的水怎麼有點兒澀？越喝越渴！白洛因把一大瓶水都喝了，喝完之後又去熱水房接了一些來，放在桌子上準備晾涼了接著喝。喝完水之後，白洛因很快有了睡意。而且，這一睡，就沒頭了。

前兩節課，老師一直沒點到白洛因回答問題，顧海的推測自然無法得到驗證。到了三四節課，班裡開始了自習，安靜有序的環境正是睡覺的好時機。白洛因連姿勢都沒有換一個，課桌上的書本掉到地上都毫無察覺。

課代表開始收作業了。到了白洛因這裡，輕輕叫了一聲。「白洛因，你的數學作業。」

白洛因毫無反應。課代表有些著急，又拍拍白洛因的頭。「喂，醒一醒，作業該交了。」

尤其也回頭嚇唬了一句，「老師來了。」

白洛因還是一動不動。

這下，周圍的同學都有些擔心了。照理說這白洛因平時睡覺很警覺的，不管睡得多香，只要有人喊他，或是有正經事要做，他立刻就能精神起來。

今天這是怎麼了？

尤其嘗試著把白洛因的頭抬起來，結果這一抬不要緊，尤其的臉色都變了。

「他的臉怎麼這麼白？」

一句話也把沉思中的顧海催醒了。

他不會是對安眠藥過敏吧？

這麼一想，顧海趕緊把座位往前挪了一步，一隻手扶住白洛因搖搖晃晃的肩膀，另一隻手拍著他蒼白的臉，嘗試著喚道：「白洛因？白洛因？」

白洛因毫無回應。

尤其先急了，「他是暈過去了，快點兒把他送到醫務室。」

一邊說著，一邊將白洛因放到自己的背上，企圖背著他出去。結果還沒站起來，兩個人一起摔在地上了。

顧海在一旁看不下去了，一把推開尤其。

「靠邊，我來。」說著抽起白洛因的一條胳膊，就將他整個人托在了背上，待他待穩之後，迅速背著他往樓下衝，尤其也跟在後面。

「我說，你怎麼和背著一隻鳥一樣？」

尤其在一旁氣喘吁吁的，他身上什麼東西都沒有，竟然還跟不上顧海的速度。

白洛因的體重雖然不輕，但是對於經常練習負重跑的顧海而言，簡直等同於無。不到一分鐘，兩個人就衝到了校醫室，將白洛因放到了病床上。

校醫是個年輕的女人，瞧見兩個帥哥背著一個帥哥來這看病，還真是熱血沸騰。

「哎，顧海，你怎麼又來了？」

之前顧海來這裡買安眠藥的時候，這個校醫就拽著他問東問西，熟絡的樣子讓顧海深感不適。走出去的時候還鬆了一口氣，暗想以後再也不來了，哪知道這麼快就回來了。

尤其朝顧海問，「你認識她？」

顧海沒說話，目光一直放在白洛因的身上。

校醫又朝尤其打量了一番，眼睛霎時明亮起來。

「你……是不是尤其？」

尤其愛答不理地點了點頭。

「哇，你就是他們總提的校園偶像尤其啊，我看你的氣質很像，沒想到真的猜中了。我和你說，上次有兩個女生來這裡看病，就一直在議論你……」

尤其看向顧海的臉色，心裡突然覺得慎得慌[32]。

「妳趕緊著吧。」尤其也不顧自己那冷酷的形象了，著急地催促著校醫，「病人在那邊呢，妳趕緊去看看他到底怎麼了。」

校醫走到白洛因面前，眼睛又是一亮，「這不是白洛因麼？」

陰冷的聲音重重地砸進了校醫的耳朵裡，「妳再貧一句，我讓妳的校醫室明天就關門。」

「他只吃了兩片安眠藥麼？」

顧海把目光投向尤其，尤其仔細想了想，突然神色一變，「我看他的課桌上貌似有一板藥，具體是什麼藥，我沒太注意。不過早上他來的時候感冒了，我估計是感冒藥。」

校醫凝神想了片刻，眼神聚焦在尤其的臉上。「這樣吧，你把那板藥給我拿過來，我看一下。」

尤其走後，顧海走到病床旁坐下，靜靜地注視著白洛因。他從沒有一個時刻看起來這麼溫和，所有的面部線條全部舒展開了，彷彿再罵他多少句，都不會擾了他的清夢。

「你放心吧，他沒什麼事，各項指標都顯示沒問題。我猜就是同時吃了兩種藥物，造成輕微的安定中毒。等醒過來就沒事了，以後記得，第一次吃安眠藥，不要服用那麼大的劑量，一片就夠了。」

32：害怕的意思。

顧海一直沉默著，臉色凝重。尤其走進來，將藥板遞給了校醫。

「妳看，就是感冒藥。」

校醫點點頭，走過去摸了摸白洛因的額頭，柔聲說道：「看來得輸液了，他有點兒發燒，再加上藥物過量，才會造成體虛嗜睡的。」

校醫走到另一個屋子，尤其朝白洛因走過去，對顧海說：「我來看著他吧，你回去，一個人就夠了。」

「你回去。」這三個字說得很輕，但是聽者感覺到的壓力卻分外得重。

顧海給白洛因蓋上了被子。

尤其看到顧海的所作所為，心情有些複雜。在別人眼裡，顧海和白洛因是水火不容的，可在尤其眼裡，顧海是喜歡白洛因的，可以說特別喜歡。他從不會主動和任何一個人打招呼，卻一次次不厭其煩地去招惹白洛因；他對誰都是不冷不熱的，可到了白洛因那裡，卻表現出了異乎尋常的熱情；他總是想盡辦法折騰白洛因，可真出了事，他卻是最著急的一個……

別人猜不透，白洛因看不懂，可尤其卻能理解。

這就好比一個情竇初開的男生，面對喜歡的女生，總是不知道該怎麼表達。於是他不厭其煩地去招惹那個女生，揪她的小辮子，偷她的作業本，把她欺負得雙眼通紅……雖然白洛因和顧海都是男生，他們的關係也昇華不到那一層面，但目的都是一樣的，那就是引起對方的注意。

白洛因是顧海在這個班裡唯一想交的朋友，男生的交友法則就是如此，你比我強，我欣賞你，我才會主動去勾搭你。所以尤其總說，顧海是欣賞白洛因的。

其實不光是顧海，尤其也很欣賞白洛因。

白洛因身上有一種獨特的吸引力，這種吸引力隨著日子的延續愈發濃郁，他就像是曇花，花叢中最沉默的一位，可總有人為了他的一次綻放，甘願苦苦等待三千年。

「我給你開點兒藥吧。」校醫的一句話，打斷了尤其的遐想。

「開什麼藥？」

校醫笑得柔情款款，「好不容易來我這一趟，總不能白來啊！這裡有很多種補腦的藥，你可以帶一些回去，高中學習這麼累，每天都要給大腦補充營養的。」

尤其甩了校醫一眼，「妳留著自己喝吧。」

「……」

顧海盯著白洛因看了好一會兒，越看越像一個人，儘管他對那個人的容貌已經有些模糊了，但是白洛因的鼻子和嘴，總讓顧海有種似曾相識的感覺。

「嗯……咳咳……」

白洛因的咳嗽，打斷了顧海的思索。

「太渴了……」白洛因剛才做了一個夢，夢到自己變成了夸父，不停地追日，追啊追啊，越追越渴，還沒跑到黃河邊上，就被渴醒了。

一股甘甜清涼的液體流到嘴裡，白洛因的雙唇和舌頭得到了充分的滋潤，他伸手去摸杯子，結果摸到了另一個人的手，手掌寬闊有力，手指骨節分明。白洛因嘗試著從他的手裡抽出杯子，結果摸了半天，都沒找到杯子的邊緣。

顧海把白洛因那隻亂動的手按了下去，又把杯子放到他的嘴邊，小心翼翼地把水渡到他的嘴裡。

白洛因感覺喝夠了，便推開顧海的手。「爸，我不喝了。」

顧海繃了一下午的臉終於露出幾分笑意，「這麼客氣？」

白洛因感覺不對勁，緩緩地睜開眼，在看到顧海的那張臉之後，眼神一下就冷下來。

「怎麼是你？」

「這麼快就不認爹了？」

白洛因伸手去抽顧海，卻被顧海強行攔住了。

「別亂動，你這手扎著針呢。」

白洛因這才注意到自己手上的針和頭頂上的輸液瓶。

「怎麼回事？」

顧海把事情原原本本地告訴白洛因，沒有絲毫的隱瞞，也沒有一點兒心虛。彷彿他給白洛因下安眠藥是一個追求真理，探索奧祕的過程，在這個過程中，不配合的是白洛因，關鍵時刻掉鏈子的人也是白洛因。

白洛因真想讓校醫給自己么（秤）二斤速效救心丸。

「這樣吧，你告訴我，我哪惹到你了，我給你道歉。」

這話是白洛因說出來的，他是真的膩味了，顧海折騰得起，可他折騰不起。顧海可以壞了一個背心第二天換新的，可他就那麼一個背心；顧海可以受個傷住個院，可輸一瓶液要燒掉白洛因十幾天的零花錢……

顧海猜到了白洛因的心思，當即放出話來。

「我可以負擔所有經濟損失，但是讓我別招惹你，我做不到。」

白洛因的頭重重地砸在枕頭上，看著顧海怒不可遏。
「你他媽是不是有病啊？」
顧海淡淡一笑，「我是有病。」
「有病就趕緊吃藥！」
「你就是那藥。」
白洛因冷視著顧海，「你什麼意思？」
「想讓我好了，你就得忍受煎熬。」
「……」

14.

第一次月考成績發下來了。

顧海看著自己的各科成績，比他預想的要高出很多，一想自己這段時間也沒花費多少心思在學習上，還能考出這樣的成績，頓感臉上有光。

「你考多少分？」顧海倒是想知道，這個一天到晚睡覺的傢伙，能考出什麼樣的成績來。

「你是說總分麼？」

顧海點頭，「我五百二十一，你呢？」

「我沒算。」

「你拿來，我幫你算。」

還沒等白洛因答應，顧海就直接搶過了白洛因的各科試卷，他是打算用這件事奚落一下白洛因的，畢竟除了體育特長之外，顧海真的沒有一處比白洛因出色。

「數學，一百五……」

顧海萬分驚訝地對照了一下名字，真的是白洛因，而且是滿分。雖說理科班的數學水準普遍較高，但是能考到滿分的學生，真的是微乎其微。

「語文，一百二十六……」

顧海再一次愣住了，他看了看自己的語文成績，九十六分，差了整整三十分。顧海把白洛因的卷子翻看了一遍，發現光是作文就差了十五分，白洛因的作文幾乎是滿分。

「這不公平……」顧海沉著臉，「你這作文要是換成我的字來寫，肯定不值四十分。」

白洛因懶得搭理這種人。

「理綜兩百八十七，英語一百三十一……總分六百九十四？」

這個分數，都能拿北京市高考狀元了！怎麼可能？顧海不相信，就衝白洛因上課這麼睡覺，他能考出這樣的分數？還有天理麼？

「抄的吧？」

「我前面是尤其，後面是你，我抄誰的去？」

尤其總分才四百多分，更慘。

旁邊有個女生瞧見顧海一副不相信的表情，忍不住插了一句，「白洛因就是以第一名考進這個班的，他的校名次一直是前五名。」

顧海現在總算明白了，為什麼羅曉瑜對白洛因百依百順，周圍的同學總是誇白洛因特別聰明。本來還以為兩人是一條道上的，一個總睡覺，一個總走神。鬧了半天，人家腦子裡有一個小算盤，不管怎麼折騰，最後被耽誤的一定是自己。

「你太壞了！」顧海在白洛因的脖頸子上輕輕拍了一下。

我壞？白洛因覺得若是老天有眼，早該把後面那位劈死了。

「我怎麼壞了？」

「你摧毀了我接受天才的能力。」

白洛因冷笑一聲，毫不留情地回擊。「你也摧毀了我容忍傻B的能力。」

顧海還沒發作，突然一陣巨大的聲響，把眾人的注意力引到了後門口。一個陌生的人用腳踹開了後門，連帶著地面上的碎皮紙屑都揚了起來，此人表情猙獰，身上隱隱含著一股街頭霸王的浪蕩之氣。

「白洛因，我草你大爺！」

毫無徵兆的一聲罵，讓嘈雜的課間一瞬間安靜下來。

白洛因冷漠的眼神甩了過去，看到了一張令他憎惡至極的面孔。這個人叫武放，從高一開始，就喜歡和白洛因過不去。原因很簡單，他追的女生，一直都暗戀著白洛因。而他又是一位整天公車接送，要錢有錢，要勢有勢的官二代，學校的領導都得敬他三分，他又怎麼能忍受一個窮小子總是壓在他的頭上。

「白洛因，我告訴你，你給我老實點兒。小心我把你老底兒兜出來，我要是真兜出來，我看你還敢不敢在這個學校混！別以為成績好就能為所欲為，哪天把爺惹毛了，你就是全校第一，也得給我滾蛋！」

白洛因站起身朝武放走了過去，語氣冷銳平靜。

「我有什麼老底兒？你說出來，我倒是想聽聽。」

武放笑得狂妄輕佻，「真讓我說？我怕我說了，你哭著跪地上求我放你一馬。」

簡短又冷冽的五個字，「有種你就說！」

「好，這可是你讓我說的，同學們都聽好了，我只說一遍。你們班白洛因，是個有媽生沒媽養的雜種，你們知道他媽是幹什麼的麼？說出來嚇你們一跳！等等……不能那樣稱呼，現在改詞了，叫失足少女……哈哈哈……」

班裡噓聲一片，有表示驚訝的，也有表示反感的，更多的是懷疑。沒有人相信白洛因會有那樣一位母親，他們覺得武放是因為嫉妒而故意編造一個事實來侮辱白洛因。

白洛因自始至終都不發一言，表情是僵死的，只有胳膊上暴起的血管還在不停地跳動著。

「你們瞧瞧白洛因，一看就他媽是個野種！但凡沒有媽的，都他這副慫樣33兒！」

白洛因已經走到了武放的身邊，抬起胳膊。

就在那一秒鐘，白洛因被噴了一臉血。

武放還沒明白怎麼回事，白洛因也在震驚中，顧海的拳頭再次揚了起來，又是一拳，武放的半邊臉都走形了。一大股血從鼻子眼冒出來，流到齒縫裡，疼得武放嗷嗷直叫喚。

「我草你媽……你敢打我？」

武放朝顧海撲了過去，顧海一腳踢在武放的膝蓋骨上，又準又狠，骨裂的聲音聽在耳朵裡異常恐怖。武放又是一聲慘叫摔倒在地，顧海拽著他的脖領子，把他從班級後門口一直拖到前門口。

「啪！」一個嘴巴抽下去，整個樓道的人都聽到了。

最初還有人往這裡跑，企圖勸勸架，結果看到地上這副場景，全都嚇懵了。武放的整個臉被顧海打得如同一堆破爛棉花，下巴已經歪了，顧海兩個拳頭掃過去，武放掉了四顆牙，吐出來的時候呼吸都困難了。

「道歉！」顧海指著白洛因。

33：窩囊、軟弱。

武放哭號著，「我他媽憑啥給他道歉？你再打我一下，我讓你明天就進去！不信你試試。」

武放的話不無道理，假如顧海真是一個毫無身分背景的高中生，把一個官二代打到這個地步，蹲進去是在所難免的了。

顧海的拳頭上都是血，他左手按住武放的頭，右手一記悶拳橫掃過去。

「咔嚓」一聲，武放的半邊臉塌了進去。

幾個經過的女生嚇得直尖叫，就連一位經過這裡的老師，都沒敢直接來阻攔，而是趕緊打電話到保衛處。

「道歉！」

武放的眼淚嘩啦啦流，哎呦媽喲哭得都快燻氣了。

班裡一個男生實在看不下去了，走到顧海身邊，善意地提醒了一句，「顧海，你別這麼打他，會惹麻煩的！」

顧海完全聽不見，一腳踹在武放的大腿根。「道歉！」

武放疼得縮起身子，像一隻蝦米在地上抽搐。

白洛因靜靜地站在一旁，震驚得說不出話來，他不明白，顧海為何會如此瘋狂地為自己打抱不平。

尤其推了白洛因一下，「你去勸一下吧，再這樣下去，該出事了。」

白洛因走過去，還沒開口，顧海舉起了三根手指。

「我數到三，你再不道歉，我直接把你從窗口扔下去，不信咱就試一試。」

「一，二……」

武放猛地抱住顧海的腿，整張臉已經血肉模糊，看不出本來的面貌。

「對……對不起……」

武放一開口，嘴裡流出一大團的稠血，周圍的人看得十分心悸，全都後退了一步。

顧海猛地將武放拽起來，強迫他雙膝跪地，將他的頭按在了白洛因的腳底下。

「說，你是他孫子，你才是雜種！」

武放頓住了。

白洛因知道事情不妙，本想上前攔住顧海，別讓他玩過了。結果還是晚了一步，顧海這一拳下去，武放的牙床子都跑到嘴唇外邊了。

「夠了！」白洛因拽住顧海，「趕緊把他送到醫院。」

「你站起來！」顧海朝白洛因大吼一聲。

自從白洛因認識顧海，他從沒見過顧海這樣的表情，所有殘忍可怕的詞彙來形容都不為過。

「道歉！」顧海暴怒的聲音響徹整個樓道，外面的陽光都不敢照進這個晦暗冰冷的角落。

武放的臉貼在白洛因的腳面上，一邊哭著一邊大喘氣，地上的穢物都是從他的口中吐出來的。

「我是……你……孫子……嗚嗚……我是雜……雜種……嗚嗚……」

顧海甩掉武放站起身，整個校服的前襟都被血染透了。

白洛因靜靜地站在兩人中間，心是空的。

救護車的警報聲傳了進來，一群圍觀的同學幾乎都是腿軟著走回教室的，醫護人員急匆匆地跑到教室門口，將瀕臨休克的武放抬上了擔架。

十分鐘過後，一切恢復平靜。

外面的血已經被清掃工人仔細地刷過了，腥味還是透著窗戶飄進教室，每個人的心裡都是涼的。

「顧海，你出來一下。」

白洛因回過頭看向顧海時，他的位置已經空了，很多同學都在議論，顧海這次出去，恐怕再也回不來了。

兩節課過去，顧海連個人影都沒露，也沒聽說關於他的任何情況。兩個課間休息的時間，所有人都在議論顧海的下場，白洛因趴在桌子上，眼睛是睜著的。

眼看到了下學的時間，白洛因提前收拾好書包，從後門走出去，直奔保衛處。

白洛因已經做了最壞的打算，假如真出了什麼事，他會拉下臉去找姜圓，儘管他一直不喜歡顧海，可這次顧海是為他頂罪的，假如沒有顧海出手，現在被興師問罪的人就是白洛因了。

一邊想著，一邊下樓梯，白洛因的腦子裡一遍遍地重播顧海教訓武放的畫面，以至於前面有個人都沒看到。

「你怎麼出來了？」白洛因一愣，顧海就站在最後一節樓梯上。

兩個人都沒動，隔著一米的距離對望，這是白洛因第一次用正常的目光注視著顧海。

「你……是回去收拾東西麼？」白洛因問。

顧海往上走了兩級臺階，表情看起來很輕鬆，「你怎麼這麼了解我？」

「還回來麼？」

「還回來幹什麼？」

白洛因的臉噌的一下變了色，他拽住顧海的胳膊，語氣中難掩焦急之色。

「委屈你了，我會很快找人把你撈出來的。」

顧海沉默了半晌，突然笑了出來。

「你這是說什麼呢？我是回去吃飯睡覺，明天還回來呢，你去哪撈我啊？」

白洛因感覺自己情緒像是在跑火車，聽到顧海的話，所有的緊張焦慮都在那一刻迅速剎車。

「怎麼會沒事？」

顧海輕笑，「你這麼希望我有事？」

白洛因沒說話。

顧海拍拍他的肩膀，「我走了，回教室收拾東西了。」

「等下。」

顧海感覺白洛因攥著自己胳膊的力度很緊，「怎麼了？還不信我？我說沒事就沒事。」

「不是。」白洛因一把拽掉了顧海那件沾滿血的校服背心，也把自己的背心脫下來給顧海遞過去。

「你穿這個回班。」說完，頭也不回地走掉了。

顧海穿著那件滿身是洞的背心，站在樓梯口回味了很久。別看平時總是一副臭臉，背心倒是挺香的。

白洛因赤膊走在回家的路上，傍晚的風已經很涼了，他忍不住搓了搓胳膊。路過一個街口，掃大街的大嬸早已熟悉了這位上下學都步行的小夥子，瞧見白洛因凍得直縮脖兒，心一緊開口說道：「要不披一件我的衣服走吧。」

「沒事，大媽，我跑著跑著就不冷了。」

「哎，成，過馬路瞅著點兒車。」

路過一個十字路口，白洛因本該往西拐，可是他的腳卻邁向了從南到北的人行道。下班高峰期，到處人山人海，白洛因走在喧鬧的人群中，突然覺得四周好冷清。

「你們班白洛因，是個有媽生沒媽養的雜種。」

雖然武放已經被折騰得夠慘了，可這一句話，白洛因會記他一輩子。

顧海是打車回去的，在一個紅綠燈的街口，他看到了白洛因的背影。本來這個背影就是很好認的，尤其今天白洛因還沒穿背心，英挺的身材，俐落的步伐，在人群中顯得那樣出衆。

「師傅，勞駕您在前面的街口停下車。」

「好嘞！」

顧海下車，直接跟在白洛因的身後，他想知道白洛因這麼晚不回家，到底去幹什麼。

穿過一條又一條街，天已經黑了，白洛因在一個大排檔前面停住了腳步。

「老闆，給我來五紮啤酒，二十個肉串，五個板筋，五個雞脆骨，三串烤魚……」

白洛因像是報菜名一樣地點出自己想吃的東西，然後找一個空位坐下。很快，啤酒已經上來了，白洛因咕咚咕咚喝了一紮，然後開始慢慢地剝花生米。

「一個人點這麼多吃得了麼？」

聽到熟悉的聲音，白洛因一抬頭，看到顧海就站在自己的面前。他仍舊是那副從容的表情，儘管白洛因對顧海沒受處分這件事半信半疑，但是他從顧海的臉上看不到半點兒的憂慮。

「老闆，再拿一副碗筷。」白洛因對著裡面喊了一句。

顧海笑得特別開心，「我這農奴終於在你這翻身了。」

白洛因喝了兩大口的酒，語氣中少了平日的生分和冷淡，「你要是再貧，就換一桌吃去。」

顧海保持緘默，拿起一個肉串放到嘴裡，味道還不錯。以前總覺得街邊攤的東西不乾淨，現在坐在這裡，看著四周熱鬧凌亂的景象，突然覺得特別有食欲。

15.

「別這麼喝酒，傷胃。」

顧海搶過白洛因手裡的酒杯，又被白洛因搶了回去，還是一口乾，喝完之後打了個酒嗝，繼續吃手裡的肉串。

顧海把白洛因沒吃完的肉串搶了過來，放到了自己的嘴裡。

白洛因臉一沉，「這有這麼多，你搶我的幹什麼？」

「我樂意。」

白洛因黑了顧海一眼，轉頭朝裡屋喊，「老闆，來一瓶白的。」

顧海一愣，攔住白洛因，又朝老闆喊：「老闆，不要了，別拿了。」

「你要是再搗亂就滾蛋！」

最終，顧海也沒能管得了白洛因，白洛因喝了不少也吃了不少，後面的話越來越多，顧海知道他有點兒喝多了。

「其實我媽不是那樣的，雖然我從小長到大，我媽都沒管過我，可她從沒做過那檔子事。她就是看不起我爸而已，她就是活得現實，貪圖享受……」

「我相信。」顧海無奈地笑笑，「你好在還能看見你媽，我媽都沒了。」

白洛因不可置信地看著顧海，他一直覺得顧海的生活狀態很好，以致於閒得只會找茬。

「我知道你怎麼想的。」顧海點起一根菸，似笑非笑地看著白洛因，「除了你，你見我逗過別人麼？」

白洛因伸手，顧海又給他扔了一根菸過去，煙霧在兩個人眼前縈繞，周圍的人似乎都不存在了。

「你很早就知道我的家事？」白洛因問。

顧海點點頭，「知道一點兒。」

「所以你總是在我這找茬，然後把我惹急了，好得到心裡安慰，是吧？」

顧海掐滅菸頭，喝了一口白酒，嘴裡噙著笑。

「這不叫找茬，這叫關愛，我是在用一種特殊的方式愛你。」

「別把我的忍讓當成你不要臉的資本。」

這話一說出口，白洛因笑了，顧海也跟著笑了，兩個人就算是一笑泯恩仇了。

顧海把肉串又烤了烤，白洛因繼續喝酒，看著顧海在熱氣騰騰的烤爐前忙碌的身影，白洛因突然覺得這個人變得很親切。也許是共同的遭遇讓白洛因產生了心靈共鳴，也許是顧海仗義相助感動了白洛因，也許僅僅是酒精的作用……白洛因突然想把所有的話都傾訴給這個人。

「我有很多朋友，可那些人都適合在一起樂呵，誰有啥難處，都是憋在心裡。」

顧海想起自己的那些朋友，禁不住揚了揚嘴角，「這是老爺們兒的通病，沒轍。」

白洛因又咕咚咕咚喝了很多酒，「我以前有個女朋友，長得特漂亮，家裡還特有錢，可是我倆分了，前陣子我天天睡覺，就是被這事鬧騰的……」

這一晚，白洛因說了很多，顧海一直在旁邊沉默著。白洛因毫無保留地說出了自己所有的痛苦和難處，包括他的家庭給他的愛情帶來的阻隔，他與石慧那不現實的異國戀，還有他對未來的顧慮，他與母親的分歧，以及他對社會階層造成的差距的深惡痛絕……

聽完之後，顧海感覺白洛因又在他們之間攔了一張網，明明剛剛接近一點點，這張網又把兩個人分隔開來。

白洛因徹底醉了，站起來就要撒尿，顧海硬是把他拉到一片空地上，命令他在這解決。

白洛因用手在小腹處做了個拉褲鍊的假動作，其實褲子根本沒有拉鍊口，需要脫下來。

眼瞧著白洛因要開始了，顧海臉色一變，趕緊攔住白洛因，「先別尿呢，把褲子脫了再尿！」

「我脫啦！」白洛因雙手張開，被酒醺紅的臉上帶著憨傻的笑容。

顧海被氣樂了，「你哪脫了啊？不是還在身上穿得好好的麼？」

白洛因低頭一瞧，果然還在身上。「脫它幹啥，直接尿，省事兒。」

「你給誰省事兒呢？」顧海大跨步衝到白洛因面前，一把脫掉他的褲子，又把白洛因的手放在他的器物上，「扶著，尿吧。」

白洛因聽話地開始解決，顧海借著明亮的月光，朝白洛因的那處瞥了一眼。每個男人都有個通病，看到別人露著，就習慣性地拿傢伙兒比大小。

白洛因快尿完了，扭頭瞧了顧海一眼，「你不尿啊？」

「暫時還沒有。」

白洛因指指顧海的褲子，「那你也得脫下來，咱倆比比誰的個兒大。」

顧海笑得嘴都合不上了，一邊給白洛因提褲子，一邊應道：「明個再比，明個再比……」

白洛因醉得走路都打晃，每走兩步就撞到一個東西，顧海實在看不下去了，蹲下身把白洛因背了起來。

白洛因的胳膊搭在顧海的肩上，呼吸的熱氣全都灌進了顧海的脖子裡。顧海感覺自己的脖頸一陣陣發燙，那是顛簸中白洛因的臉頰一次次貼在上面。

「睏了吧？」顧海問。

「嗯？」白洛因迷迷糊糊地回了一句。

顧海的語氣從未有過的溫和，「那就睡吧，睡一會兒就到家了。」

「你讓誰睡呢？你讓誰睡呢？」白洛因突然拔高了嗓門，一拳頭杵在顧海的左臉上，「又想剪我衣服是吧？」

顧海半邊臉都酸了，他給所有人的耐心加起來都沒有白洛因一個人的多，連他自己都不清楚為什麼在這渾小子面前就發不起火來。

「孫子！」白洛因朝著空曠的街道幽幽地喊了一句。

「你再犯渾，我把你扔溝裡信不信？」

白洛因沒說話，均勻的呼吸灑在顧海的耳邊。他睡著了，也許剛才那句話也是撒臆症[34]，顧海背著他，感覺夜風沒有那麼涼了。

「媽……」

一串滾熱的液體順著顧海的脖頸，流到他的胸口，嵌進了他的心窩裡，喚醒了他壓抑了許久的感情。

34：泛指晚上作夢、夢遊、說夢話。

「叔。」

白漢旗一看到白洛因，焦灼的心終於得到了釋放，他趕緊把白洛因從顧海的背上接下來，嘴裡不住地嘟囔著，「可算找到了，都沒敢和他奶奶念叨這件事，快進屋吧！」

「我就不進去了。」顧海說著，把身上的校服脫下來塞到白漢旗的懷裡，「這是白洛因的校服背心，天冷了，以後給他加點兒衣服吧！」

「哎……」白漢旗一臉感激地看著顧海，「今天多虧你了。」

「沒事兒，他心裡不舒坦，喝了點兒酒，明早上就好了。」

白漢旗不住地點頭，看著顧海離開的背影，忍不住感歎了一句，「這得是什麼樣兒的家長才能培養出來的好孩子啊？」

顧海回到住處時已經晚上十點多了，屋子裡的燈是亮著的了，門鎖不知道被誰打開了。顧海推門進去，看到一個突兀的身影出現在沙發上。

顧威霆面若冰霜，渾身上下透著一股不怒自威的強大氣場。他的眼神隨著顧海的動作平靜地轉換，嘴唇閉得緊緊的，儼然是在等顧海先開口。

顧海彷彿沒有看到顧威霆，神態從容地將書包放下，然後去換鞋，等走到臥室準備換衣服時，發現衣櫃空了。

「我的衣服呢？」

顧威霆的心猛地墜了下去，他已經將近一個月沒有看到顧海了，今天要不是接到校長的電話，他還待在部隊裡。他是帶著憤怒和想念的心情來到這裡的，在追究顧海闖禍的事情前，他是想聽顧海喊一聲爸的，可顧海的第一句話，卻在詢問自己的東西。

沒有得到任何回答，顧海的眼神從顧威霆的臉上轉移，很快發現了地上的行李箱。

顧威霆沒有繞彎子，「東西已經給你收拾好了，現在馬上跟我……回家，打架那件事我就不追究了。明天我派人把你的轉學手續辦好，你回之前的學校讀書，姜圓也會把兒子接過來，你們兩個讀同一所學校，你要嘗試著接受這個兄弟。」

顧海的臉慢慢被窗外的夜色浸染。

「你甭指望我會回去，沒戲！」說著要去拖拽自己的行李箱，卻被顧威霆的一隻腳牢牢壓住，根本拽不動。

「今天你回去也得回去，不回去也得回去，這是命令。」

顧海的眼神裡透著一股狠勁兒，「你不是我的首長，你命令不到我！你現在就是弄死我，我也不會跟他們家人生活在一塊。兄弟？什麼他媽的兄弟？今天我的話就撂在這了，有他們家人存在的地方，甭指望我會踏入一步！」

顧威霆猛地站起身，扼住顧海的脖頸，硬是將他拖拽到窗口。八樓的高度，顧威霆的手只要一用力，顧海就會一躍而出。

「好，你不是寧願被弄死都不回去麼？今天我就弄死你，有種你別喊一聲，我就當沒你這個兒子。」

顧海的牙關緊閉，身板挺得直直的，黑黝黝的眼睛和外面的夜色融為一體。

雙方僵持了一會兒，顧威霆的手剛一用力，顧海的身體順勢帶了出去。顧威霆一看顧海真沒掙扎，猛地將手勁兒回收，又把顧海拽了進來。這一來一回，顧海沒怎麼樣，倒是把顧威霆弄出一身汗。

「現在您滿意了吧？」顧海回頭看著顧威霆，「您請回吧！我要洗澡睡覺了，明天還要上學。」

「你以為沒有我給你提供的一切，你真能心安理得地生活在這麼？你真能租一百多平米的房子麼？我告訴你，我現在給你斷了生活費，不出一個月，你就會腆著臉35求我把你接回去！」

「既然這樣就能達到目的，您何必在這費工夫呢？您現在就斷了，立馬斷，回去好好候著！您看看一個月之內，我會不會腆著臉進你們家門！」

「你以為我不敢麼？」

「我從沒覺得，您有什麼不敢做的。」

顧威霆雙拳緊握，眉宇間充斥著一股暴戾之氣，若是換作他年輕的時候，這樣的逆子，早就一槍打死了。可現在他老了，他又失去了一個妻子，四十多歲才開始明白家的定義，可這個家已經支離破碎了。

「我沒你這個兒子。」甩下這麼一句話，顧威霆陰著臉離開了。

顧海一屁股坐在沙發上，愣了好一陣，平緩了呼吸之後，他發現自己並沒有多少難受的感覺。以往和顧威霆大吵一架，表面上酣暢淋漓，背後要憋屈很長一段時間。可這一次，表面上酣暢淋漓，打完之後還是酣暢淋漓，顧海心裡竟有種淡淡的喜悅。

沒有生活費了？那就意味著，以後他也是窮人了？

那他和白洛因之間拉開的那張網，豈不是又被捅破了？還有什麼事比這更讓他興奮的麼？

顧海像是魔怔了一樣，把房間裡能拿走的東西全部收拾好，大晚上打電話給房東，要他馬上退房，他打算去白洛因家附近租一間平房，越破越好。

他還決定把身上所有值錢的裝備全部賣掉，尤其是手上這款全球限量版的手機，他要換成一個二手的老人機；還有腳底下的名鞋，要換成街邊攤上賣的那種山寨版；腕子上的名表也摘了，實在不行就用圓珠筆畫一個……

35：厚著臉皮。

16.

「現在是北京時間六點整。」

一大清早，顧海是被老人機的報點兒聲吵醒的。以往他都是五點準時醒，昨天折騰得太晚了，前半夜找住處逛夜市，後半夜聽了半宿的蛐蛐叫，天亮了才閉眼。不過顧海的精神頭兒很好，從吱扭扭的單人木板床上下來，穿上三十塊一雙的球鞋，簡單地洗漱了一下，騎上那輛二手自行車就出門了。一路上都是神清氣爽的。

白洛因反之。

他早上起來頭疼欲裂，胃口還很難受。他對昨晚的記憶已經模糊了，不知道自己是怎麼回來的，就記得他去吃燒烤，然後碰到了顧海，他們聊了一會兒，之後的事情就回憶不起來了。

白洛因看了一下表，已經六點了，今天註定又要遲到。

在鄒嬸的早點攤上吃了一碗豆腐腦，胃口總算好受了一些。白洛因給錢的時候問了一句，「嬸子，您知道衣服上有血怎麼洗掉麼？」白洛因斷定是個女人就知道。

「先拿涼水泡一段時間，然後用硫磺皀搓幾下就掉了。你要是實在洗不掉就拿過來，我給你洗。」

「不用了，我自己能洗乾淨。」

白洛因付了錢，沒有直接去學校，而是先回家把顧海那件背心泡在了洗衣盆裡，然後才出了門。沒走多遠，就碰上騎車過來的顧海。

顧海的車完全不用車鈴，騎起來整個車身都嘩啦啦響，要多拉風有多拉風。剎車不好使，幸好顧海的腿足夠長，兩隻腳直接著地，車才能順利停下。

「上來，哥帶你去學校。」

白洛因沒搭理顧海這一茬，顧自向前走著，「就你那破車，我上去了就得散架。」

「你一個走路的還看不起騎車的？」

顧海又把車騎上，保持和白洛因走路一樣的速度。

有個人在你身邊跟著，還弄出這麼大動靜，不管是走路還是騎車，你總得和他說幾句話吧。白洛因沉默了一陣，眼神不自覺地朝顧海瞥了過去，發現他正在瞧著自己。

「騎車有看旁邊的麼？」白洛因提醒了一句。

顧海嘴裡噙著笑，「前面不是沒有旁邊好看麼！」

白洛因裝作沒聽見。

「你們家也住在這片啊？」

「是啊。」顧海說得和真的似的，「一直都住在這一片。」

「那以前怎麼沒碰到過你？」

「我今天第一次遲到啊！以前我騎車從這過的時候，你還沒起呢。」

「這一片的街坊四鄰我差不多都認識，你爸叫什麼？」

顧海刻意轉移話題。「你怎麼不問問我為什麼起晚了？」

白洛因心裡和明鏡兒似的，可嘴上還得裝糊塗。「我哪知道。」

「你昨天晚上喝多了，我把你送回來，都到家門口了，你非要抱著我，死活不進去。」

「你臉皮能再厚點兒麼？」白洛因一臉嫌惡的表情，「我抱誰也不會抱你啊！」

「這事可說不準，昨個是誰哭天抹淚地讓我聽他那段風花雪月的往事？我這肉串吃得好好的，你上來就抱住我，慧兒、慧兒的叫了我一身雞皮疙瘩……」

對於昨天晚上說過的話，白洛因還是有一些印象的，現在想想也覺得挺邪門兒的，那麼掏心窩子的話，怎麼就和這麼一個不靠譜的人說了呢？

「昨天晚上有個人喝多了，褲子都不脫就要撒尿，要不是我及時給他扒下來，他那褲襠到現在還是濕的呢。」顧海一個人在旁邊念秧兒[36]，白洛因心裡早就開罵了。

「我說我不尿吧，他非得讓我把褲子扒下來，要和我比比誰的個兒大。白洛因，你說這種人是不是挺沒羞沒臊的？」

顧海一邊埋汰[37]著白洛因，一邊在腦子裡重播白洛因喝過酒之後那副憨態可掬的模樣，越想越逗，自己在旁邊肆無忌憚地笑了起來。

這一笑可算了惹惱了白洛因，白洛因往旁邊跨了兩大步，顧海覺察到了，猛蹬了幾下。可惜這個車不給力，顧海的速度還沒加起來，就被白洛因拽住了後車架。

顧海感覺後面一沉，白洛因已經坐上來了。

「剛才讓你上來你不上來，非得損你幾句你才上來是吧？……呃!!……你丫的敢偷襲我！」

膝蓋彎兒被踹了兩腳，顧海回過頭，看到了白洛因的後背。

「你怎麼朝後面坐著啊？」

「懶得瞅你。」

車子在路上平穩前行，後車架很窄，兩個人只能後背抵著後背，以一個 Kappa[38] 的姿勢穿過一條又一條街道。這還是白洛因第一次看著馬路在自己面前延長而不是縮短，以往都是步履匆匆的，從不知道早上的空氣這麼好。

「嘿，昨天你把我背回來的？」

顧海微微揚起嘴角，「還真想起來了？」

「我猜的。」

「我已經背了你兩次了，什麼時候你也伺候我一回？」

「你不是長腿了麼？」

「那你也長腿了，我怎麼背了你啊？」

「你自己的事問我幹什麼？」

顧海眼睛一瞇，手扶著車把開始調轉方向，專揀有石子、減速帶的地方騎，車身顛簸得快要散了架，可以想像白洛因坐在後面的滋味。

白洛因使勁抓住後車架上的一根鋼管，才避免被甩下去。開始還以為就這麼一段路不好走，結果發現顛簸狀況愈演愈烈，旁邊明明有好路，可這人就是不走。

「你會不會騎車啊？」

「這是騎車的最高境界，我在前面鍛鍊著，後面還給你按摩理療，多純天然的養生方式。」

36：委婉表達自己的意願、請求。

37：用尖酸的話挖苦人。

38：運動品牌 Kappa 的商標，是兩個人背對背靠坐在一起。

白洛因胳膊肘猛地往後一戳，正好戳在顧海的腰眼兒上，這一陣酥麻，像是觸到了電門，顧海深吸了一口氣，被頂的部位還在發燙，仔細咂摸一下，滋味兒還不錯。

今天的天氣，真是別樣的晴朗。

中午回到家，洗衣盆裡的水已經泛黃了，白洛因撈起顧海的那件校服背心瞧了瞧，中間有一大片黃色的印記，很明顯，看起來洗乾淨有些困難。

白洛因很少洗衣服，他的衣服都是白漢旗洗，偶爾白漢旗不在家，他也會自己洗兩件，或者給爺爺奶奶洗兩件，多半洗不乾淨。

白洛因拿來一個小板凳，凳子有些矮，對於他這種一米八幾的大高個，實在有點兒伸不開腿，不過也能湊合著坐，反正就那麼一會兒。

結果，白洛因估摸錯了。

這根本不是一會兒就能搞定的，不管是用洗衣粉，還是鄒嬸說的硫磺皂，上面的印記只能變淺，不能徹底除掉。白洛因洗一會兒就累了，這種累和運動之後的累是完全不一樣的。運動之後雖然累，但是心情是放鬆的。這種累是徹底的累，累了之後心情還是煩躁的，白洛因連扔掉的心都有了。

可一想當初買校服還交了四十塊錢，白洛因實在下不去手。

「老白，老白。」鄒嬸溫厚的聲音爬進了白洛因的耳朵裡。

白洛因站起身，額頭上的汗水被陽光照得亮晶晶的，他用胳膊擦了擦汗，笑著看向鄒嬸。

「嬸子，您來了。」

鄒嬸穿著一個大圍裙，微卷的長髮隨便盤在腦後，圓潤的臉盤兒上都是溫和的笑容。

「是啊，給你們送點兒餃子，剛包的，豬肉茴香的。」

白洛因用晾衣杆搭著的一塊抹布擦了擦手，接過了鄒嬸手裡的盤子，讚歎了一句，「真香。」

「吃慣了你爸做的飯，吃誰做的都覺得好吃。」

白漢旗這才從廚房裡走出來，看到白洛因手裡的盤子，臉上立刻包裝出不好意思的表情，那種假客氣也裝得很做作。

「我還想讓妳在我們家吃呢，妳倒好，先把飯給我們端過來了。」

白洛因斜了白漢旗一眼，絲毫沒給他留面子。

「您有拿得出手的菜招待嬸子麼？」

「怎麼沒有？上次我給你炒的茄子不好吃麼？」

不提茄子還好，一提那個茄子白洛因就來氣。他本來很喜歡吃茄子，白奶奶炒茄子很好吃，那天白漢旗非要親自上陣，結果圓茄子切了之後沒有放在水裡泡，炒出來之後茄子絲都是黑的，像是一盤鹹菜。這還不算什麼，真正讓白洛因火大的是它吃著也是一盤鹹菜，白漢旗放了兩次鹽，還放了老抽，吃完之後連話都說不出來了。

鄒嬸瞧見洗衣盆裡的衣服，開口問：「誰洗衣服呢？」

「哦，我洗衣服呢！」

鄒嬸急了，「你爸咋能讓你動手幹活呢？」

「我咋就不能幹活了？」白洛因笑笑。

鄒嬸走到洗衣盆旁邊，二話不說，坐下來就搓。

「你天生就是讀書的料兒，這活兒得我們這種人幹。」

白洛因本想攔住鄒嬸的，可是走到她身邊，瞧見她幹活的這股勁頭兒，突然就有種伸不出手的感覺了。不知道為什麼，鄒嬸就是一個家庭婦女，力氣沒有他大，可搓起衣服來，看著就是那麼有力道。剛才還很明顯的印記，經過她大手那麼一搓，一下就看不見了，真是邪門了，看來什麼領域都有高手和廢物。

鄒嬸倒掉汙水，接了一盆清水投衣服，如此反覆兩三次，原本慘不忍睹的校服背心，已經煥然一新了。雖然比不上新買的，可已經看不出任何血漬了。

看著晾衣杆上的白背心，白洛因的心一下就亮堂[39]了。

第二天一早，顧海騎著自行車，在白洛因家附近轉悠了好久，直到白洛因的身影出現在晨曦的霞光中，顧海唇角勾起一抹笑意，修長的雙腿離地，車輪轉動起來，甩了一地的露珠。

白洛因正走著，突然一輛自行車從身邊擦過，車子騎得很快，再加上車身笨重，慣性帶動得白洛因的身體都有些往前傾了。

不用想也知道誰這麼缺心眼。

顧海在前面的一塊平地上迅速拐彎，而後一個急剎車，車圈在地上畫出一道漂亮的弧線。他扭頭朝白洛因一笑，似正似邪的面孔被柔和的晨光細緻地描畫了一番，讓這個陽剛味十足的爺們兒也帶上了幾分柔情。

白洛因對顧海欣賞無能，若無其事地從他身邊走過，冷冷的撇下一句：

「一輛破二手自行車還玩飄移！」

顧海在後面半走半騎的跟著白洛因，「你怎麼知道我這車是二手的？」

「這一片兒天天丟自行車，你這車要是新買的，早就丟了。」

「你怎麼不早說啊?!」顧海一副追悔莫及的模樣，「我要知道這一片兒有自行車能偷，何至於花那冤枉錢買車啊！」

「你不是這一片兒的麼？這事都不知道？」一句話，把顧海給噎死了。

「鄒嬸，來兩碗豆腐腦，五個夾腸的燒餅，兩個糖油餅兒。」

顧海也朝鄒嬸喊了一句，「給我也來一份，跟白洛因一樣的。」

白洛因朝顧海投去詫異的目光。

顧海問：「怎麼了？」

「沒怎麼。」

其實白洛因想說我的那一份裡面就包含你的，結果猶豫了一下，還是沒說。

兩個男孩坐一張桌子，桌子上幾乎擺滿了早點，說實話，白洛因一個人吃兩份沒什麼困難的，頂多中午少吃一點兒。可他擔心顧海會浪費，鄒嬸給的分量絕對夠足，而且都是實打實的真東西，一點

39：開朗；清楚。

兒不摻假，就因為這樣，白洛因憎惡每一個來這裡吃飯的剩客。

顧海咬了一口糖油餅兒，外脆裡軟，口感倍香兒。「好久沒吃到這麼正宗的糖油餅兒了。」

顧海本來還想說上一次吃還是五六歲的時候，結果話到嘴邊又嚥了回去，他得嚴格把關自己的嘴，萬一哪天說露餡就歇菜[40]了。

「那你平時都去哪吃早點？」白洛因隨口問了一句。

「……平時啊，停哪兒算哪兒，隨便買點兒東西就湊合了。」

白洛因沒再多問，顧自吃著自己的東西，他吃燒餅有個習慣，那就是把皮兒和餡兒分開吃，先吃餡兒，後吃皮兒。所以五個夾腸燒餅，他都先把裡面的熱狗夾出來吃了，剩下厚厚的燒餅皮兒摞[41]在那。

顧海看見了，以為白洛因不愛吃皮兒，就把自己燒餅裡面的熱狗全都夾出來送到了白洛因的盤子裡，然後把那一摞的燒餅皮兒都拿到了自己這邊。

白洛因微微愣住，抬頭瞅了顧海一眼，瞧見他大口大口地吃著毫無味道的燒餅皮兒，沒有任何的不情願。

顧海停下來看了白洛因一眼，「光是瞅我就能吃飽？」

「吃得飽吃不飽說不準，但是肯定吃不下去。」

話雖這麼說，可白洛因對顧海的印象已經開始慢慢改觀了。從最初的厭惡，到後面的包容，再到現在的一絲絲好感……對於白洛因這種第一印象定終生的人而言，顧海的進步已經是空前絕後的了。

「吃完了，走吧！」

空空的盤子和碗打消了白洛因的顧慮，他是第一次在吃飯上面遇到對手。果然，好體格不光是練出來的，而且是吃出來的。

顧海又騎著自行車把白洛因送到了學校。尤其看到顧海和白洛因一起進教室，已經是第二次了，心裡特別納悶，忍不住回頭問：「你怎麼跟他一塊來的啊？」

「恰好碰上了。」

尤其還想問，白洛因已經把頭轉向後面。

一件衣服拋到了顧海的懷裡。

顧海把校服背心抖落開，目光頓了頓，朝白洛因問：「誰的背心啊？」

「你說誰的背心啊？我的背心能給你麼？」

「我的背心？」

顧海是真的把這件事給忘了，他來這個學校之前，房菲就給他準備了不止一身校服，所以那件帶血的背心不見了，顧海也沒太在意，只當是白洛因扔掉了。

「就是你打架那天穿的那件。」白洛因就提示到這裡，便趴在桌子上準備睡覺。

顧海卻不淡定了，極其不淡定，他用那雙老虎鉗子一樣的手將白洛因拽了起來，一字一頓地問：

「這衣服是你給我洗的？」

40：意即「沒戲啦」。原屬北方方言，後為網路流行用語。

41：音ㄌㄨㄛˋ，堆疊放置。

「不是。」

「別扯了。」顧海噙著笑，「你敢讓家人瞅見這衣服？」

「知道還問！」白洛因一副愛答不理的模樣。

顧海其後的這個笑容，不知道延續了多長的時間，他的眼神就像兩把鉤子，不停地在白洛因的身上滑道兒。

白洛因給我洗衣服？

顧海光是想想那副場景，就覺得心曠神怡。一個英俊帥氣的小夥，捧著一件衣服搓啊搓的，怎麼洗都洗不乾淨，心裡這個氣啊！他一定會想：我幹嘛要給他洗衣服啊？我還不如給他扔了呢！可想歸想，他肯定不捨得扔。他的眉宇間一定擰著個結，直到這件衣服完全透亮乾淨了，那個結才舒展開。

從來不知道，原來肥皂的香氣也可以醉人。

17.

回到住處，顧海把那件校服背心疊好，收到櫃子裡。

旁邊的老人機一直在嗡嗡地響著，發出震耳欲聾的鈴聲。

「大海啊大海！」一聽語氣，就知道是李爍那個閒人。

「大海啊，這程子忙什麼呢？怎麼都沒和哥幾個聯繫？」

李爍的話讓顧海的身體僵直了幾秒鐘，的確，他已經很久沒有和那群哥們兒聯繫了。自從換了手機，賣了電腦，上網已經成了一件遙不可及的事情。沒了網路通訊工具，手機又不好用，顧海也就懶得去聯繫別人了。

「也沒忙什麼，就是上上課，睡睡覺，挺閒的。」

李爍一聽這話樂了，「這週六出來會會，叫上虎子，那小子買了一輛新車，想和你飆飆呢。是你來找我們，還是我們去接你？」

顧海如炬的目光中透著滿滿的謹慎。

「我去找你們吧，以後沒事別來找我。如果真有急事，先給我打電話，我特批了你們再來。」

「你幹什麼見不得人的事兒呢？這麼怕我們看見……」

顧海敷衍地回了一句，「沒什麼事，記住我的話就成了，週六見。」

說完，趕緊掛了電話。

沒多久，手機又響了。

「顧海!!」

手機那頭一記響亮的嗓門震得顧海眉頭輕擰。

「你都幾天沒有主動聯繫我了?」

顧海長出一口氣,他這幾天到底在幹什麼,為什麼人人都是一副討債的口氣和他說話?

「咱們不是天天通電話麼?」

金璐璐的聲音從老人機裡面傳出來,顯得異常的粗獷。

「是天天通電話,可都是我給你打過去的,你從來不會主動打過來!以前你不這樣,以前都是你主動聯繫我的。你……是不是又和別人好上了?」

「我和誰好啊我?」顧海怒聲回斥了一句,「別整天疑神疑鬼的成不成?妳以前沒這麼小心眼啊!我要是真和別人好上了,我根本不會接妳的電話。」

金璐璐的聲音有些哽咽,「那你為什麼不主動給我打電話?」

事實的真相是,打電話花錢,接電話是免費的。以前顧海不在乎這些,甚至兩個手機還在接通狀態,他就睡著了,就這麼一直連到天亮。可現在不行了,只要一拿起電話,想到是自己主動撥過去的,他就覺得吃虧了。而且手機接通時間太久還會發熱,顧海擔心手機沒幾天就暴斃了,所以乾脆就不打了。

「我這幾天忙著換住處,沒顧得上妳。」

金璐璐吸溜吸溜鼻子,語氣委婉了一些。「你搬到哪去住了?」

顧海抬頭瞧著掉了漆皮的天花板,沉默了半晌,說道:「就在離學校不遠的一座公寓裡面,說了妳也記不住。」

「你說，你說了我就會記住的，趕上哪天放假了，我會去找你的。」

顧海面色一變，語氣還是壓得很穩。「妳別來了，一個丫頭大老遠過來，我不放心。」

金璐璐歎了口氣，「可是我想看看你現在的生活狀況，從開學到現在，我一次都沒有去過你那裡，連你過成什麼樣都不知道。」

「我過得挺好的，只要妳過得好，我就過得好。」

金璐璐沉默了好久，語氣突然變得有些陰森。「顧海，你變了。」

「我怎麼變了？」

「你以前從來不會說這些好聽的，你是不是真的有了新的女朋友？」

顧海直接掛了電話，耳不聽心不煩，他不明白為什麼，突然就對這個在他心中無可挑剔的女人一點兒耐心都沒了。過了一會兒，手機再次響起，聲音依舊很刺耳。這裡的牆壁很薄，隔音效果很差，旁邊還住著別的人家，顧海擔心吵到別人，就直接關機了。

躺在床上，顧海的心有點兒緊。

他突然想起來一件事，依照金璐璐這個脾氣，假如自己和她冷戰，那麼最後沉不住氣的肯定是她。金璐璐沉不住氣意味著什麼？意味著她一定會千里迢迢地來這裡找自己，然後她就會暴露自己的真實身分和家庭狀況。

不行！

顧海的長腿再次伸到地上，兩大步跨到桌子旁，把手機拿起來。

剛一開機，手機就響了，顧海趕緊按了接聽，結果，由於機子反應過慢，顧海的速度過快，導致剛打開的手機就死機了。

過了好長一段時間，估摸著金璐璐的情緒已經穩定下來，顧海才再次開機。這一次，電話沒有立刻打過來，等了很久都沒有聽到動靜，顧海忍痛撥了回去。

「喂……」

濃濃的鼻音傳到顧海的耳朵裡，他的心還是顫了顫，金璐璐是個很強韌的女生，她很少哭，至少在顧海的印象裡，金璐璐沒有掉過一滴眼淚。

「好了，ㄚ頭，別哭了。」

金璐璐的啜泣聲很急促，說話也上句不接下句。

「我知道我不該瞎想……可是你的變化太大了……以前我們也是分開兩地讀書……可我覺得你就在我身邊……現在我感覺……你離我好遠好遠……」

顧海頓了頓，「也不遠，高鐵半個小時直達。」

金璐璐破涕為笑，「你幹嘛要掛我的電話？」

「沒掛妳電話，手機信號不好。」顧海突然發現，他現在的謊話張口就來。

金璐璐哼哼兩聲，「我這兩天偏頭疼總是犯，特難受。」

顧海瞧了一下點兒，過去五分鐘了。

「這就是看電腦、玩手機時間過長造成的，妳把手機放在耳邊接電話，多大的輻射啊！聽話，早點兒睡覺吧，明兒早上一起來就好了。」

金璐璐長出了一口氣，「週六來看看我好麼？」

「我和李爍、虎子約好了，這週六聚一下。週日成不成？我週日一天都有時間。」

「你總是把他們看得比我重要。」

「這不是重要不重要的問題，是我先答應了別人，答應的事兒就得做！」

金璐璐沉默了許久，淡淡回了一句，「週日我要去參加同學的生日PARTY，一天都沒有空。你下週再來吧，別把自己弄得太累。」

掛電話的時候，顧海還聽到了金璐璐失望的歎息聲。

屋子的燈關了，顧海突然想起兩年前的這個時候，金璐璐領了一群女生，砸了主任家的玻璃，回到學校公開和校長叫板。那個時候的她野性豪爽，愛恨分明，什麼都不放在眼裡，雖然只是一個乾瘦的小丫頭，卻有一股撼天動地的霸氣。

想起金璐璐坐在桌子上，發出的一陣陣爽朗的笑容，顧海至今都覺得很美好。

那個時候的金璐璐，確實令顧海著迷。

也許，喜歡的東西是碰不得的，不碰它，它就能一直保持原樣，無論怎麼看都覺得好。可擺在自己面前，看多了摸多了，反而會侵蝕掉它原有的美。

顧海想了許久，還是把手機拿了起來，挺費事地發了一則簡訊。

「我和李爍他們說一聲，週六不去了，我去看妳。」

放下手機，顧海覺得心裡踏實了很多。

第二天一早，顧海還是騎車帶著白洛因去學校，這一次白洛因換了個姿勢，以往都是朝後坐著，今天是朝前站著，站在後車架上，兩隻手按在顧海的肩膀上。這樣一來他可以看清前面的道路，以防顧海專揀顛簸的路段騎。

不過今天風有點兒大，北京的風歷來都不寂寞，不是揚起一片沙子，就是掃起一地灰塵。白洛因偏偏站得那麼高，這一路下來，光是喘氣，就不知道吃進去多少沙子。

「你怎麼不坐著啊？我還能給你擋擋風。」

白洛因在顧海的肩膀上狠狠捏了兩下，沒說話。

顧海知道白洛因是怎麼想的，當即保證道：「我不會往石子上軋的，你放心！」

「明天週六，出去玩麼？」

「什麼？」

耳旁呼呼的風聲加上機動車的鳴笛聲，顧海聽不清白洛因在說什麼。

白洛因微微低下頭，盡量讓自己的嘴靠近顧海的耳朵。「週六一塊去釣魚麼？」

顧海手裡的車把晃了晃，眼睛注視著前方，似乎做了一個很艱難的決定。

「我有事，去不了。」

白洛因目光黯淡下來，「那算了。」

這三個字聲音不大，可顧海聽得特別清楚。

「成！週六我去找你！」

白洛因微微俯下頭，正好看到顧海高聳的鼻樑。「剛才不是說不去麼？」

顧海微微抬了下眼皮，正好看到白洛因堅毅的下巴。「剛才風大，是你聽錯了。」

18.

一大早，天有點兒陰，顧海騎車的時候感覺胳膊上涼嗖嗖的。到了白洛因家門口，他已經早早地準備好東西，站在那兒等了。

這是顧海第一次看到白洛因穿便裝，以往白洛因總是穿校服，而且是夏季校服。有的同學已經穿上毛線衣了，白洛因仍舊是背心，所以班裡同學都覺得白洛因火力特大。今天難得看到白洛因穿上長袖衣服，顧海準備去調侃調侃他。

「你還知冷知熱的，像我們人似的。」

白洛因露出一個特委婉的笑容，然後拿起魚竿，猛地在顧海身上腿上抽了一下。

顧海感覺自己的小腿上嗖的燃起一股火苗，他狠狠地吸了一口氣，白洛因已經把他的車推到了院子裡，他們打算步行。

路上，顧海故意把步子放慢，在後面打量了白洛因好久。他在街上經常見到白洛因身上這件衣服，普通極了，可穿到白洛因身上卻異常的有型。白洛因的臉偏青澀，可穿上這身衣服，一股男人特有的味道就出來了。

「衣服不錯，哪買的？」

「我爸的。」

怪不得越看越成熟……

「你還穿你爸的衣服啊？」

白洛因回答得很淡然，「我們爺兒倆的衣服都是通穿的，我不愛逛街，我爸買回來什麼我穿什麼。」

顧海笑了笑，「你別告訴我，你們爺兒倆就這麼一件長袖衣服。你給穿走了，你爸就得光膀子去上班……」面對顧海的擠兌，白洛因表現得異常樂觀，「你太瞧得起我們了，我們家四口人冬天就一件棉衣，一人穿走了，剩下的三個人只能埋土坑裡取暖。」

「那你是不是也有個胖姥姥，有個瘦姥姥？」

這一句話，終於博得白洛因會心一笑。「原來你也聽過郭德綱[42]的這個段子。」

兩個人一邊走著一邊聊天，顧海發現白洛因是個挺健談的人，而且說話一套一套的，稍不留神就被他套進去。和白洛因聊天，你得時時刻刻動著腦筋，他的話往往很精短隨意，可稍一琢磨又覺得很在理。

「到了。」

白洛因在一塊草地上席地而坐，利索地將魚線弄開，打開罐頭瓶，拿出魚餌，插在魚鉤上。然後找了一處相對平整的角落，甩了魚漂之後就坐了下來。

顧海也朝白洛因走了過去。

這是一個野生魚塘，面積不大，但是水質不錯。這裡的魚不是人工飼養的，所以大魚很少，幾乎都是十公分內的野魚，肉不多但是很勁道。

「我們釣完魚之後，要不要按斤交錢？」

白洛因斜了顧海一眼，「你以為這是釣魚場啊？三里之內都沒有人家，你去哪交錢啊？」

顧海擰了白洛因的臉一下，佯怒道：「你對我說話能不能態度好點兒？每次嘴還沒張開，臉就沉下來了。」

白洛因活動了一下被捏疼的面部肌肉，緩緩地轉過頭，「我告訴你，我最討厭別人擰我臉。」

顧海又擰了一下。

白洛因惱了，劈頭蓋臉就是一句，「你丫變態吧？」

顧海一下扯開衣扣子，露出八塊腹肌，左唇角揚起一個驕傲的弧度，「你覺得像麼？」

白洛因一副不屑的表情，「你除了會賣肉還會幹什麼？」

「擰你臉。」

五分鐘過後，白洛因挪到了一個距離顧海十多米遠的地方，繼續甩魚漂靜坐。耳邊清淨了很多，白洛因的狀態也漸漸恢復，盯著魚漂的眼神越來越專注。

突然，魚漂動了一下。

「大海啊大海，是我生活的地方，海風吹，海浪湧~」

顧海的老人機鈴聲突然響起，震得周圍的草都晃了幾下，白洛因的手一鬆，再往上拽魚漂的時候，啥都沒了。

「喂？李爍麼？哦哦，我忘了給你打電話了，我去不了了，璐璐病了，我得去看她……什麼？璐

42：相聲演員，曾擔任影視劇演員及電視脫口秀節目主持人。此段子名為〈買麵茶〉。

璐和你們在一起呢？……」

白洛因耐著性子，等顧海打完電話才把魚漂甩出去。

「大海啊大海，是我生活的地方，海風吹，海浪湧～」

「喂？虎子？你沒和李爍在一起麼？……在一起呢？在一起你還給我打電話幹什麼？存心騷擾我是不是？我告訴你，我真有事……」

白洛因眼前的魚漂紋絲未動。

顧海放下手機的時候，視線內的人已經不見了。他起身搜尋了一下，發現河對岸有個身影，立即朝他喊了一句。「你怎麼跑那去了？」

白洛因裝作沒聽見。

「我已經把手機關機了。」

白洛因看都懶得看顧海一眼。

「我說，一個人釣魚有勁麼？」

「……」白洛因的眼睛只瞄著自己的魚漂，突然，魚漂動了，白洛因迅速收線，一條十公分左右的鯉魚上鉤了。

旁邊放著個水桶，白洛因把魚扔到了水桶裡，繼續甩漂。

在顧海不搗亂的半個小時內，白洛因釣了四五條，本來一直沉著的臉，終於有了幾分笑容。再瞧顧海那邊，完全沒有任何反應，水桶裡盛放的只有水，連個蝦苗都沒有。

顧海收了魚線，深一腳淺一腳地朝白洛因走過去。

白洛因的注意力全在自己的魚漂上，魚漂浮沉了好幾次，他意識到要有大魚上鉤了。

顧海已經走到白洛因的身邊，白洛因都沒有察覺，顧海瞧了瞧桶裡的魚，手朝白洛因伸了過去。

白洛因猛地揚竿收線，好大一條魚，足足有三四斤沉。

顧海一拍白洛因的肩膀，「挺能耐啊，釣上來這麼多條。」

顧海突然而來的動作讓注意力高度集中的白洛因手抖了一下，魚竿掉到草地上。白洛因急著撿了回來，結果魚竿、魚線都在，就魚餌和魚沒了。

白洛因的臉色，可想而知。

「不釣了。」白洛因收了魚竿，彎腰去提桶，起身便要走。

顧海攔在了他面前。

「我把你氣著了？」

「就是不想釣了，沒勁。」

一條胳膊推開顧海，白洛因才走了兩步，就聽到身後撲通一聲。

白洛因神色一滯，我沒使那麼大勁兒吧？怎麼一下甩到河裡邊去了？

顧海釣魚不在行，可摸魚卻有一套。他十歲就開始參加部隊裡的野外生存訓練，從那之後就學會了摸魚，無論大魚還是小魚苗子，只要他看到了，絕對跑不了。

顧海目光冷銳地注視著腿旁遊過來的魚，靜靜地等一會兒，然後再換個地方，繼續等。如此摸索著，很快就走到了河中心，水已經沒過脖子了。

「你上來吧！」白洛因喊，「別犯二了！水多涼啊！」

顧海瞧準目標，兩隻手猛地掐了上去，一股冰涼滑溜的觸感順著手指蔓延到全身。終於把你逮著了。

顧海往前游了游，來到水淺一點兒的地方，兩隻手伸出來晃了晃：「是不是這條？」

白洛因才知道，顧海下河就為了把剛才溜號的那條魚逮回來。

「是，就是這條。」白洛因笑了，笑得不帶一絲遮掩，秋日的驕陽打在他的臉上，帶著幾分愜意和悠然。顧海靜靜地看著，心在這一刻突然有些失衡……

白洛因的笑容轉瞬即逝。「你……不是抽筋了吧？」

顧海這才發現他腳下的淤泥已經有一尺深了。

上了岸，兩個人提著水桶往回家的方向走，顧海瞧見白洛因這副神采奕奕的模樣，忍不住用手戳了他的腦門一下。

「至於麼你？一條魚就把你美成這樣？我要是沒把這魚給你摸上來，以後你看見我得繞著走是吧？」

顧海這些話是笑著說的，半分玩笑半分真，他也不明白自己為什麼二話不說就下水了。就好像他昨天晚上躺在床上，翻來覆去想不明白，他怎麼就答應了白洛因要釣魚呢？

白洛因收回笑容，「這根本不是一碼事兒，你既然來這釣魚了，就踏踏實實釣，總打電話叫什麼事兒啊？」

顧海替自己打抱不平，「我後來不是關上了麼？」

白洛因不說話了，臉色也沒好到哪裡去。

顧海為表誠意，把手伸到口袋裡，拿出手機在白洛因眼前晃了晃。

「你瞧，這不是關機了麼？」

白洛因瞧見顧海的手機裡甩出了無數個水珠子。

顧海也瞧見了。

然後，他想起一件事。

他下河之前，沒有把手機掏出來。

19.

「釣了這麼多魚，今兒晚上還不讓我在你們家吃一頓麼？」顧海不請自問。

白洛因想起白奶奶的那張嘴，當即回絕道：「等魚燉好了，我給你送兩條過去，你就在家裡等著吧。」

顧海想起自己那男女老少皆有的大雜院，心裡一陣陣發涼。這哪成啊？那也不是他家啊！要是白洛因真去了，不露餡才怪呢！

「去你們家吃頓飯怎麼了？」顧海眉宇間嵌著幾分咄咄逼人的架勢，「照理說你應該主動請我才對，而不是我上趕著提醒你，怎麼這麼不懂事呢？」

「我就這麼不懂事。」白洛因一把搶過顧海手裡的水桶，「你要想吃就坐在家裡好好等著，不想吃就得。」

顧海一聽那個「家」字就渾身冒冷氣。

白漢旗已經回來了，正在門口擺弄著新種的兩顆樹，瞧見白洛因和顧海回來，眉眼子溢出幾分笑意。尤其在看清顧海之後，臉上的笑容咧得更大了。

「叔！」顧海叫得挺親。

白漢旗答應得也挺痛快，手朝顧海的肩膀拍過去，剛想說兩句客氣話，臉色就變了，「你這衣服怎麼這麼濕啊？來來來，趕緊去屋裡換件乾淨的。」

白洛因擋在顧海和白漢旗面前，臉上寒光四射，「爸，咱家哪有多餘的乾衣服給他換啊？」

「怎麼沒有？……我剛買回來兩件，先給他換上。」

早不買，晚不買，偏偏這個時候買……白洛因鬃著眉頭子，他是真不想讓顧海進自己屋。

「叔，要不我先在您家洗個澡？我這渾身上下都是淤泥，新衣服穿我身上就糟踐了。」

「你夠了啊！」白洛因目露凶光。

白漢旗倒是一臉樂意，「成，成，會放水不？不會放水讓洛因和你一塊洗。」

「那敢情好了。」顧海的笑容都快溢出嘴角，沿著下巴滴噠到地上了。

「好什麼好啊？」白洛因吼了出來，「咱們家連個正經八百的浴室都沒有，洗澡是露天的，蓮蓬頭成天堵著，您讓人家怎麼洗啊？」

「能洗啊！」顧海一臉寬厚，「你們家好在用塑膠布搭了個棚子，我們家純露天的，夏天直接用自來水沖，連熱水都沒有。」

白漢旗哈哈大笑，「我們家熱水有的是，隨便使！」

你們兩人……夠了！白洛因暗自咬了咬牙，黑著臉進屋收拾東西去了。

以前家裡沒來人的時候，從來不知道屋子裡這麼亂。白洛因正收拾著，突然就聽到顧海喊了一句：「白洛因，熱水怎麼開啊？」

白洛因裝作聽不見。

過了一會兒，白漢旗氣急敗壞地走進屋，埋怨白洛因，「你倒是給人家弄弄去啊！這麼不懂事呢？」

白洛因堵著一口氣，逕自地走到澡棚子，猛地掀開簾子，顧海已經脫得光溜溜了，傲人的身材就這麼氣昂昂地顯示在白洛因面前，白洛因真想在他那結實的屁股上踹一腳。

「你說你連水都不會開，那麼著急脫衣服幹嘛？」

顧海輕輕拽住白洛因的衣領子，手一動就連開三個扣子。

「一塊洗吧！你瞧你褲腳子上都是泥，不難受麼？」

「謝謝您嘞！」白洛因咬著牙拍了拍顧海滑溜的肩膀，然後拱起膝蓋猛地在顧海的小腹處頂了一下，嘴裡擠出幾個字，「你自個洗吧！」

顧海還是一副笑吟吟的模樣，「白洛因，你太色了。」

白洛因本來已經轉過身了，聽到顧海的話又轉了過來，顧海瞧見他的動作，下意識地護住自己的要害部位。

「反應挺快的嘛！」白洛因陰著臉。

顧海收回笑容，一本正經地朝白洛因問：「你家這澡棚子就是用塑膠布搭的，從外面都能透出人兒來，你不怕外人看見啊？」

「我們家沒人來，特別是女人，你撒開歡43洗，去院子裡裸奔都沒人管你。」

「老白，在家麼？」外面響起鄒嬸溫潤柔和的詢問聲。

白洛因：「……」

「草！」顧海動作一僵，「你不是說沒人來麼？逗我玩呢？」

白洛因哼笑一聲，「你最好老實點兒，把我惹毛了，我直接拿打火機把這幾塊塑膠布點了。」

「……」

鄒嬸瞧見桶裡的魚，頓時眼睛一亮，「今個買魚了？」

「釣的。」白洛因笑呵呵的，「嬸兒，送您兩條，您幫我們燉了吧，我怕擱我爸手又糟踐了。」

「哈哈哈……」鄒嬸豪爽一笑，「瞧這孩子真會說話，我這就拿走給你燉去，回頭熟了就給你們端過來。」

白漢旗走出屋，趕緊攔住鄒嬸，「別介啊44！多不合適啊！妳拿走兩條，剩下的我自個燉。」

鄒嬸笑笑地沒說話，提著桶繞過白漢旗繼續往門口走。

白洛因瞧見白漢旗又要演戲，直接拽住他說正經事，「我告訴您啊……待會兒顧海要說在咱家吃，您就說咱家飯不好吃，說什麼都不能答應他。」

「你這孩子怎麼這樣？」白漢旗皺著眉頭，「那魚是你們兩人釣的，憑啥不讓人家吃？」

「沒不讓他吃，我是說給他送到家裡去。」白洛因眼神轉向爺爺奶奶的屋子，示意了白漢旗一下，「總不能讓他看咱家笑話吧！」

白漢旗頓時明白了，點點頭保證道：「放心吧，絕對不留他。」

此時顧海已經洗完澡出來了，白洛因又拿著衣服走了進去。

「叔，這是誰種的花？」

「哦，我兒子種的，好看吧？」

「好看，我揪一朵成不？」

43：盡情地。

44：不要這樣子。

「揪吧，隨便揪。」

白洛因差點兒把塑膠布給撕了！半年多了，總共就開了那麼一朵花啊!!!

「叔，晚上我就在您家吃了，您看成不？」

外面一陣沉默，白洛因把水關上了，濕漉漉的頭髮上還帶著泡沫，下面是一雙豎起的耳朵。

「成啊！」一陣痛快的笑聲，「你想走我也不讓你走啊！就在這吃，吃飽了再走！哈哈哈……」

「……!!」

吃飯前，白漢旗一直在看白洛因的臉色，心裡也是不住的後悔。你說我怎麼就答應了呢？怎麼連句傷人的話都不會說呢？現在好了吧，為了一時痛快，把寶貝兒子給氣著了。

「要不，我讓你爺爺奶奶回屋吃去，咱們爺仨在外面吃。」

白洛因臉色更難看了，「憑什麼讓我爺爺奶奶自個單獨吃？我爺爺一個人擇得好魚麼？就算要轟人，也不能轟咱家人，讓他自個端著碗筷到院子裡吃，誰讓他非要留在這的。」

「人家是客人，你哪能這樣啊？」

白洛因轉身去拿碗，沒再搭理白漢旗。

白漢旗歎了口氣，去了白奶奶和白爺爺的屋子，特意叮囑白奶奶別說話，白爺爺吃飯的時候慢一點兒，小心一點兒，免得嗆出來。

一家四口人，再加上顧海一個人，一共是五口人，擠在一張四方桌上。

桌子上的菜很豐盛，除了燉魚之外，白漢旗還炒了兩個菜，雖說模樣不中看，味道還是可以的。

這是一家人吃得最沉默的一頓飯。

本來最愛說的白奶奶，因為兒子下了禁令，一句話都不敢說。小眼睛滴溜溜地看看這個，看看那個，一臉謹慎的模樣。不過可以看出來，她很喜歡孫子這個朋友，話不能說，菜總能夾吧，白奶奶沒事就往顧海的盤子裡夾一些菜，然後咧嘴朝他笑笑。

顧海也喜歡白奶奶，他六歲的時候奶奶就死了，他對自己奶奶唯一的印象就是她那頭梳得油光鋥亮的頭髮，顧海猜想他奶奶就算活著，也不會像白奶奶這麼慈愛。

為了表示敬意，顧海也給白奶奶夾了一塊魚肉。「奶奶您吃吧，我自己會夾菜。」

白奶奶不住地點頭，她想表達自己的感激之情，但是不能說話，只能難受地哦哦了兩聲。

顧海的臉色變了變，趁著白漢旗和白奶奶說話的空檔，小聲朝白洛因問：「你奶奶……是啞巴？」

白洛因差點兒把碗裡的飯扣到顧海腦袋上。

「你奶奶才是啞巴呢！」

「我奶奶早就沒了。」

白洛因碗裡正在擇著一條魚，瞧見白爺爺眼巴巴地看著自己，只好無視顧海，先把魚給白爺爺擇好了夾過去。本來白爺爺自己也能擇魚，可總是擇不好，十有八九都會卡著。白爺爺舌頭不利索，吞嚥起來都挺費勁的，只要被卡到，一定會把嘴裡的東西都咳嗽出來，擔心會讓客人不自在，白爺爺一直吃得很小心。

顧海瞧見白洛因自己沒吃多少，一直在伺候著二老，心裡有些動容。他夾了一塊魚放到自己碗裡，也學著白洛因一樣把魚刺都擇掉，然後再夾到白洛因的碗裡。這是顧海第一次做這種事，他曾經對別人說過，假如有個女人，肯讓他親自動手擇魚，這個女人一定是他夫人的不二人選，可惜了，第一次竟給了一個男生。

白洛因剛把魚夾給白爺爺，結果發現自己的碗裡也多了一塊魚。

顧海就是不張口，白洛因也知道是誰夾給自己的。

從吃飯開始到現在，白洛因心裡一直是憋屈的，直到這一刻，他的心情才好了一點兒。

顧海的目光時不時瞥向白洛因那裡。

白洛因吃了兩口，擰著眉頭看向顧海。「還有好多刺兒，沒擇一樣！」

草……顧海在心裡喊出這麼一聲，你可真是貧農的身子少爺的命！我顧海是上輩子欠了你了？怎麼一到你這，就總是做些費力不討好的事呢？

白洛因心裡不由一樂，他當然知道顧海在想什麼。

一頓飯快吃到尾聲，一直很和諧，直到白爺爺的一聲咳嗽。

白漢旗臉色一變，想把白爺爺扶起來，可惜已經晚了。白爺爺只要咳嗽一聲，就證明他嗆到了，嘴裡的米飯、魚肉全都嗆了出來，噴灑在碗旁，將整桌美味一併破壞掉了。

白漢旗臉一緊，帶著幾分關心的責備。「不是讓您吃慢一點兒麼？」

顧海現在明白，為什麼白洛因死活都不讓自己在這吃了。

事情沒發生前，白洛因心裡有顧慮，發生之後，心情反倒是平和了。他從容地站起身，拿著衛生紙，一下一下地給白爺爺擦嘴，期間沒看顧海一眼，他不想看到外人對親人那種異樣的目光。即便顧海下一口不吃了，白洛因也不會和他解釋一句。

白洛因把白爺爺的衣領和前襟擦乾淨，剛要重新給他盛一碗飯，就看到一隻手伸了過來。

「先讓爺爺喝口水。」顧海的手裡拿著一個杯子。

白洛因沒說什麼，接過水遞給了白爺爺。

其後的時間裡，顧海自己起了個話頭，開始和白漢旗、兩位老人聊了起來。白奶奶聽得高興，兩腮一直紅撲撲的，越來越興奮。她真想說句話啊！哪怕說個「好」字，也別讓她這麼憋著啊！

「您孫子真厲害，班裡沒人敢惹他。」顧海像是逗孩子一樣，朝白奶奶豎了豎大拇指。

白奶奶的眼睛猛地就睜大了，一臉驚訝的神情看著顧海。「連你都統治不了他？」

「額……」白奶奶意識到自己開口說話了，頓時一陣慌張，兩隻手捂住嘴巴，眼睛不住地瞄白漢旗。

顧海被白奶奶可愛的模樣逗樂了。

「對，我也統治不了他。」

20.

「兒子，送送你同學去。」

白洛因跟著顧海走到門口，顧海推著車和白洛因告別，「成了，你進去吧。」

白洛因沒動，「你們家離這有多遠？」

顧海心裡一緊，「怎麼？還想去我家坐坐？」

「不是，就想送送你。」

話雖動聽，可顧海無福消受。

「我一個男的有什麼可送的啊？快進去吧，天涼了，我騎車用不了十分鐘就到家。」

白洛因卻已經走出了門口，路燈下朝顧海一招手。「走吧！」

顧海鬼使神差地就跟了上去。

兩個人走在寬敞的街道上，道路兩旁的垂柳像是一個個小門簾，掀開了會落下繽紛小巧的黃葉子，不知不覺中，秋天已經到了。北京的秋天是很舒服的，那是熬過了炎炎夏日之後終於盼到的清涼，它的風都是柔和清透的，不像春天，總是脫不掉那一身的寒意。

「今天沒吃好吧？」

很難得的，白洛因的聲音很溫柔，也許他也被這寧靜的夜色柔化了，也許他內心深處還是挺愧疚的，畢竟顧海第一次去他家，竟然讓他吃了那麼一頓不痛快的飯。

「吃得挺好的。」

顧海嗓音沉睿，在寧靜的夜裡，顯得很有質感，讓人很難去懷疑他的話。

「我爺爺奶奶在世的時候也是那樣，我爺爺比你爺爺還要厲害，基本上是吃了吐，吐了吃，而且他有很長一段時間都癱在床上，大小便失禁，我早就見慣了……」

顧海一邊說著，一邊在心裡懺悔著，其實他爺爺是個英雄，是顧家的一代功臣。在顧海出生之前，顧爺爺就在一次執行任務的時候壯烈犧牲了，死得轟轟烈烈的，就因為他爺爺的死，他的父輩都得到了政策上的優待，不然也不會有今天的地位。

白洛因但笑不語。

顧海側頭看了白洛因一眼，而後便沒再移開目光。白洛因不知道在想什麼，目光游離地看著前方，沉默下來的白洛因是很迷人的，有種讓人無法言說的氣質。燈光打在他的半邊臉上，似明似暗，恍恍惚惚，看得久了，感覺像是有一根手指撓在你的心尖上，舒服得整個骨架都要散了。有一種陶醉，無關乎性別，因為它太美了，美到你忘記了人與人之間的差別和隔膜。

「你幹嘛要用藝術字寫名字啊？」

一句話打斷了顧海的思緒。「哦，那個名字是我女朋友找人設計的，非要我學著寫。後來我習慣了，一直那麼寫，想改也改不了了。」

白洛因淡淡道：「這是個不好的習慣。」

顧海敬了個標準的軍禮，「白老師教訓的是，我回去就改了。」

談笑間，路已經走了半程，顧海意識到他不能直接帶著白洛因回住處，他得盡量繞遠，否則就真暴露了。

「呵……」

聽到白洛因一陣讚歎，顧海扭過頭，看到旁邊不知什麼時候多了一條大狗，雪白的皮毛，強健的體格，溫和的性子。白洛因蹲下身，愛不釋手地在狗身上摸來摸去，臉上淨顯興奮之色。

「這隻薩摩耶真漂亮。」

話音剛落，狗的主人來了。

白洛因站起身，直到狗主人把狗拉走，他還意猶未盡地看了很久。

「你喜歡狗？」顧海問。

白洛因笑，「我挺有狗緣的，一般再兇猛的狗，看到我都會溫和下來。」

顧海的眼皮跳了跳，怎麼越聽這話，越像是說他的？

「你要是喜歡，哥們兒回頭買一隻送給你。」

白洛因隨口回了一句，「你那麼窮，買得起麼？」

「……」

顧海心裡碎碎念道：別說一隻薩摩耶了，就是一隻藏獒，我都能買給你。

這麼活著，其實也挺窩囊的……

「你們家不是就在附近麼？怎麼走了這麼長時間都沒到？」白洛因開始懷疑了。

顧海站定，拍著白洛因的肩膀說：「推著車走肯定慢，我這就騎上，一會兒就到家了，你也回去吧。」

白洛因挺痛快地走了。

直到確定白洛因離開了，顧海才騎上車。

白洛因走到一個暗處，回頭看了一眼，看到顧海拐了個彎，又回了之前走過的那條路。

果然……

白洛因為了一探究竟，輕跑著跟在了後面。

事實上白洛因說送顧海，也是一個幌子，他真實的目的就是想知道顧海的家在哪裡，為什麼每次提起來的時候他總是遮遮掩掩的。可送了半個小時，愣是沒走到他的家，白洛因乾脆就放走顧海，採用跟蹤方式。

顧海騎著騎著，就感覺不對勁了，即便後面的腳步再輕，他都能察覺到異樣。而且不用回頭，光是聽腳步聲，就能判斷出此人的身高、體重和大致的外形。

白洛因有可能又跟來了。

這小子太陰了。

顧海眯起眼睛，騎車的動作依然輕鬆，節奏依然鮮明，看不出絲毫的緊張和心虛。

很快，顧海騎到了他所居住的那一片兒。都是清一色的平房，小院。

顧海犯了難，他絕對不能回他租的那個房子，一旦過去了，白洛因絕對會發現那個房子是租的，之前說過的那些話也就全成了瞎話。為了保住他在白洛因心中的一畝三分地，他決定冒一把險。

大雜院旁邊的人家是單獨居住的，裡面住著老倆口，這會兒估計睡著了。顧海決定先去他們家避避風頭，然後再從他家的院牆上翻過去，翻到旁邊的人家，也就是他的住處。

說做就做，顧海利索地撬開鎖，鎮定地推著車走了進去，然後把門關好，終於鬆了一口氣。

距離遠了，顧海不知道白洛因走沒走。

不過他也不打算出去了，院牆不高，他直接把自行車順著牆根扔到了旁邊的院子裡，自己則利索地翻牆而過。

終於逃過一劫。

禮拜一清早，顧海推車往外走，結果前車軲轆剛出門，後車軲轆就猛地往後倒了兩大圈。

怎麼回事？

顧海竟然看到白洛因的身影出現在旁邊人家的門口，站得端端正正的，看那樣子是專門來等自己的。

怎麼辦？還翻牆出去麼？

顧海扒著院牆往旁邊的院子看了一眼，老頭正在院子裡澆園呢，這可怎麼過去啊？

顧海的額頭上滲出細密的汗珠。

終於，他想出了一個奇招。他把自行車扔到了旁邊的院子裡。

「啪唧」一聲，澆園的老頭嚇了一跳，扭頭一瞅，一個年輕人站在他們家牆頭上，下面是一輛自行車。

「大爺，我這自行車掉您家了，我撿一下成不成？」

大爺碉堡45了。

「這車怎麼還能掉進來呢？你在牆上騎車啊？」

顧海也管不了那麼多了，外面那位爺還在，他就得把這神經病裝下去。

「得，撿起來了，我這就從牆上扔過去！」

大爺蹣跚著步子走了過去，一臉的焦急。

「你還扔過去幹什麼？直接從我這門推出去不就完了麼？」

顧海朝老頭露出欽佩之色，配合得太默契了。於是，顧海大大方方地推著車從大門走了出去。大爺站在顧海身後，一臉發愁的表情。「多好的小夥啊！可惜了，是個傻子！」

周似虎看了看表，距離上課還有十分鐘。李爍坐在副駕駛的位置上玩著電腦。

周似虎有些沒睡醒的感覺，一直在不停地打哈欠。好好的一個週末，都葬送給了金璐璐，聯繫不到顧海，金璐璐就一個勁地折騰他倆。直到昨天深夜，他們才把這位少奶奶送回了天津。兩個人在酒店睡了一小會兒，起來準備回學校。

李爍聽到旁邊哈欠連篇，抬頭看了周似虎一眼，忍不住開口問道：「你行不行啊？不行換我開。」

「都快到了還說這話有意思麼？」

李爍呵呵一樂，眼睛突然定在旁邊的車道上。「等下，開慢點兒！」

周似虎渾渾噩噩的，「再慢就遲到了。」

「不是……」李爍的脖子一個勁地往後伸，眼珠子快要瞪出來了，「我怎麼覺得後面那個騎車的像大海啊?!」

周似虎也朝後視鏡看了一眼。「別說，還真有點兒像。」

李爍眼睛一眨一眨的，「我覺得就是！」

「是什麼是啊？」周似虎又加快了車速，一副漫不經心的表情，「你瞧那人那副窮酸相！能是大海麼？再說了，大海自己好幾輛車呢，他犯得上去騎自行車麼？你用你自己的腳丫子好好想想，大海能是這副德行麼？」

李爍想想也有道理，忍不住歎了口氣。

「大海到底跑哪去了？……」

上午大課間，單曉璿扭著屁股走到顧海身邊。

「你能給我講一道題麼？」

白洛因聽到這話，立刻起身給單曉璿讓座。

顧海淡淡地瞄了白洛因一眼，眼睛裡帶著密密麻麻的小刺兒。

單曉璿拿著一張卷子，嬌媚的雙眼注視著顧海，嘴巴微微嘟起，撒嬌的意味顯露無疑。最要命的是她校服裡面穿了件敞口的長衫，偏偏還要把身體往前傾，顧海入眼的地方全是單曉璿胸前那白花花的兩團肉。

「這道題我不會。」

白洛因倚在旁邊的桌子上，饒有興致地看著眼前的兩個人。

顧海還算耐心地給單曉璿講解了一遍。

「聽懂了麼？」

單曉璿的嘴巴又翹了起來，「你講得太快啦，我哪裡聽得懂。」說罷將雙腮托起，兩個饅頭中間的那道溝被擠得越發銷魂。有兩個男生故意在後面發作業本，其實作業本的主人全在前幾排。

「再給我講一遍啦。」

單曉璿拉住顧海的胳膊晃來晃去，「稍不留神」就把顧海的手晃到了自己的胸口處。而後嬌羞一笑，假裝把衣服往上拉扯了一下，其實拉衣服的那一瞬間，她的領口是有個先外擴後收攏的過程的。

顧海這一次講得很認真。

結果，單曉璿表示她還沒有聽懂，而且她找了一個理由，就是看不清圖。所以為了看清圖，單曉璿把白洛因的凳子挪了一個位置，直接和顧海並排而坐，擠在一張小桌子前。

「再講一遍吧。」單曉璿的腳輕輕碰了碰顧海的腿。

顧海輕輕揚了一下唇角，「好，再講一遍。」

顧海想知道，這個女生到底要幹什麼。「先在這個位置畫一條輔助線，然後……」

單曉璿的眼睛微微瞇起，細細地打量著顧海下巴上的青色鬍碴，還有那張說起話來更顯魅惑的薄唇。看著看著，眼光不由自主地往下移，移到了他有力的雙臂，修長筆直的雙腿上……

顧海感覺自己的手被人拉起，而後，觸到一塊柔軟的區域。

低頭，感覺血液在往上湧，此女將顧海的手放在了她的雙腿間，然後，她把腿合上了。顧海的手試著往外抽，結果聽到了單曉璿的低吟聲。

即使在私立學校讀了這麼多年書，也沒見過這麼豪放的女生。

尤其就站在白洛因的身邊，臉上也帶著訝然的表情。「這女的可夠騷的！」

白洛因笑著點點頭，「我總是和她分在同一個班。」

「哦？」尤其一副似笑非笑的模樣，「那你可夠『性』福的。」

白洛因但笑不語。

單曉璿走後，白洛因坐回了自己的凳子上，看著顧海的目光飽含深意。「怎麼樣？」

顧海瞧見白洛因一副看笑話的表情，禁不住冷哼了一聲。「就憑她我就能怎麼樣了？」

白洛因對顧海的話嗤之以鼻。

顧海直接把白洛因的手拽到自己的胯下，使勁按住，臉上露出邪肆的笑容。

「怎麼樣？沒騙你吧？軟的！」後面兩個字，說得擲地有聲。

「這有什麼好顯擺的？有本事你現在就給我硬起來。」

顧海的嘴都快貼到白洛因的耳根子上了，一股熱氣順著耳孔爬了進去。

「你動兩下，我就硬了。」

白洛因的手還按在顧海的那塊肉上，聽到這話，猛地抽了出來。

「你丫的真不要臉！」

顧海笑得嘴角都在抽搐。

「問一下，顧海是在這個班裡麼？」熟悉的聲音闖入耳簾，顧海的笑容一下就停滯在臉上。

「顧海，外面有人找你！」

顧海一轉頭，金璐璐那張瀕臨瘋狂的臉出現在後門口……

21.

「妳怎麼來了？」

「你說我怎麼來了？兩天了，你的手機一直打不通！再聯繫不上你，我都以為你遭人綁架了！」

「我這不是沒事麼？我手機掉河裡了，又沒有富餘錢買新的，所以沒法聯繫妳……」

顧海耐心地解釋著，金璐璐目光詫異地掃過顧海的全身，看著他身上顏色不正的長袖T恤，腳底下三十塊錢一雙的球鞋，整個人都不淡定了。

「你爸怎麼能這樣呢？就算把你轟出來，也不至於讓你過得這麼慘吧……唔……」

金璐璐的嘴被顧海捂住，拉到一個相對安靜的角落裡。

「妳別那麼大聲嚷嚷，班裡同學能聽見。」

金璐璐一臉不理解的神情，要不是她把顧海的這張臉牢牢地印在心底，她簡直無法相信眼前的這個人是他男朋友。顧海不是天不怕地不怕麼？天皇老子給他指路，他都敢自行其是，怎麼現在連站在班級門口說話的勇氣都沒了？

「你爸爸到底怎麼折騰你的？把你弄成這副德行。」金璐璐難掩心疼之意，一個勁地拽著顧海的衣服，實在不忍心看他打扮成這副樣子。

「妳別拽了，再拽就壞了。」

金璐璐變本加厲地拽，她就是要把顧海身上這件俗不可耐的T恤拽下來，他要看顧海穿以前那些有型的時裝。

顧海按住金璐璐的手，眼睛環視四周，見到沒人，才沉聲朝金璐璐說道：「妳別鬧了，先在學校周圍逛一逛，中午放學我就把妳送回去。」

「我不走。」金璐璐一臉的堅持，「我請了三天假。」

顧海心裡咯噔一下子，三天，這是一個什麼概念？

「妳請假了，可我沒請，妳難道要一個人在這裡逛三天麼？」顧海的眼神冷了下來。

金璐璐感覺她好像不認識顧海了一樣。「你還在乎請假的事兒麼？你不會蹺課麼？你以前蹺課逃的還少麼？怎麼？我一宿沒睡，現在跑這來找你，都換不來你的一節課麼？」

「妳別鬧了，我現在沒空陪妳！」

金璐璐出奇的冷靜。「我知道了，你在這裡交了女朋友對吧？」

顧海臉上的溫度瞬間降了下來。「妳要是再說這種話，就從哪來滾回哪去。」

金璐璐沒說話，狠辣的眸子直逼不遠處的二十七班，然後她沉默地繞過顧海，剎那間狂躁起來，健步如飛地朝二十七班的後門口走去。

「我就算要滾回去，也得先把事兒摸透了！」

顧海後撤一步，一把攥住金璐璐的胳膊，攥得她臉都紫了。可這丫頭有骨氣，愣是沒掉一滴眼淚。

「妳要是不想分手，就老老實實在這站著，聽我說完。」

金璐璐終究沒有硬過顧海，在感情的這個天平上，她一直是弱勢的一方。

「妳要是覺得我陪妳的時間不夠，我現在就可以和老師請假，專門請三天用來陪妳。關鍵是這種地方真不適合我們兩個人在一起，我可以陪妳回去，妳想怎麼折騰怎麼折騰，但是在這裡，不成！」

「為什麼?」金璐璐注視著顧海。

「什麼事情都必須有個答案麼?」

「我想讓你坦誠對我!我金璐璐沒那麼賤,假如你這裡真有一個女朋友,你不轟我我也會走的!」

顧海厭倦了解釋。「那妳走吧。」

整整一節課,顧海的臉都沒有放晴。

外面一直沒動靜,金璐璐有沒有走顧海不知道,但他知道金璐璐不會輕易甘休的。以前他們也類似吵過很多次,每一次都是金璐璐妥協,顧海無需擔心他會失去這段感情,他需要考慮的是如何度過其後的兩天。

下課鈴再次響起,在顧海焦灼的目光中,單曉璇再次扭著屁股走了過來。

白洛因起身朝外面走去,尤其跟在他後面。

「這節課老師講的都是些什麼啊,我全沒聽懂。」單曉璇托著下巴,眼睛一眨一眨地朝顧海放電。

顧海本來就被一個女人弄得夠煩了,這又來了一個,應付的耐心儼然殆盡。「我也沒聽懂。」

單曉璇拉過顧海的胳膊放在自己的課本上,然後緩緩地撥開顧海的手指,聲音無限嬌嗲。

「我會算命哦!很準的哦!」

顧海抽出自己的手,一抹冷峻的背影消失在門口。

顧海從洗手間出來的時候，看到白洛因站在樓道口抽菸，尤其不知道在和他說些什麼，兩個人相視一笑，畫面很養眼。

顧海的眼神越發幽暗。

尤其看到顧海站在不遠處，挺帥氣的向他招手。「剛才那人是你弟吧？」

「你弟！」

顧海黑臉了，就算他剛和金璐璐鬧翻，也聽不得別人這麼評價他女朋友啊！

尤其給顧海甩過去一根菸。「那是誰啊？」

顧海語氣冷冷的，「我女朋友。」

白洛因一直游離的目光終於定住了。

「啊！！——」一聲尖叫，打破了角落裡的安靜。

整個樓道隨之沸騰起來。

「貌似有人打架。」尤其探出頭看了一眼。

白洛因淡淡回道：「我怎麼聽剛才那一聲叫喚像單曉璿的聲音？」

話音剛落，女人的嘶喊聲和哭叫聲再次傳來，顧海的臉色變了變，大步走了出去。還沒走到班級門口，就被眼前的景象迫得停住了腳步。

金璐璐薅[46]住單曉璿的頭髮，把她逼到窗口的位置，一個又一個耳光搧過去，整個樓道就聽單曉璿一個人在那嚎哭。金璐璐似乎覺得不解氣，對著單曉璿的肚子就是兩腳。單曉璿一下栽倒在地，哭著用手捂著肚子，結果又被金璐璐蹬了兩下。

「草妳媽的！妳個賤貨！」

尤其和白洛因也出來了。

尤其一眼就認出了金璐璐，隨即用胳膊肘戳了白洛因一下。「你說顧海怎麼瞧上她了？」

白洛因淡淡地瞥了金璐璐一眼，面無表情。「你問我，我怎麼知道？」

「你不是整天和顧海在一塊麼？他都沒和你說過他女朋友的事？」

白洛因似乎只對第一句話有反應。「我什麼時候總和他在一塊了？」

「你什麼時候都和他在一塊！」尤其憤憤然，那張酷到面癱的臉上終於捨得流露出幾分情緒，「以前你倆是死對頭，現在成天在一塊，班裡誰不納悶啊！」

白洛因沒說話，轉身進了教室。

尤其在後面嘟囔了一句，「在一塊就在一塊了，又不是談戀愛，至於這麼敏感麼？」

顧海把近乎瘋狂的金璐璐帶到操場上，「妳到底想幹什麼？」

金璐璐的嘴角也被單曉璿的手抓出了血，面對顧海的質問，金璐璐勾起一個殘破的笑容。

「我就想讓她知道，搶了我的男朋友會有什麼下場。」

46：音ㄏㄠ，有拔起、揪出之意。

顧海眯縫起眼睛，冷銳的眼神直逼著金璐璐。

「我最後一次警告妳，別在我的身上安一些莫須有的罪名。」

「沒有女朋友你為什麼不聯繫我？」金璐璐的嗓子有些沙啞，「沒有女朋友你為什麼總是躲躲閃閃的，不願意讓我在你們班門口出現？你是覺得我給你丟人了麼？你是覺得我配不上你麼？」

「我討厭神經質的女人。」

金璐璐哼笑一聲，「既然你已經開始討厭我，那我會讓你越來越討厭。你不是不想讓我出現在你們班門口麼？那好，我以後每週都來，直到你走了為止。」

顧海的臉上飄來幾團烏黑的陰雲。「妳為什麼總是想待在這兒？這兒有什麼好啊？」

「這兒是沒什麼好的，可這兒有你。」金璐璐執著的眼神觸到了顧海那根敏銳的神經，他沉默了良久，伸出手擦掉了金璐璐嘴角的血痕。

「我帶妳去醫務室上點兒藥。」

「我不去！」金璐璐拽住顧海，眼圈有些泛紅，「其實我的要求特簡單，我就是想看看你在這裡是怎麼生活的，這有錯麼？試問你喜歡一個人，你會不關心他的生活狀況麼？我只是想參與到你的生活中，成為你生活的一部分，那樣才叫情侶，我們這樣的算什麼？我甚至連你住在哪都不知道！」

顧海靜靜地注視了金璐璐一會兒，開口說道：「我答應妳，讓妳在這待幾天。」

金璐璐的臉立刻煥發了青春。

「但是有個要求！」

這一次金璐璐表現得很通情達理。「你說吧。」

「不能在班裡同學前面提我的家庭資訊，以及我以前的生活狀況。妳現在就把我當成一個窮人，我就是窮人，妳一定要記住這兩個字，無論妳說什麼做什麼，都不能脫離這兩個字。而且妳本人也最好少在我同學面前露富，低調一點兒。」

「窮人？」金璐璐面露疑惑，「有多窮？」

「要多窮有多窮。」

金璐璐驚愕了一下，不過還是點了點頭。畢竟顧海的身分特殊，就是在以前的學校裡，也沒人知道他的家庭底細，作為顧海的女朋友，她有足夠的經驗為男朋友擺脫麻煩。

22.

中午放學，白洛因收拾好書包，感覺肩膀被人敲了兩下，習慣性地把身體後傾，問了句：「有事麼？」

「中午一起吃個飯吧，我女朋友請客。」

白洛因頓了頓，「人家是來找你的，你把我拉上算幹什麼的啊？我不去當那電燈泡。」

「我和她都是老夫老妻了，哪還有那份閒情雅致？讓你去你就去，那麼磨嘰幹什麼？」

顧海站起身，不由分說地拉著白洛因往外走。

金璐璐就站在外面，瞧見白洛因出來，爽快一笑，「飯館我已經找好了，咱們打車過去吧。」

三個人進了一家特色骨頭館，裡面的招牌菜是羊蠍子[47]。這是金璐璐一大喜好，她非常愛吃羊身上的各個部位，專門迷戀那股膻味兒，光是聞到就會饞癮大發。

「就坐在這裡好了。」

金璐璐拿著菜單，一樣樣地點菜。

羊蠍子好吃不好啃，白洛因瞧見周圍人的那副扭曲的吃相兒，心裡不由得一笑，他佩服金璐璐，一般女人是不敢和男朋友一起來吃羊蠍子的。

三個人說說笑笑間，一鍋羊蠍子就端上來了，金璐璐搓搓手，筷子在鍋邊不停地蹦躂，那一臉專注挑選的幼稚模樣，和剛才打架的時候判若兩人。

顧海的筷子在鍋裡的轉悠了一下，突然發現了一根羊尾巴，但凡吃過羊蠍子的人都知道，羊尾巴上的肉最好吃。

金璐璐的眼睛眨得晶晶亮。

顧海將羊尾巴夾出來，放到了白洛因的碗裡。「嘗嘗這個，味兒很不錯。」整個動作一氣呵成，感覺以前發生過無數次，這一次只不過是習慣性的動作。顧海甚至忘了旁邊還有一個人，這個人最愛吃的就是羊尾巴，他卻把她喜歡的東西送到了別人的碗裡。

女孩都是敏感的，即便她外表再怎麼不修邊幅。「你偏心眼兒！」

顧海和白洛因雙雙抬起頭。

「我也愛吃羊尾巴。」金璐璐指指白洛因的碗。

「那還不好辦？」顧海叫來服務員，「給我們上一鍋羊尾巴。」

「如果單要一鍋羊尾巴，就是精品鍋，要加錢的。」

金璐璐朝服務員擺擺手，然後看向顧海，「我不要單上一鍋羊尾巴，我就想吃你挑出來的那塊。」言外之意，我就要吃你給白洛因選的那一塊。

白洛因笑了，他突然想起了石慧，好像全天下的女孩都是這樣。

「給妳，我可一口沒吃。」白洛因又夾給了金璐璐。

47：羊蠍子就是羊脊椎，因其形狀酷似蠍子，故而俗稱羊蠍子。

金璐璐朝顧海擠眉弄眼，那副小樣兒別提多得瑟48了。

看著最好吃的那塊肉夾到了金璐璐的碗裡，顧海突然覺得心裡很不是滋味，具體怎麼不是滋味，他也說不清楚。其後他又給白洛因夾了很多塊，可怎麼夾，都覺得白洛因受委屈了，都覺得他沒吃好，這種感覺一直延續到湯鍋快見了底。

「你吃飽了麼？」顧海問。

白洛因已經快撐著了，暗忖今個顧海抽什麼瘋，一個勁地往他的碗裡夾菜，而且沒事就問他吃飽了麼，生怕別人不知道他白洛因飯量大似的。

「你怎麼這麼貧啊？」白洛因擦擦嘴。

顧海不吭聲了，這才把目光轉移到金璐璐身上。

「吃飽了麼？」

金璐璐哼了一聲，「你還真知道關心我一下啊？」

白洛因在旁邊插了一句玩笑話。「不帶妳這樣和哥們兒吃醋的。」

金璐璐繃著的臉立刻笑了出來，事實上她沒有真生氣，畢竟她了解顧海的性子。他們相處了三年，但凡有她和顧海朋友一起出現的場地，顧海都是先就著哥們兒的，只不過這次表現得過分了一點兒。

「嗨，問你一個事兒啊！」金璐璐表面上是在對白洛因說話，其實眼神是瞟向顧海的。

白洛因還沒等金璐璐問，便開口說道：「他在這個學校沒有新的女朋友，妳放心。」

金璐璐驚訝的瞪大眼睛，「你怎麼知道我要問什麼？」

顧海在旁邊回了句，「人家也是有過女朋友的。」

金璐璐竟然在這句話裡面聽出了酸溜溜的味道。

走出飯館的門口，金璐璐還在小聲朝白洛因叮囑著，「幫我看著點兒他啊，回頭我把我手機號告訴你，有情況了就聯繫我。」

白洛因但笑不語。

顧海推著自己的那輛自行車，瞅了白洛因一眼。「走不走啊？」

白洛因徑直地從顧海的身邊走過，甩了他一句話：「你丫的今個是不是沒帶腦子來？」

幸好，剛才顧海用眼神示意白洛因的時候，金璐璐正在俯身弄自己的褲子，等抬起頭的時候，給了顧海一個燦爛的笑容。

「走！」

顧海蹬上自行車，眼睛注視著漸行漸遠的白洛因。

金璐璐興奮地坐到後車架上，儘管有些硌屁股，但是新鮮的滋味還是衝破了一切不爽。她用手摟住顧海的腰，臉上帶著興奮的光暈，每個女孩都有個浪漫的夢，這個夢往往都開始在單車上。沿途的美景和寬闊的脊背，是多少輛豪車都無法擬制的，那是青春的滋味，它蔓延在一條羊腸小徑上，靜靜地綻放著獨屬於她的香氣，久久揮之不去。

車速很慢，眼前的身影和自己越拉越近。

48：賣弄、炫耀。

白洛因走在路上，依舊是寬闊的肩膀、挺直的脊背、矯健的步伐……可在顧海的眼裡，卻帶上了那麼一抹淒涼的味道。

騎到白洛因身邊時，金璐璐故意咳嗽了一聲，白洛因轉過頭，與她相視一笑。擦肩而過的瞬間，顧海突然加快了腳底的速度。

金璐璐一條胳膊緊緊摟住顧海的腰身，另一條胳膊振臂高呼。「第一次坐單車，感覺太棒了！」

「真可憐。」

「呃？」

顧海突然冒出的三個字，令金璐璐百般不解。

「誰可憐啊？」

顧海幽幽地回了一句，「你不覺得白洛因很可憐麼？」

「他可憐？」金璐璐更糊塗了，「他哪可憐了？」

「妳坐車，他走著，妳不覺得他很可憐麼？」

金璐璐感覺顧海的這句話莫名其妙。「他一個大老爺們兒，走幾步有什麼可憐了？」

顧海沒說話。

金璐璐在顧海的腰上掐了一下，「我以前怎麼不知道你這麼會疼人啊？」

顧海的語氣下降了幾個度。「我警告過妳多少次了？沒事別老掐我的腰。」

金璐璐對著天空翻了個白眼，心裡憤憤然，細長的手指揮舞著，想再朝顧海的腰上來一下。可最終也沒敢下手，她深知顧海的脾氣，他最缺乏的就是耐心和包容。要想在他的身邊長久地待下去，最重要的兩點就是聽話和懂事。

「你……你就住在這地兒啊？」

下了自行車，回歸了現實，大小姐立刻無法淡定了。

金璐璐一邊往裡面走，一邊皺著眉頭打量周圍的環境。一個面積不大的四合院裡，住著十餘口人，面前就有一個婦女正在哄孩子，孩子剛栽了一個跟頭，腦門上都是土，此刻正在嚎啕大哭，像是有個刀片卡在喉嚨，讓人聽了渾身上下不舒服。

「啊……呸……」

金璐璐順著聲音轉過頭，一個老漢在她的腳邊啐了一口痰。

顧海打開門，金璐璐的腳步停滯在門口。

陰暗的房間不足十平米，裡面有一張單人床，一臺二十幾吋的小電視，一張掉了漆皮的方桌。還沒走進去，就聞到一股潮濕的霉味。

「這地方能住人麼？」金璐璐用手搓了搓胳膊。

顧海自己端起水杯喝水，也給金璐璐倒了一杯。

「怎麼不能住？我在部隊住了那麼多年，條件不比這裡好多少，我也住下來了。」

金璐璐一臉彆扭的表情，「可這地方……也忒差勁兒了吧？」

「這一片沒什麼太好的房子。」

金璐璐拉著顧海坐下，還是一臉不能接受的表情。

「你非得在這一片找房子麼？你們學校附近多少公寓供你選啊！你幹嘛非要來這找罪受呢？」

「我喜歡這一片兒。」

「這……這哪好啊？」

「消停。」

金璐璐無法接受這個說辭。「你爸是不是不給你零花錢了？」

顧海點起一根菸，沉默地抽著。

金璐璐感覺看著顧海現在這副樣子，心裡一陣陣抽痛。

「你要是真沒錢，可以和我要啊！李爍、虎子他們不是都有錢麼？幾十萬一時半會兒拿不出來，幾萬塊總是有的吧？租個好一點兒的房子算什麼啊？至於這麼作踐自個麼？再說了，瘦死的駱駝比馬大，你爸就是不給你零花錢了，你自己總是有點兒積蓄的吧？」

「我就是想住這，和有沒有錢沒關係。」

金璐璐被煙嗆得直咳嗽，趕緊打開皺巴巴的窗戶，突然就瞄見了不遠處的老人機。

「你別告訴我，你每天就是用這個接我電話？」

「就是它。」

金璐璐都想哭了，「我說怎麼那麼大的雜音，還整天信號不好呢！」

顧海脫鞋上了床，兩條手臂枕在腦袋下面，眼睛看著天花板。

金璐璐在屋子裡轉悠一圈，實在沒什麼好看的，便開始翻顧海的書包。

除了書什麼都沒有。這樣看來，他確實沒有走桃花運的徵兆。

「喂，你怎麼把我給你設計的名兒都畫了？」金璐璐氣洶洶地看著顧海。

顧海一下子從床上跳起來，走到金璐璐面前，眼睛裡面閃著異樣的光芒。

「我給妳看樣東西。」

金璐璐一臉期待地站在旁邊，想知道顧海這裡有什麼寶貝，能讓他這麼興奮。

「妳看這兩張紙上的字體像不像？」

金璐璐拿起來端詳了一下，一張是白洛因寫的，一張是顧海類比白洛因的字體寫的。

「不像。」金璐璐很客觀地告訴顧海，「差遠了。」

顧海無法接受這個答案，兩條英挺的眉毛又擰到了一起。

「一點點兒像的地方都沒有麼？別看字的外形，主要看體兒，看體兒知道麼？」

「看啥都不像。」

顧海將紙甩在桌子上，臉沉著不吭聲了。

金璐璐被顧海的這副模樣逗樂了，她和顧海在一起三年了，也沒見他因為這麼點兒小事發愁過。現在的顧海倒真像是個十七歲的小夥兒，看不得自己的半點兒小瑕疵。

只有顧海自己知道，他的業餘時間幾乎都奉獻給田字格了。

晚上，兩個人擠在一張床上睡。金璐璐聞著顧海身上迷人的味道，眼睛微微瞇起，在顧海的下巴上輕吻了一下。顧海的手在金璐璐的後背上一下一下地撫摸著。金璐璐輕輕咬住顧海的耳朵，口中的熱氣全部撲在他的半邊臉上。

顧海魅惑平坦的小腹微微繃起來，有力的雙腿一勾，便將金璐璐壓在了身下。金璐璐笑得痴醉，用手勾住了顧海的脖子。

「妳說……」

「嗯？」金璐璐深情地望著顧海。

顧海的唇角勾起一個蠱惑的笑容。「要是白洛因那個憋屈的小子和別人上了床，他會是什麼模樣？他也會爽得嗷嗷叫喚麼？他也會時不時爆粗口麼？」

顧海說著說著，眼神就游離在二人世界之外了。

金璐璐用手摸了摸顧海的腦門，幽幽地問了一句：「你是不是魔怔了？」

「嗯？」

「睡覺！」金璐璐恨恨地回了一句，翻過身不再搭理顧海。

23.

三天終於熬過去了。

一大早天還沒亮，顧海就起床了，先是在不遠處的公園裡晨練了半個鐘頭，估摸著時間差不多了，騎上他的寶座直奔白洛因的家。

白洛因這兩天習慣了步行上學，每天都稍微早起一點兒，顧海騎車到白洛因家裡的時候，他已經到了鄒嬸的早點攤。

「怎麼沒等我？」

白洛因抬起頭，瞧見顧海的臉上隱隱透著歡樂。「我怎麼知道你要來這兒吃？」

顧海接過鄒嬸端來的豆腐腦，用勺子輕輕攪了一下，回道：「我不是天天在這吃麼？」

「前兩天不就沒來麼？」

顧海的笑容裡透著那麼一絲絲的玩味。「怎麼著？想我了？」

白洛因冷哼一聲，「我想你幹什麼？你女朋友走了？」

顧海點點頭，一臉如釋重負的表情，「終於走了。」

白洛因斜了顧海一眼，語氣不冷不熱的，「你可別這個態度，人家還讓我看著你呢，我瞧你現在這副德行，恐怕看不住了。」

「她的話你也能當真？」顧海把燒餅裡面的熱狗隨手夾到了白洛因的碗裡，「我們在一起三年了，她一直這麼疑神疑鬼的，其實我根本沒和哪個女生曖昧過。」

白洛因忍不住開口說了一句實話，「以她的條件，確實沒啥安全感。」

「我抽你信不信？」顧海邊說邊笑。

白洛因感慨了一句，「單曉璿白挨了一頓打。」

「我沒往她的身上貼標籤，是她自己非要黏上來的。」

「你就一點兒都不心動麼？那麼漂亮的女生，怎麼著也比你們家那位母老虎強吧？」白洛因存心調侃顧海。

顧海一點兒沒生氣，彷彿已經聽慣了這種話。「我不喜歡她那樣的，我就喜歡猛的，喜歡爽快的，單曉璿那樣的，站在我旁邊我就起膩。」顧海瞧了白洛因一眼，「你喜歡什麼樣兒的？」

「和你相反，我喜歡騷一點兒的。」

顧海在白洛因的脖頸子上狠狠擰了一把。「那每次單曉璿來我這，你還跑那麼快？」

白洛因淡淡一笑，話裡帶刺兒。「她啊？我早就摸夠了。」

「冰——糖——葫——蘆——兒——！」

熟悉的吆喝聲闖進顧海的耳朵裡，他心裡亮了一下，真沒想到現在還有這種沿街吆喝的小販。貌似很久沒有吃過冰糖葫蘆兒了，他以前住的街區靜得嚇人，別說攤販，連個小吃店都少有。沿途的路上偶爾見到一個糖葫蘆兒專賣店，也沒有進去的欲望。

「大爺，我來一串。」

「要山裡紅[49]的還是麻山藥[50]的？」

「山裡紅的吧！」

紅通通的山裡紅外面裹著晶瑩剔透的糖稀，再外面一層是糯米紙，拿在手裡一顫一顫的。

顧海遞給白洛因，「吃吧！」
白洛因納悶，「怎麼就買一串？你不吃啊？」
「我騎車，沒法吃。」
白洛因坐在後車座上，咬一口嘎嘣脆。「倍兒甜啊！」
顧海在前面假裝聽不見。
白洛因又吃了一個，存心和顧海逗趣。「你就不想嘗嘗？」
顧海牙關咬得很緊，忍耐力絕對槓槓[51]的。
過了一會兒，白洛因徹底不說話了，嘴裡的動靜全給了糖葫蘆兒，聽起來酥脆可口。顧海就在前面數個兒，一個、兩個、三個……快沒了。
再這麼硬撐，真的一個也吃不到了。
顧海騎上了一條直行道，逮住機會剛要回頭，就感覺肩膀被人拍了一下。
頭側過去，半串亮晶晶的紅果就這麼擺到嘴邊。
終於得逞。
咬下來一個，甜的喲！顧海整顆心都泡在蜜罐裡了。小白給的糖葫蘆兒怎麼就這麼好吃呢？

49：薔薇科落葉小喬木，高六到八米，是果樹也是觀賞植物。
50：山藥。薯蕷屬植物。
51：非常好。

「再來一個！」

白洛因護食，「沒了。」

「再來一個！」

「沒了。」

「……」

上午大課間，尤其轉過身子看著白洛因。「跟我去下面買點兒東西。」

白洛因點頭，兩人站起身。

顧海在後面冷冷地甩了一句。「買個東西還讓人跟著，自己不會買啊？」

尤其真想給顧海兩腳，已經好幾次了，他只要和白洛因一起去做什麼，顧海準得說兩句風涼話。你說真和他急吧？絕對是自己吃虧，光是瞧見他胳膊上的肌肉紋理，就只能打碎牙往肚子裡嚥了。得！我就裝聽不見。

尤其擺出一副二皮臉的架勢，拉著白洛因就往外面走。

顧海噌的一下站起來，豹子一樣的身軀夾擊到兩人中間，胳膊勾住白洛因的脖頸子，似笑非笑地瞧著他，「別搭理丫的，和我下去打會兒球。」

「你怎麼就不能自己去呢？」尤其惱了。

顧海冷銳的視線飄了過去，「一個人有法打球麼？」

尤其不管那個，對著白洛因就是一句，「反正剛才你點頭了。」

說罷想用胳膊把白洛因勾過來，結果胳膊剛伸過去，就被一雙老虎鉗子的手擰上了。尤其開始咬著牙沒吭聲，後面臉都憋紫了，不得不找白洛因求助。

「快點兒啊！再不幫個忙胳膊就折了。」

白洛因一把將顧海和尤其的胳膊分開，冷著臉回了一句。「你倆自個去吧，愛去哪去哪。」

「……」

第三節課下課，尤其又拿著一張卷子回過頭。「這道題沒聽懂，你再給我講講。」

白洛因剛睡醒，揉揉眼睛瞧了卷子上的題一眼，回了句：「先把能用上的已知條件全都算出來，你就明白怎麼做了。」

尤其拿出一張紙擤鼻涕，一邊擤一邊大喇喇地回道：「我算了，還是不會做。」

顧海的眼神若有若無地闖入尤其的眼中，在眸子深處展開了一場廝殺。

白洛因草草地給尤其講了一遍，問：「明白了麼？」

尤其搖頭。

白洛因又詳細地給尤其講了一遍，問：「明白了麼？」

尤其還是搖頭。

顧海在心裡冷笑一聲，玩單曉璿那一套是吧？行，我還你一個同樣的下場。

「還不明白？」白洛因再次問。

尤其依舊搖頭。

顧海的聲音在後面幽幽地響起。「你過來，我給你講。」

尤其立刻撤回卷子，「我突然明白了。」

「你沒明白。」顧海一字一頓地說。

尤其把身體轉了過去，後背涼颼颼的。

過了五秒鐘，一陣颶風刮了過來，尤其側過頭，看見一雙黑洞般深不見底的眼睛。

「我來給你講講，徹底給你講明白了，保證你下次看到這道題，不會再錯了。」顧海的聲音很輕，卻像刀片一樣，畫過尤其那敏感脆弱的小心肝。

「啊——！」

一聲壓抑的慘叫淹沒在喧囂且歡樂的教室。

這幾天越來越冷了，早晚騎車的時候感覺風特別涼，顧海只能縮著脖子。那些厚衣服都在家裡，出來的時候忘記帶了，現在也不好意思回去拿，顧海琢磨著出去買幾件。

「嘿，北京哪個地方買衣服最便宜？」顧海扭頭朝白洛因問。

「動物園啊！」

顧海點點頭，「明個陪哥們兒去買兩件厚衣服。」

「嗯。」

不知不覺的，顧海發現白洛因已經很少拒絕自己了。「你會砍價麼？教教我。」

「不用學，到那兒你自然就會了。」

第二天一早，白洛因和顧海就上了地鐵，本來週六是不擠的，可白洛因和顧海偏偏趕上了一個旅遊團，烏泱泱一群人全擠在這兩節車廂裡，弄得裡面擁擠不堪。

顧海和白洛因站在把角的位置，顧海看到一群人擠了上來，趕緊用兩隻手撐住車廂內壁，給白洛因擠出了一個特別大的空檔，讓他可以在裡面站得舒坦一點兒。

白洛因拽了顧海的領子一下，「你往我這邊站一站。」

顧海沒動。

旁邊有個女孩一直盯著顧海和白洛因看，盯得眼珠子都不會轉了。

顧海發現了，冷著臉來了一句，「看什麼呢？」

女孩趕緊把頭轉向別處。

白洛因又把顧海的腦袋轉了過來，一副不知該怒還是該笑的表情。

「你說人家看什麼呢？」

顧海還沒反應過來。

「你要是再親我一口，整個車廂的人都得看咱倆！」

「……」

「這件衣服多少錢？」

「少三十九塊錢不賣。」

白洛因淡淡地回了一句，「我是來拿貨的，十五塊錢賣不賣？」

顧海真心覺得白洛因夠狠，在他眼裡，十五塊一件的不是衣服是抹布。

「拿貨的也沒這價兒啊！」

「那得了。」白洛因轉身要走，店主起身叫住了白洛因。

「小夥子，您有心要沒？有心要咱們再商量一下。」

「沒得商量，就十五塊錢。」

「得了得了，過來挑吧，這小夥子，太會砍價了。」

最後，兩個人提了一大包的衣服，總共花了不到二百塊錢，顧海覺得值爆了。

又來到一個櫃檯前，顧海相中了一件棉服。

「這個多少錢？」顧海問。

看店的大嬸抬起眼皮看了顧海一眼，「少二百塊錢不賣。」

「我是來拿貨的，十五塊錢賣不賣？」

大嬸放下手裡的毛線，面帶諷刺地看著顧海，「拿貨的？你就是來搶劫的我也不賣，十五塊錢，開玩笑呢你？」

顧海斬釘截鐵，「就十五塊錢，不賣就走！」

說罷，拉著白洛因一副斷然離去的模樣。

「你趕緊走！」大嬸在後面吼了一句，「窮瘋了吧你？十五塊錢！你以為我這棉衣裡面裝的是草啊！」

漂亮的林蔭小路兩側是一排排整齊的歐式別墅，一個個圓弧形的小窗戶被花紋的石膏線勾勒得典雅高貴。坐在車上，眼睛投向窗外，滿眼的寧靜祥和，卻又隱隱透著一股莊嚴肅穆。

兩名身著軍裝的年輕人打開車門，專注的目光護送著顧威霆從車上下來，前方兩名警衛打開別墅的大門，恭送著顧威霆走進去。

「才回來啊！」姜圓熱絡地將顧威霆拉進來，一邊給他解扣子，一邊笑道：「飯都做熟好一會兒了，見你一直沒回來，我又放回鍋裡熱了熱。」

顧威霆一直僵著的冷峻面容，總算是有了幾分緩和。換好了衣服，顧威霆走到浴室，正打算洗手，突然瞧見了顧海的刷牙杯靜靜地待在擱物架上，水已經開始放了，顧威霆卻渾然不知。

吃飯的時候，姜圓小心翼翼地盤問：「小海還是不願意回來麼？」

顧威霆臉一沉，「甭理他，這孩子就欠收拾。不讓他吃點兒苦，他永遠不知道家有多好。」

姜圓歎了口氣，柔媚的面頰上透著幾分愁苦，「總讓他這麼混下去也不成啊！他現在十七歲，正是人這一輩子最要勁兒的年齡，要是真因為吃了苦，留下病根的，不得恨你一輩子啊？」

「大小夥子沒那麼嬌貴，吃苦就當是歷練了，想我年輕的時候……」

「你年輕的時候有地溝油麼？」姜圓打斷了顧威霆的話，「你年輕時喝的奶粉裡面有三聚氰胺麼？你年輕時候病了，醫生會給你開有毒膠囊麼？現在不比當初了，你把他轟出去，不是讓他去歷練了，而是讓他去遭罪，去做弱勢群體了。」

顧威霆沒想到姜圓一個家庭婦女能說出這麼犀利的話來，一瞬間找不到反駁的詞兒來，只好沉默地吃飯。

姜圓用筷子搗了搗米飯，眼睛瞟了顧威霆一眼，試探性地問：「要不，我去和他說說？」

「妳甭去找他，他不會給你好臉兒的。」

「首長，到了。」

「我去試試啊！你看啊，他走是因為我走的，歸根結柢，他是看我不順眼啊！我要是能給他做做思想工作，讓他改變對我的印象，你們父子倆的心結不就解開了麼？」

「甭操心了！」顧威霆給姜圓夾了一些菜，「還是心疼心疼妳自個的兒子吧！他可是一直都過著苦日子，想法兒讓他趁早過來才是正事兒。他要是不願意在這住著，就給他單安排一個房子，國貿橋那邊的房子不是還空著麼？實在不行就讓他搬那住去。」

「那可不合適。」姜圓放下筷子，「那是你給小海安置的房子，要是真讓洛因住了，小海不得和你玩命啊？」

「哼……」顧威霆臉一黑，「瞅他那副德行是不打算回來住了，我還給他留房子幹什麼？」

「我去說說小海啊，讓他回來。」姜圓拽了拽顧威霆的胳膊，一臉懇求的表情。

顧威霆頓了頓，還是點了點頭。

「洛因那邊怎麼辦？」

姜圓一聽白洛因的名字又開始愁眉不展，「我是徹底沒轍了，那孩子不見我啊！」

「這樣吧，我去。」

「啊？」姜圓一驚。

顧威霆撂下筷子，「我去說說他。」

「這……這孩子脾氣特別倔，你可別硬來。」姜圓還是擔心自己兒子會吃虧。

「放心吧！」顧威霆把手按在姜圓的手上，安撫道，「我自有分寸。」

又是一節講卷子的課程。

化學老師板著一張臉，冷冷地朝下面掃視了一眼，「有哪道題不會麼？」

「第一題……」

班裡零零落落喊出幾聲。

化學老師雙眉倒豎，面部猙獰，嗓門有種要劈山的架勢。

「第一題還不會？啊？誰不會啊？舉手我看看！」

沒有一個人敢舉手。

化學老師長出了一口氣，「好了，這道題跳過，還有哪道題不會做？」

「第四題？」

「第四題還不會？」又是一聲咆哮，「我講了多少遍了？這道題竟然還有人不會？誰要是不會，下課找個沒人的地方，自個抽自個幾個大嘴巴，下次你就會了。」

班裡沒人吭聲了。

「還有哪道題不會？」

弱弱的兩聲叫喚，「第十題。」

「第十題？」化學老師雙手叉腰，怒瞪著下面五六十號人，一副恨鐵不成鋼的架勢，「這道題多明顯？啊？A對麼？明顯是錯的！B對麼？怎麼可能對呢？再看D，是個傻子就不會選它。所以選什麼，選C啊！這道題還用講？」

「……」

「還有哪道題不會？」

班裡學生齊齊喊道：「沒有了，全會了。」

化學老師的手猛地一拍桌子，怒吼聲山呼海嘯般席捲到每個學生的耳朵裡。

「沒有不會的？沒有不會的咱們這節課還怎麼上？沒有不會的怎麼沒人拿滿分？」

「……」

24.

「吱」的一聲響，班級的前門被人打開了。

「陳老師，抱歉，我打擾一下，找個學生。」

羅曉瑜那清脆透亮的聲音一發出來，立刻給這僵死的課堂上一縷春風般的溫暖，所有人都目光渴望地看著她，希望她要找的人是自己。

化學老師沉著臉嗯了一聲，彷彿很厭惡別人打斷她的課程。

「白洛因，你出來一下。」

白洛因出去之後，被羅曉瑜帶出了教學樓，白洛因沒問是誰要找自己，羅曉瑜也沒開口說，但是從羅曉瑜嚴肅的臉色來看，這次來找白洛因的人必定不是一般人，白洛因心裡已經估摸出了大概。

一輛軍車靜靜地停靠在樹蔭處，白洛因面無表情地走了過去。

「請進。」有人給白洛因開了車門，一臉恭順的模樣。

白洛因沒有任何的怯意，直接上了車，任由兩名軍官把自己帶到了一家茶社。

顧威霆身著筆挺的軍裝，就坐在一個雅間等待著白洛因。

「報告首長，人已經安全送到。」

「你們出去吧。」

房間裡飄著淡淡的茶香，白洛因沉默地注視著顧威霆，眼神裡沒有任何情緒變化。

「過來坐吧，孩子。」難得的，顧威霆語氣裡能有那麼幾分溫柔。

白洛因大大方方地坐到顧威霆的對面，依舊一言不發。

顧威霆簡單地打量了白洛因一番，心裡頗有幾分驚訝。一般來說，十六七歲的孩子見到他這種人都會膽寒，可白洛因絲毫沒有，他衣著樸實卻沒有任何卑屈之態，目光中透著一股子強韌之氣，讓顧威霆不免升出欣賞之意。

要問白洛因對顧威霆的第一印象，只有一個。

這個老傢伙，怎麼越瞅越眼熟啊？

「想必你也猜到了我來找你是要幹什麼的，我是你母親的現任丈夫，也就是你的繼父。之前你母親找過你，讓你搬來和我們一起住，結果被你拒絕了。我也猜到會是這個結果，所以我今天來找你，並不是要干涉你現在的生活，只是作為一個長輩，給你一些生活和學習上的建議。」

白洛因沒聽出任何建議的味道，全是赤裸裸的命令口吻。顧威霆再怎麼偽裝平和，在白洛因的眼中，都是一副居高臨下的姿態。

「謝謝。」簡短的兩個字。

顧威霆不介意白洛因對自己的冷漠，繼續灌輸著他所認可的道理。

「小夥子就該有股子不服輸的倔勁兒，在這一點上，你和我兒子很像。實話和你說，我兒子和你同齡，他也很倔，常常聽不進我給他的建議，可關係到自己利害得失的大事，他總能冷靜地判斷。我們都是男人，我們活著絕不僅僅為了兒女情長，即便是為了你父親，你也不應該把自己局限在這樣一種環境裡，你認為這是對親人的忠誠負責，其實是一種變相的自甘墮落。」

白洛因從容地端起小茶碗，喝了一口，芳香濃郁，確實是好茶。

「我可以為你創造更好的生活環境，這是我們的義務，你可以不接受與我們生活在一起，但是你不該拒絕一個好的機會。假如你是一個聰明人，你不該仇視你的母親，你應該剝奪她所擁有的一切，盡量彌補自己這些年的缺失。這不是一種饋贈或者是憐憫，這是你該得的，你不珍惜只能說明你不夠成熟，不能說明你有骨氣。」

「我想，您誤會了。」

「哦？」顧威霆目露疑色，「我誤會什麼了？」

「我從不認為我該向姜圓索取什麼，因為我根本沒有把她當成我的母親。」

顧威霆沉默了。

白洛因站起身，用眼神禮貌地示意顧威霆，「如果沒什麼事的話，我回去上課了。」

「有沒有把她當成母親，只有你自己知道。」

顧威霆的聲音在白洛因的身後幽幽地響起來，語氣不重卻字字戳人。

「你若有一天成材，獲利的一定不是我和你的母親，你要考慮清楚。」

「謝謝您了。」白洛因從容一笑，「我認為我就是個人才，就是不走任何捷徑，我也能成材。」

下午大課間，是摔客們的天堂。

所謂摔客，就是一群酷愛摔跤的老爺們兒，他們會在十五分鐘大課間的時候聚集在樓道裡，你摔我，我摔你，你摔他……一直撐到最後的人，就被封為摔王，率領本樓層的小弟們去別的樓層挑釁，最後摔遍校園無敵手的那個人，就被封為摔神。

幼稚又酣暢淋漓的一個遊戲。

在顧海來之前，三樓層出現過無數個摔王，顧海來了之後，那些摔王全都不敢冒頭了。剩下一兩個來挑釁的，絕對是那種愣頭青，明知道摔不過，還要來這裡栽幾個跟頭，好像能和顧海過過手就給自己提高了一個檔次。

今天來找顧海挑釁的人特別多，大概是前陣子摔疼的那些地方好的差不多了。

本來顧海也煩，兩節課都不見白洛因的影兒！怎麼辦？除了拿這些冤大頭撒氣，他還能找到什麼好的排遣方式？

「好！……」隨著一陣陣喝彩聲，顧海的腳底下出現無數個炮灰。

最後改成兩個人一起上，顧海先是一個側面大別子，掄倒一個一米八的大個頭，又一個漂亮的過肩摔，倒在地上的人疼得嗷嗷直叫喚。

一行人玩得正興起，不知道誰喊了一句。「白洛因回來了，讓他和顧海摔。」

此話一出，起鬨聲響徹整個樓道，在顧海來之前，白洛因也是輕易不出手的人，他力氣不算最大，但是技巧性和敏捷性很強，一般和他摔的人都很難占到便宜。

顧海在瞧見白洛因的那一剎那，心情起伏跌宕了好幾個來回。先是鬆了一口氣，心裡透出淡淡的喜悅，結果看到他的臉色，心又一下揪了起來……他不明白，為什麼自己的情緒受白洛因的影響如此之大，好像不受控一樣地跟著他的情緒在走動。

「來，咱倆摔一次。」白洛因主動宣戰。

顧海覺得白洛因很不正常，特別不正常，他還在琢磨這個問題的時候，白洛因已經上腿了。幸好顧海扎步足夠的穩，不然白洛因這猛地一腿，一般人早就橫在地上了。吃了一虧之後，顧海才正視起眼前的這個人，他心情不好，他亟需發洩，於是，我得陪著他。

兩個人僵持了幾秒鐘，白洛因再次主動進攻，他喜歡尋找別人的防守漏洞，顧海的漏洞似乎很好找，也很好下手，關鍵是他的手臂和腿部力量太足了。即便是找到漏洞，白洛因也很難把他絆倒，他就像是一塊千斤巨石，你就是有再大的本事，你也挪不動。

顧海瞅準了機會，在白洛因頻頻進攻，手臂用力而腳步頻頻變換之際，猛地閃到他的身後，胳膊回環住他的腰身，企圖把他的重心帶偏，結果白洛因識破了他這一伎倆，手肘猛地用力戳向顧海的腰眼處，這是顧海最脆弱的地方，白洛因這麼一頂，顧海往後撤了幾步。

這小子夠陰的，一下就找到了我的軟肋……

顧海一側的腰身還在酥麻中，白洛因再次撲了上來，這一次勢頭更猛。顧海覺得，白洛因絕對是受了什麼刺激，要不然不會一副置他於死地的架勢。他不敢硬著來，他怕摔著摔著真摔急了，到時候吃虧的肯定是白洛因。

一定得盡快結束。

結果，事實比顧海想像的要艱難，他確實小看白洛因了，他不出招則已，一出招就是狠招，專門往顧海的軟肋上攻。這也就是白洛因，要是換成別人，顧海早就一拳頭給他對到南牆邊上去了。

白洛因看出來了，顧海是個練家子，與這裡的同學都不是一個級別的。他的每個動作、每個步伐都是有套路的，他肯定受過特別訓練，不是他幾個江湖手法能夠對付的。

他只能狠拚。

不管是他摔還是自己摔，只要摔兩下子，他的心裡就能痛快一點兒。

顧海覺得今天的白洛因有股山呼海嘯欲來的架勢，那眼神中分明寫著我要摔死你。他的唇邊一直帶著笑，但是是冷笑，他的眸子深處是在渴望一種絕地逢生的解脫。

白洛因的汗珠順著額頭滴下，肆意中帶著一股野性，顧海一直很穩，堅毅中帶著魅惑，兩個血氣方剛的年輕人抱在一起，暗暗較勁兒中又帶著對彼此的賞識。顧海不捨得讓白洛因摔，又不甘心自己摔，白洛因在顧海的眼眸深處看到了一種寬慰，他的心情竟然慢慢地開始癒合……

瞅準了一個機會，白洛因攻了上來，顧海一直在退，他的重心刻意朝後，給白洛因製造了一種假像。白洛因進攻過急，顧海瞅準了他的腿上的空檔，猛地一腳絆了過去。

這是自殺式的一腳，因為顧海的重心放得很低，把白洛因絆倒的同時，他自己也仰臉合天地倒了下去，正好在下面做了白洛因的軟墊。

白洛因知道，顧海是故意讓著自個。

上課鈴響了，所有人都開始往教室裡面衝，一邊跑還一邊回頭鼓掌。

摔下去的一瞬間，顧海的手正好按在白洛因的臀部，這會兒沒人了，他突然產生了流氓一把的衝動。不僅沒拿下來，還故意捏了好幾下。

「挺有彈性的。」顧海玩味地注視著近在咫尺的英俊面頰。

白洛因用兩根手指在顧海的腰眼處戳了戳，臉上帶著壞笑，他知道顧海這地方有傷。

顧海立刻繃緊腰身，不知道為什麼，別人碰他這裡，他都會鑽心地疼，可白洛因碰他的這裡，他只有麻的感覺。而且這種麻順著一根神經遍布到全身，以至於顧海眯著眼看向白洛因的時候，突然覺得他的笑容很炫目。

「還不起啊？上課了！」白洛因從顧海的身上站起來，用腳踢了他一下。

顧海的眉間擰起一個十字結，難受勁兒裝得倍兒像。「我起不來了，摔著後腦勺了。」

白洛因心裡暗忖一聲，摔著後腦勺礙著站起來什麼事了？存心要賴不是麼？心裡這麼想，可真瞅著他躺在這冰涼的地面上，還真有點兒不忍心。

手一伸，攥住了顧海的手。

還沒使勁兒，顧海起來了。起來之後，還不捨得把手撒開，一個勁兒地往自己的後背上帶。

「給我撣撣土，我搆不著。」

「別蹬鼻子上臉[52]啊！」白洛因使了好大勁兒，愣是沒扽開自己的手。

顧海還覺得委屈了，死皮賴臉一頓蹭。

「敢情我在底下給您墊著土，您沒有一點兒不落忍[53]唄？我就是活該，我活該挨摔。」

白洛因瞧見顧海這副模樣，真想踹他兩腳。

可今個不知道怎麼了，手腳都不好使喚了。

「趕緊進去吧！」白洛因把顧海往前推了一把，隨便撣了兩下。

此時此刻，如果有人給顧海灌一桶水，他的心窩子裡絕對能開出一朵花來。

52：意為得寸進尺。
53：過意不去。

25.

顧海把白洛因送回來，白漢旗正好在胡同口和人聊天，瞧見顧海和白洛因回來，立刻收起馬扎兒[54]，眼角笑出了一層褶兒。

「大海啊，就在這吃吧，別走了。」

白洛因斜了白漢旗一眼，暗示意味特別明顯，您讓他幹什麼啊？他這人聽不出客氣話來，您讓他一句他準得在這吃。

「好嘞！叔都這麼讓了，我也不好意思走了。」

果然如此！

白洛因擰巴著兩根眉毛，充滿敵意的眼神看向白漢旗。

「今個是你鄒嬸做飯，虧待不了他。」

「甭讓我嬸兒給他做飯，換您做！」

白漢旗站在原地愣了一刻鐘，這到底是誇我呢還是罵我呢？

顧海走進廚房的時候，鄒嬸正在擀麵條，又粗又大的擀麵杖來來回回在麵上軋著，平整之後疊成數層，噹噹噹……密集又勻實的刀工，話說間麵條就切好了，一根根粗細相同，長度相仿，根本看不出是手擀麵，完全是機器軋出來的水準。

「嬸兒，您的刀工真是厲害啊，練了多久了？」

鄒嬸笑得溫和，「這還用練啊？做了二十幾年飯，是個人都會了。」

54：折凳的一種。

「用不用我幫您打下手？」

「不用了，你回屋寫作業去吧，我這馬上就好了。」

顧海瞧見砧板上有兩根黃瓜，一咬還挺脆生，忍不住誇讚了兩句。

「嬸兒，這黃瓜是從哪買的？味兒真不賴。」

「這是我們家種的晚黃瓜，回頭給你摘一兜子，你給你爸媽帶點兒回去。家裡的黃瓜沒打藥，吃著放心。」

「成，回頭我去您家摘！」

談笑間，鄒嬸已經切好黃瓜，一條條黃瓜絲倍兒直溜，和一扇小門簾似的躺在盤子上；旁邊是剛炸好的肉丁醬，醬汁濃郁，肉丁飽滿鮮嫩；一旁的菜碼也挺豐富，有黃豆、香椿、蘿蔔絲兒……放在一起色澤誘人，光是看著就饞癮大發。

「嬸兒，要不我先替您嘗一碗？」

「你有完沒完？」

顧海的筷子還沒伸向麵條，就聽到門口一聲怒斥，「出去幹活兒去！白吃飯啊你？」

鄒嬸看著顧海和白洛因的背影直想樂，這倆孩子，怎麼這麼可人疼呢？

吃飯的時候，顧海喝了一瓶啤酒，一邊吃一邊高興地和白奶奶聊天，白奶奶這下找到知己了，吃完飯還拉著顧海不讓走，指著院子裡的一片草興奮地朝顧海說：「這片莊稼都是劉少奇同志帶領我們種的。」

顧海：「……」

白洛因拉過白奶奶的手，好言相勸，「奶奶，您該洗腳了。走，跟我回屋！」

趁著白洛因出來拿擦腳布的那個空檔，顧海拽住了他。

「我看你奶奶那意思，是不想讓我走了。」

白洛因狠狠在顧海的肩膀上拍了一下。「你想多了！」

在院子裡遛達了兩圈，顧海走到白奶奶房間的門口，靜靜地看著裡面昏黃的燈光。這個燈泡兒不知道用了多久了，亮度還不及手機螢幕的光，可顧海看著那盞燈，和燈下面的那個人，突然覺得心裡盈滿了暖意。這才是家啊，家的夜晚不該是亮如白晝的，就應該是幽幽暗暗的，親人的身影在牆上不停地縮短拉長。

白爺爺喝了一杯白酒，這會兒早已入睡了，鼾聲若有若無地飄到顧海的耳朵裡。白奶奶依舊在絮絮叨叨地說著，她的面前坐著自己的寶貝孫子，正在耐心地給她搓腳。

顧海有時候覺得白洛因很冷，有時候又覺得他特有人情味兒。

他對人忽冷忽熱，遠近分明，他冷的時候，你會覺得他和頭頂的太陽都是格格不入的，可他偶爾熱起來的時候，你心中有再多的積雪也能瞬間融化。就是這樣一種人，時時刻刻抓著你的心情，你進他退，你退時他又回頭望了你一眼，勾得你魂不守舍，即便他與你都是同性，你們只是朋友，可少了這個人，你的生活就變得不完整。

除了毒品，顧海想不到任何字眼兒來形容白洛因。

白洛因從白奶奶的屋子裡出來的時候，四周已經安靜下來了，只剩下偶爾傳來的幾聲狗叫，鄒嬸不知道什麼時候走的，院兒裡被歸置得很利索，塑膠布搭建的澡棚子裡，白漢旗正在搓洗著疲憊的身軀，白洛因朝自己的屋兒走去。

房間的燈不知道被誰開了，白洛因剛走進屋，愣住了。

顧海已經脫了鞋，就躺在他的床上，枕著他的枕頭，蓋著他的被子，躺得妥妥當當，沒有一點兒彆扭的地方。

「你丫的滾回去！」白洛因朝顧海踢了一腳。

顧海的聲音聽起來混混沌沌的，可露出來的那一隻眼睛，瞪得賊亮賊亮的。

「我喝醉了！」

白洛因黑著臉，「你少來啊！才一瓶啤酒，你矇誰呢？快起來！」

「起不來了！」

「別給臉不要臉啊！」

白洛因俯身去拉拽顧海，卻被他一股狠勁兒拽到了床上，木板床發出吱拗拗的響聲，顧海反手用力箍住了白洛因的雙肩，兩條腿死命壓住白洛因，眼睛裡面像是有一條醉蛇，在白洛因的身上蜿蜒爬行，糾纏流連，讓人驀地發冷又不敢輕易拿開。

白洛因的身體有些發僵。

顧海逮住了白洛因那遲疑的目光，頭一垂狠狠砸在白洛因的肩膀上，牙齒間相互摩擦著。

「我可能……真的醉了。」

今兒晚上是大月亮地兒，燈已經關了，房間裡的一切還是那麼清晰。兩個人擠在一張床上，顧海睡在靠窗的位置，頭一側，就能看到掛在樹梢上的月亮。

「再過兩天就是八月十五了。」白洛因念叨了一句。

顧海的眼神瞟向白洛因那裡，他的臉半明半暗，月光柔和了他的面部曲線。平日裡總是冷銳的眸子這會兒歇下來了，眨眼的速度也開始減緩，很多時候，他都是盯著一處角落靜靜地看著。

「今天班主任找你幹什麼？」

「你們家八月十五怎麼過？」

「……」

同時問出的兩個問題，讓屋子裡的氣氛變得有些尷尬。

顧海一邊等待著白洛因的回答，一邊在腦子裡構思答案，他發現自己這樣瞞著身分挺難受的。有一句話用在他現在的處境再合適不過了，撒了一個謊，就得用無數個謊來圓。他怕哪天兜不住了，被白洛因瞧出了端倪，到時候再招出來，後果肯定更嚴重。

況且，他不可能在這裡貓一輩子。

即使他不回去找顧威霆，顧威霆也會想方設法把他弄回去。他若是不反抗，身分馬上就會暴露；他要是反抗了，鬧得滿城風雨，身分會暴露得更徹底。

所以怎麼走，都是死路一條。

他必須盡快獲得白洛因的信任，和他建立堅不可摧的革命友誼，然後，再把事實真相慢慢地滲透給他。

「我們家從來都不過十五，頂多買兩斤月餅。」

白洛因用餘光掃了顧海一眼，他從顧海的身上看到了一種特殊的氣質，這種氣質，不是一個貧民老百姓家兒能薰陶出來的。

顧海側過身，支起一條胳膊抵在後腦勺上，饒有興趣地看著白洛因。

「你們家怎麼過？」

白洛因淡淡一笑，「就是吃月餅唄。」

顧海瞧見白洛因的笑容，猜想他一定愛吃月餅。

「你愛吃什麼餡兒的月餅？」

「蛋黃蓮蓉的。」

「你怎麼愛吃那個餡的啊？」顧海表示不解，「甜不甜，鹹不鹹的，吃著膩味。」

白洛因斜了顧海一眼，「那你愛吃什麼餡兒的？我聽聽。」

「帶魚餡兒的。」

「你們家月餅有帶魚餡的啊？」白洛因哭笑不得，「你怎麼不說羊蠍子餡兒的？」

「羊蠍子餡兒吃著多膻啊！」

白洛因忍不住笑了出來，月光打在他的笑容上，醉了某個人的心。

「白洛因。」

「嗯？」白洛因扭頭看向顧海。

顧海背著月光，眼睛的輪廓映襯得越發幽暗深邃。

「其實我不是這樣的。」

白洛因不冷不熱地回了句，「那你是什麼樣兒？」

「我是一個很正經的人。」

前提是遇見你之前，這幾個字顧海忘了補上去。

「顧海，以後這種話別說了，你要說你是一個女的，我興許會相信。」

「……」

運了好幾回氣，顧海總算把這句話給消化了。他看到白洛因已經翻過身背對著自己了，暗想這麼由著他睡覺可不成，最重要的問題還沒說呢。

「今天老師找你到底什麼事？」

白洛因把身子稍稍往回轉了一下，「你今天留這不會就為了問我這事吧？」

「不是，我是怕你憋在心裡憋壞了。」

白洛因心裡升起一股莫名其妙的滋味，他一度很懷疑顧海對自己的用心。他和你作對的時候，變著法地整你，好像和你積了幾輩子的仇；可他對你好的時候，卻又好得不像話，好像上輩子欠了你似的……就拿今天的事兒來說，白洛因自認為自己掩飾得很好，任何人都沒看出來，白漢旗都沒懷疑，可顧海看出來了。

有時候，白洛因覺得顧海像個神經病，可面對這個神經病，他總有一種莫名的信任。若那晚的酒後吐真言算個巧合的話，現在這種傾訴衷腸的衝動，就騙不了人了。

無論曾經懷疑過什麼，現在這一刻已經不重要了，他需要一個知己。

「我和你說過，我媽二婚吧？」
顧海點點頭，「說過。」
「今個那男的來找我了，讓我搬過去和他們一起住。」
「你答應了麼？」
白洛因反問了一句，「你覺得我能答應麼？」
不愧是我的兄弟！……顧海暗中表示肯定，他們有同樣的遭遇，理應同仇敵愾。
「最讓我接受不了的，是他說話的那副口氣，他拿我和他兒子對比，把他兒子誇得和朵花似的，用來反襯我多麼短見識。你知道麼？我最討厭那種人，說話拿腔作勢，好像天底下的人都是他的手下，都得聽他的差遣！」
我草……顧海拽了下床單，這話真是說到他的心窩子裡了。
「我也煩那種人，甭搭理他！」
白洛因聲音淡淡的，「我就是瞧不下那口氣。」
「你要真瞧不下那口氣，你就咒他，咒他兒子明天就讓車撞殘廢！」
「砰」的一聲，一件東西從牆上掉了下來，直接砸向顧海的腿。
「哎呦喂，怎麼回事？」
白洛因趕緊開燈。
牆上掛了三十多年的一個老吊鐘，今個不知道怎麼了，突然就掉了下來，不偏不倚正好砸在顧海的左腿上。要不是顧海身體好，這三十幾斤的重量，真得把這條腿弄殘了。
顧海擰著眉，「你丫的成心的吧？怎麼我剛一來這睡，它就掉下來了？」

白洛因笑得連嘴都合不上了，什麼少將，什麼繼父，全尼瑪抛到腦後邊了，什麼也沒有顧海這倒楣勁兒帶來的衝擊大。

你說，這掛了三十多年的老鐘，怎麼就偏偏砸他了呢？

26.

其後的幾天，顧海因禍得福了。

他的腿被老吊鐘砸出了一大塊的淤青，而且傷在膝蓋部位，走路沒法回彎。為了減輕他的痛苦，白洛因只好代表他們全家伺候顧海，上下學要騎車帶著，早飯要端到跟前兒，走路要攙著，就差上廁所的時候幫他扶著鳥兒了。

顧海的腿被砸了之後，膽兒更肥了，每天晚上都去白洛因家裡蹭飯，吃完之後就賴在那，直到天黑透了，又以行動不便為由留下來過夜，那架勢好像是訛上白家人一樣。

而且白洛因發現，顧海有一個毛病。

他愛摟人。

每天晚上睡覺，白洛因迷迷糊糊的時候，總感覺有一條胳膊伸過來，把他整個人摟住。因為床窄，活動空間小，白洛因也就沒在意。可騎車的時候，顧海還是這個毛病，莫名其妙就把胳膊圈上來了。

白洛因挺煩這事的，你說你一個大老爺們兒，老摟摟抱抱的算什麼事啊？

所以今天上車之前，白洛因特意強調了一句。「告訴你，別摟我啊！」

顧海盯著白洛因的眼神意味十足，「為什麼不讓摟？」

這事還有什麼可為什麼的?!白洛因發現顧海這人特讓人起急冒火，說出的話十句有九句都不著調！

最後，白洛因就回了兩個字：「噁心！」

若是放在以前，顧海看到一個男的摟著另一個男的，也會覺得彆扭，覺得煩人，可凡事都有個例外，白洛因就是那個例外。顧海迷戀上的不是白洛因的腰，而是他被摸之後的那個表情，隱忍的，彆扭的，羞於啟口的……

前半程都挺消停，結果騎到一個拐彎的地方，顧海的手再次伸了過來，只不過這一次他沒有摟住白洛因，而是把自己的手順著白洛因的衣服下擺伸了進去。

直接觸碰他光滑的脊背。

白洛因渾身上下的毛都豎了起來，屁股底下像是坐了一個電門。

「你幹什麼？」終於，白洛因朝顧海怒吼出聲。

顧海的手心在白洛因的脊背上蹭了蹭，又換成手背，一下一下的，慢悠悠的，像是存心消磨白洛因的意志。

「我借你的體溫暖暖手！」

白洛因臉都綠了，你丫的手比我身上還熱乎，你給誰暖呢？我再忍你幾天，等你的腿完全好了，你瞧我怎麼報復你！姥姥的！

「顧海，外邊有人找。」

顧海回頭瞅了白洛因一眼。

白洛因直接擺手示意，「我不扶你去，誰愛扶誰扶。」

顧海單腿跳到後門口，剛一脫離白洛因的眼線，腳步立馬就正常了，可謂腳底生風，走得那叫一個英姿颯爽。

看到來者，顧海暗自慶倖白洛因沒有跟來。

孫警衛看到顧海，緊繃的一顆心瞬間鬆懈下來，他笑著走到顧海的面前，拍著他的肩膀調侃道：

「我的太子爺，我可算找著你了。」

顧海的臉立刻就降了十幾度。「你來這幹什麼？」

「有點兒事找你，咱們上車說。」

顧海的眉宇間透著濃濃的抵觸情緒。

「有話就在這說，我沒工夫跟你出去。」

孫警衛垂眉順眼地站在顧海面前，「問題是想和你說話的人不是我啊！」

顧海額頭上的青筋跳了跳，「那你就回去吧。」說罷，扭頭要走。

「首長說了，接不到人，我就沒必要回去了。」

顧海的腳步滯留了片刻，餘光瞥見那輛豪氣的軍車，還有孫警衛那張帶著官腔兒的軍人臉。再往上面一看，三樓的窗戶打開，白洛因只要從教室裡走出來，就能看到這個角落的自己。

「走。」顧海面無表情地上了車。

「喝點兒什麼？」姜圓笑著看向顧海。

顧海朝服務員揚揚下巴，示意她可以下去了。

「什麼都不喝，妳有什麼話直接說吧。」

「是這樣的，我和你爸商量……」

「讓我回去的話就不用說了。」顧海打斷了姜圓的話，態度很強硬，「我是不可能和你們生活在一起的。」

「不是……」姜圓笑得很牽強，「你誤會了，我們沒想強迫你和我們生活在一起。我們的想法是這樣的：你可以回之前的家，我和你爸搬出去，這樣你就不用一個人在外飄蕩了。外面再好，也不如你自己的家，是不是？你母親也在家裡生活了那麼多年，我想你對這個家是有感情的……」

「我什麼時候回去，想怎麼回去，和妳有關係麼？」

姜圓靜靜地注視了顧海良久。

「我發現，你和我兒子很像。」然後，又是突如其來的一陣爽朗的笑聲，引得周圍人頻頻側目。

「你倆都挺能噎人的……咯咯……」

顧海一點兒表情都沒有，就這麼冷冷瞪著姜圓，直到她收回了笑容，開始意識到這個玩笑並不可笑。顧海最討厭的事，就是顧威霆或者是姜圓當著他的面提另一家人，硬生生地衝擊著他腦海中的那個早已破碎的家。

「你別誤會，我……哎……我發現我一看到你，就不知道怎麼說話了。我和我兒子的關係也是這樣，無論我說什麼，他都是一副敵對的態度。可能我和你們這代人缺乏交流，我以後得好好學學，好好了解一下……」

「說完了麼？」

「呃？」姜圓又被打亂了思緒。

顧海起身，「說完我走了。」

「沒有，你再等等。」姜圓站起身，「雖然你沒把我當成你的母親，可我一直把你當兒子看待。

我希望你能早點兒回家，如果你看我不順眼，我可以暫時搬出去，等你高考完了，有了自己的新生活，我再搬回來。」

「妳很可笑。」顧海轉過頭，「如果妳真有那個誠意，又何必跟我爸結婚呢？」

姜圓說不出話來了。

顧海冷笑一聲，大步走了出去。

晚上八點，顧海坐車去了天津。

剛從南站口出來，就被一個擁抱裹得嚴嚴實實的，金璐璐用力捶了顧海的後背兩下，語氣中帶著幾分埋怨，「你終於知道來看我了？」

顧海遞給金璐璐一盒包裝精美的月餅，「明天是中秋節，我們一塊過吧。」

金璐璐聽到這話的時候，心裡頭不知道多感動，顧海能說出說這種話，證明她已經是顧海心目中最親的一個人了。

「對了，我給你買了兩身新衣服，你回去之後換上吧，你看看你現在穿成什麼樣子了？」金璐璐一邊說著一邊拽著顧海衣領上的線頭。

很難得的，這一次顧海沒有拒絕金璐璐，也許是在一百公里開外的地方，他不必擔心自己的身分會暴露。換上了國際名牌，顧海修長挺拔的身材被包裝得異常醒目，走在街上總是會招來一雙雙關注的目光，惹得金璐璐不時地撇嘴。

「我們說好了啊，等你回了北京，還換上那些破衣服，只有來見我才能穿這身。」

顧海心裡冷歎了一聲，回到北京，妳逼著我穿我都不會穿的。

金璐璐一邊走著，一邊盯著顧海看，沒完沒了的看，直到顧海的目光和她對上。

「看什麼呢？」

金璐璐抿嘴一笑，「我發現哈，你又變回來了。」

顧海冷峻的目光瞥向金璐璐，「什麼叫變回來了？」

「前陣子我去找你，在你那住了三天，感覺你像是中邪了，時不時就對我笑，偶爾還和我說幾句好聽的，以前你從不會那樣。不過你這一次來，貌似又恢復正常了，沒那麼溫柔了，話也不多了，好像對什麼事兒都一副漠不關心的態度……」

「妳的意思是我以前對妳不好？」

「不不不，正好相反，我就喜歡這樣兒的你，比較有安全感。」

顧海突然站定，轉過身瞧著金璐璐，莫名其妙地問了句：「妳覺得我是正經人麼？」

「噗哧」一聲，金璐璐樂了。

「廢話，當然是了，不然我幹嘛跟你。」

「……」

27.

摩天輪升到最高處，美麗的天津夜景一覽無餘。

情侶包廂裡面，只有金璐璐和顧海兩個人。

金璐璐挽著顧海的胳膊，給他指了指東方的夜空，「你看，今晚的月亮多圓。」

對於顧海而言，十五的月亮永遠都不會圓了。

他的心裡，永遠都有這樣一個缺口，每到佳節團圓的時刻，就是他最難熬的日子。本來他是想繼續在白洛因家裡蹭飯的，可昨天姜圓的出現，讓他打消了這個念頭，他發現自己情緒很差的時候，最不想見到的人就是白洛因。

或許這段時間快樂得有點兒忘形了，顧海難以想像自己沉著臉走進白家門。

算了，湊合過兩天吧！

晚上十一點多，步行街上行人稀稀落落的，大部分都是情侶，好不容易等來一次假期，得好好膩歪膩歪55。金璐璐拉著顧海走進一個又一個小店，不知疲倦地詢問著店員價格、拿著兩樣東西比較著，偶爾向顧海徵求意見，顧海總會說都好。

55：指情侶之間的親暱互動。

「前面有家內衣店，陪我進去看看。」

顧海的嘴角叼著一根菸，聽到這話狠狠吸了一口，將煙霧吐在了金璐璐的臉上。

「妳還用穿內衣麼？哪都是平的……」

金璐璐在顧海的胸口上狠捶幾下，怒道：「你太壞了！！」

顧海但笑不語。

金璐璐看著煙幕下顧海那張似真似幻的臉，突然有些痴了，一時間不知道該說些什麼，心裡酸酸甜甜的，有股莫名的感動，只因為這個人屬於自己。

金璐璐進去了，顧海一個人站在路邊抽菸。

內衣店旁邊是一家甜點屋，這個時候生意正紅火，每個出來的人都提著包裝精美的月餅盒，櫥窗裡面擺著各種餡兒的月餅，有五仁56的、香腸的、豆沙的、棗泥的、水果的……還有，蛋黃蓮蓉的。

顧海撚滅了菸頭，沉默地看著櫥窗裡的月餅一點點兒減少。

關燈睡覺前，白漢旗進了白洛因的屋子。

「今個大海怎麼沒過來？」

白洛因把被子往上拉了拉，一副漠不關心的表情。「我怎麼知道？沒來正好，他在這我根本睡不好覺。」

白漢旗坐到床邊上盯著白洛因看，「那你也沒問問？我瞧你把那孩子的車都給騎來了，他不是出啥事了吧？」

「他一個大老爺們兒能出什麼事兒啊？」

「我可告訴你，大海這孩子不賴，別老擠兌人家。他樂意在這吃，在這住，那是真心把你當哥們兒，你別總把人家往外轟！」

「我什麼時候轟他了？」白洛因眉頭擰著，一副不耐煩的模樣，「是他自己一聲不吭就走了，我在教室等了他半天，都沒見他人影兒，好心好意把他書包拿回來了，車也騎回來了，回頭還成了我的不是了？」

白漢旗一瞧自己的寶貝兒子急了，語氣立刻從訓變成了哄。

「得得得，是爸說錯話了，你趕緊睡吧，好不容易放假，明個不用早起了……」

白漢旗給白洛因關了燈，輕輕把門帶上了。

四周一片昏暗，又是大月亮地兒，可白洛因的心裡卻陰沉沉的。

莫名其妙的煩躁！

沒有一個假期到來前的興奮和該有的期待，完全是混亂的，腦子像是被一根繩子亂繞著，順著喉嚨一直往下延伸，導致整個胸口都是憋悶的。

這一晚，白洛因睡得並不好。

56：又寫作伍仁，是一種餡料，用花生仁、芝麻仁、核桃仁、杏仁、瓜子仁五種料炒熟後去皮壓成碎丁，最後加入白糖調製而成，呈綠色黏稠狀。取名五仁，有圓滿和諧的寓意。

旁邊沒有人了，地方也沒寬敞多少，翻身的時候還是束手束腳的，偶爾幾次把胳膊伸過去，很快就收回來，等意識到旁邊沒人的時候，天已經快亮了。

一大早，鄒嬸就提著菜籃子過來了。

「今個咱們吃頓好的，大海呢？快點兒把他叫起來！他不是一直想給我打下手麼？今個能用上他了。」

白洛因蓬頭垢面地走出來，蔫兒不唧唧地57回了句。

「他不在。」說完，拎著刷牙缸子去了水龍頭。

秋天了，水已經很涼了，漱口的時候凍得牙根兒疼。

鄒嬸在一旁念秧兒，「你說這孩子怎麼沒來呢？我這買了好多菜，上次他和我說他愛吃醬爆雞丁，我還特意為他宰了一隻雞呢！」

這一晚，顧海做了一個冗長的夢。

先是夢到他生母，在荷花池子旁給他織坎肩58兒，就差最後一個滾邊兒了，毛衣突然就掉進了池子裡。顧海一個猛子扎到了池子底下，想把那件沒織完的坎肩兒撈上來，結果腿陷進了淤泥裡，冷啊！刺骨的冷！顧海想爬爬不上來，想叫叫不出來。

後來白洛因不知道從哪冒出來了，一個勁地朝顧海喊：你抓住我的手，你抓住我的手……就這麼慢悠悠的，飄到了河岸上。

醒過來的時候，金璐璐正在打電話。顧海發現，他和金璐璐的手是拉在一起的。

「爸，我今天不回去了，我有事嘛，好啦，真有事，上次中秋節，您不是也在外地出差麼？許您出差，就不許我開個小差啊？哪有啊……我沒到處瘋……」

等金璐璐打完電話，顧海已經下床了。

「你起來了？」金璐璐笑著看向顧海，「我爸剛才讓我回去，我沒應他。」

「妳回去吧，我就勢去看看我表姐。」

「不行！」金璐璐立刻起身抗議，「咱們都說好了今天一塊過節的，你又要撒丫子顛59了?!我告訴你，今個誰也別想把咱倆其中一個支開，我就要和你在一塊。」

中午兩個人一起吃飯，下午去看了場電影。散場的時候，顧海說他要去洗手間。

等了足足十分鐘，都沒見顧海出來。金璐璐有些急了，差點兒闖進男廁所撈人。後來手機響了，是個陌生的電話號碼。

「璐璐，妳打個車回家吧！我得回北京了。」

「你……你耍我！」金璐璐在空蕩蕩的影院裡面怒喊了一聲，「你不是人！」

「我得回去看看我媽，我不想讓她一個人。」

金璐璐僵持了幾秒鐘，無力地垂下了手。

57：不聲不響的。
58：不帶袖子的上衣。
59：開溜跑掉之意。

白洛因朝白奶奶的碗裡夾了一個肉絲卷，「奶奶，再吃一個。」

白奶奶咬了一小口，殘留的幾顆牙小心翼翼地嚼著，醬汁順著牙縫留到嘴外邊了，白洛因拿起手絹給白奶奶擦嘴。

「？@%#@%……呢？」白奶奶烏魯魯說了一大堆，白洛因愣是一個字沒聽懂。

「媽，您先把嘴裡的飯嚥下去再說話，本來就說不好……」白漢旗抱怨了一句。

白奶奶瞪了白漢旗一眼，嘴裡的東西嚼吧嚼吧就嚥了，然後一臉急迫地朝白洛因問：「小洋呢？小洋呢？」

「小羊？」白洛因一愣，「奶奶，咱家多少年沒養過羊了啊?!」

「不是……」白奶奶急得嘴皮子更不利索了，「就……就……水……大水……」

白漢旗倒了一杯水遞給白奶奶，「媽，您是要喝水不？」

白奶奶搖頭，急得眼角都是褶兒。「就那誰……大個……大喝……」

白洛因聽明白了，「奶奶，您說的是顧海吧？」

「？……？……」白奶奶不住地點頭。

白洛因的筷子在碗裡戳了戳，心裡冷哼了一聲，不就是個蹭飯的麼？不就一天沒來麼？至於個個都惦記著他麼？

八點多鐘，月亮正圓，白洛因提著一盒月餅，敲了大雜院旁邊那老倆口的門。

老爺子哼哧哼哧地走出來開門，瞧見白洛因，眼睛裡透出笑模樣。

「舅爺，我給您送點兒月餅來。」

老爺子高興得不知道怎麼表達好了，「還是我們因子會疼人啊！知道來看看舅爺，快快快，進來坐會兒。」

「都這麼晚了，我就不坐了，我還得給我同學送車呢。」

「送什麼車啊？」

「就這輛自行車，您忘了？我同學上次從您這院兒裡推出去的。」

老爺子盯著自行車看了好一會兒，突然想起來了，手指著自行車大聲說：「就是那個傻子是吧？」

「……」白洛因滯楞了半晌，不知是玩笑還是憎恨的語氣說了句。

「對，就是那個傻子！」

晚上十一點，白漢旗洗完澡，肩膀上扛著一條手巾，水嗒嗒的進了白洛因的屋子。

「睡覺的時候別忘了把院門鎖上。」

白洛因點點頭，眼睛一直盯著電腦螢幕。

白漢旗回了自己的房間，白洛因的手猛地拍一下鍵盤，眼睛怒視著螢幕，又死了！今個不知道怎麼了，玩遊戲不是死就是卡，不玩了！白洛因站起身，用腳把凳子踢開，起身朝外面走去。

多美的月亮啊，又圓又亮，白洛因瞧了一眼，有種想往上面啐一口唾沫的衝動。

你大爺的，誰讓你今天圓的？

大門還是敞開的，白洛因拿起一把生了鏽的老鎖，鎖身是冰涼的，拿在手裡心都冷了。

剛把門合上，就被一股大力推開了。

「別鎖門。」門口突然出現一張臉，讓白洛因滯愣在原地。

顧海不知道從哪回來的，風塵僕僕的，看到白洛因，二話沒說，一把摟了上去。

白洛因從顧海的身上聞到了一股奔波的味道，他的心跳迅猛劇烈，帶動得白洛因的心跳都有些不穩了。

抱著白洛因，顧海覺得整顆心都盈滿了。給去世的母親上了墳之後，顧海心情極端壓抑，差點兒沒跳下護城河。來找白洛因的這一路，他都是奔跑著的，生怕白洛因已經鎖了門，生怕見不到白洛因了。此時此刻，唯有這個地方，唯有這個人，能讓他感覺到自己不是孤零零存在的。

久久沉默過後，白洛因開口說道：「我以為你丫的死外邊了呢！」

顧海長舒一口氣，「聽你損我一句，真好。」

白洛因的心裡壓著新帳舊帳，哪那麼容易就放過顧海？見他死死摟著自己，想推也推不開，便毫不留情地朝他的軟肋上襲擊了一拳，愣是將顧海推出了一米遠。

「滾遠遠的！別在外面樂夠了，這會兒過來擾人睡覺！」

顧海疼得氣兒都喘不勻了，見白洛因要關門，硬是把自己卡在兩道門中間，黑黝黝的眼睛直逼著白洛因，「我今個晚上哪都不走，就在這過了。」

「你在這過？」白洛因冷哼一聲，「你交錢，我可以考慮讓你睡豬圈。」

顧海直接被氣樂了，稍一用勁擠到了門裡面，手摸著白洛因的後腦勺，一副哄孩子的口氣，「得了得了，別鬧脾氣了，我錯了還不成麼？我不該一聲招呼都不打就走了，讓你惦記著我，這麼晚了不睡覺還等著我。」

白洛因一把拽開顧海的手，連帶著自己的兩根頭髮都給拽下來了，「你別在這噁心人了行不行？誰他媽等你啊?!」

「那你怎麼還沒鎖門？我記得前兩天在你這住，你九點鐘就把門鎖上了。」

白洛因被人激到了爆發點，腳都抬起來了，顧海不管不顧地走上前，狠狠將他摟了過來，抱得嚴絲合縫，不留一點兒空隙。

「因子，別鬧了成麼？我剛給我媽上墳回來，心裡特亂，你就讓著我一次成麼？」

白洛因僵死的身體在顧海的柔聲低語下，終於漸漸地鬆弛回溫。

進了屋之後，顧海把一個盒子擺在了桌子上。「給你買的月餅。」

白洛因雖然讓顧海進來了，可臉上仍舊結著一層冰霜。「你留著自個吃吧。」

顧海把月餅盒打開，一種的引誘的語氣朝白洛因說：「專門為你訂做的，你真的不嘗一嘗？」

「愛給誰做的給誰做的，我說了不吃就……」

白洛因一轉頭，被眼前的這個巨無霸月餅噎到了。足足有一張ＰＩＺＺＡ那麼大！上面雕刻著蛋黃蓮蓉四個大字，月餅做得圓潤飽滿，色澤誘人，連盒蓋上都飄著一股淡淡的香味兒。

「我跑了好幾家店，就這麼一家答應給訂做，別小看這個月餅，它可有一定的技術難度！照理說，四個蛋黃的月餅就很難做了，模子難找是個問題，關鍵是蛋黃餡兒的不容易黏合，稍不留神就散了。我訂的這個月餅，裡面足足有十二個個蛋黃，包准你一次性吃個夠。」

顧海說得眉飛色舞，白洛因聽得心尖微顫。

「你傻不傻啊？多買幾個不就得了？幹嘛費勁巴拉地買那麼大一個啊？」

「這不一樣。」顧海似笑非笑地看著白洛因，「咱倆飯量大，我又想和你吃一個，這個最合適了。」

白洛因面上一副嗤之以鼻的表情，眼睛卻像是一把叉子，早把顧海切下來的那塊叉過來了。幸好顧海足夠了解白洛因，沒等他主動開口，就遞到了嘴邊。

白洛因猶豫了一下，還是把嘴張開了。

咬下一口，鬆鬆軟軟的，有股淡淡的鹹味兒，像是在品嘗這兩天的心情。

28.

狹窄的單人床下面，是兩雙一模一樣的鞋子。

顧海側著身子躺著，看到白洛因趴在床上，四肢愜意舒展，跨梁背心60往上翻捲著，露出大片的脊背。經月亮這麼一照，裸露出來的皮膚就像鄒嬸親手做的豆腐腦兒，看起來滑滑嫩嫩的，顧海的手忍不住在上面摸了一把，光滑緊致，很有韌性。

白洛因把頭側過來，眼睛半眯半睜，神色慵懶，氣質淡然。

顧海呼吸一滯，手不自覺地往上伸。

白洛因像是知道顧海要幹什麼，突然就攥住了他的手。「你知道我今天為啥罵你麼？」

好吧，審判終於開始了，顧海就知道這事沒那麼容易過去。

「因為我這兩天出去沒和你打招呼？」

白洛因將眼睛睜開，似是一朵幽暗的花靜靜在夜裡綻放。

「你心情不好的時候，沒有選擇來我這。」

簡單的一句話，聽在顧海的心裡，卻是翻江倒海一般的感動。他沒想到白洛因是在默默地關心著

60：坦克背心。

他的，就像他對白洛因的那種感情。也許僅僅是一個眼神，就可以看到對方心中最隱蔽的一個角落，僅僅是一個笑容，就可以影響自己一天的情緒……這種默契好像是與生俱來的，無關乎時間的長短，才一開始便已濃烈似火。

好不容易把心情平復下來了，顧海才開口說道：「我是怕影響你的情緒。」

「這就是我今個罵你的主要原因。」白洛因擰著眉毛，手輕輕砸了一下床單，「你丫的就沒把我當自己人，你就和我見外吧！」

瞧見白洛因這一副憤憤不平的小模樣，顧海兩眼都放賊光了，他發現白洛因真實表露情緒的時候，每個表情都這麼生動迷人。

「你想多了，真不是見外。」

「那是什麼？」

顧海真想說，我哪捨得讓你跟著我一起煩啊?!可這話太矯情了，他哪說得出口啊！他怕自己真說了，到時候牆上的老吊鐘再掉下來砸他一次。

「你就別問了，以後我有什麼事都和你說，你看成麼？」

白洛因終歸不是一個斤斤計較的人，聽到顧海這話，沒吭聲算是答應了。

兩個人沉默了良久，顧海突然覺得，他可以把自己的家底兒和白洛因坦白了。以前他不敢說，是沒看清白洛因對自己的感情，今天白洛因這一番話，著實讓他挺感動，於是決定主動自首。

「其實吧，我有件事瞞著你呢。」

白洛因哼笑一聲，「你是想說你其實不住在這一片兒，你那房子是租的對吧？」

「呃……」顧海一愣，上半身都撅起來了，「你怎麼知道的？」

「你租的院子旁邊的那對老倆口，一個是我舅爺，一個是我舅奶。」

顧海，「……」

「你是不是還想告訴我，其實你們家很有錢？」

聽到這話，顧海從脊背到脖頸子一溜嗖嗖冒冷汗，徹底傻眼了。他沒想到，自己走了一兩天，竟然什麼都露餡了。枉他周密地計畫了這麼久，事事小心，還是讓白洛因看出了破綻。

怎麼辦？這該不會是白洛因和自己共處的最後一個晚上了吧？

從明天開始，他會不會和自己相逢陌路了？

「你就不想問問，我是怎麼知道的？」

顧海的心都涼了半截，說話的語調有點兒變味兒了，「怎麼知道的？」

「剛開學那會兒，我天天看到你家司機來校門口接你。」

顧海，「……」

「而且你剛搬到我後桌的時候，腕子上戴了一塊寶璣限量版手表。」

「……」

顧海的腦袋猛地栽到枕頭上，心裡哇涼哇涼的，敢情你從那會兒就知道了，你倒是早說啊！我賤賣的那些手表、手機、筆記型電腦誰賠給我啊？我蝸居了N多天的苦日子誰彌補我啊？你倒是看戲看得挺熱鬧，我今個要是不招，你還把我當傻子養活呢吧？

顧海犀利的眼神掃向白洛因，白洛因一隻眼露在外面，顯然是偷著樂呢！

「笑？我讓你笑。」

顧海猛虎一樣地撲了上去，對著白洛因連摸帶撓一頓折騰，最後弄得兩個人氣喘吁吁了，顧海還賴在白洛因身上不下來。

白洛因笑得耳根子都紅了，態度依舊很強硬。「你還敢跟我橫？你說，咱倆誰要誰在先的？」

「行，我先承認錯誤，是我故意瞞著你在先！可你也有錯誤，你包庇犯人，絕不能姑息縱容。這樣吧！我不和你計較了，你也別因為這事疏遠我，咱倆就算扯平了。」

白洛因沒說話。

顧海心裡有點兒沒底，用腳踢了白洛因的腿一下，「你不是真生氣了吧？」

「我哪那麼愛生氣啊？」白洛因斜了顧海一眼，「你怎麼把我想的和個娘們兒一樣？我那天喝醉酒和你說的那些話，只是針對他們家人的！我沒有仇富那個毛病，滿大街跑著賓士寶馬，我還一個個給砸了啊？」

顧海使勁在白洛因的臉上揉了一把，「你怎麼不早說？」

白洛因一腳將顧海踹開了，「你也沒給我機會說啊！」

心裡沒有負擔的滋味真好，以後再也不用遮遮掩掩過日子了。

顧海越想越興奮，扭頭想和白洛因聊聊，讓他分享一下自己的喜悅。結果發現白洛因的眼睛已經合上了，睫毛撲棱棱61的，眼皮底下的眼珠不規則的跳動著，像是馬上要進入睡眠狀態了。

可他還在趴著。

顧海輕輕拍了拍白洛因的背，小聲喚著，「因子，因子，先別睡呢，翻過來再睡，這樣睡壓迫心臟。」

白洛因睏意正濃，哪聽得進顧海這話，肯定是怎麼舒服怎麼來唄。

顧海實在瞧不慣，伸手抓住白洛因肩膀的一頭，硬是把他翻了過來。結果沒過兩秒鐘，白洛因又翻了回去，趴得那叫一個愜意，顧海又把白洛因翻了回來，白洛因又翻了回去……足足有十來分鐘，兩人一直在這攤煎餅。

最後，顧海不耐煩了，心想你這孩子怎麼這麼不聽話呢？於是軟的不行來硬的，狠心往白洛因的屁股上甩了一巴掌。

顧海的一掌是什麼力道啊？一般人誰受得了?!白洛因哼唧一聲，眼睛嗖的就睜開了，眼珠子裡像是跳出兩隻猛虎，嗷嗷兩聲抓向顧海的臉。

顧海這才意識到自己手勁兒用大了，趕緊附上那兩團肉，小心翼翼地揉了揉，哄道：「得了得了，不打了，你睡吧。」

白洛因的眼神越來越渾濁黯淡，很快就睡著了。

半夜裡，顧海被凍醒了，一瞧旁邊這個人，呼呼睡得那叫一個香啊！身上就像一個蝸牛殼一樣，堆起來半米高，一床大厚被全都被他搶過去了。

這種情況前幾晚都有發生，顧海發現白洛因平時蔫聲不語的，搶起被子來倒是有一套。你說他要是真冷也成，兩條腿都露在外面，被子就像一個大球被他背在身上，蓋和沒蓋一樣，你搶個什麼勁兒啊？

像前幾晚一樣，顧海把被子展開，給白洛因蓋好，又往自己這邊拉了拉。

然後，顧海發現白洛因又趴著睡呢！

顧海納悶了，白洛因前十幾年都這麼睡的麼？都沒人管他麼？整晚睡覺晾著，趴著睡覺壓著，還能長這麼大高個？真是醫學奇蹟。不過轉念想想，白洛因說過，他從小父母就離婚了，他一直和他爸過，一個大老爺們兒哪會照顧孩子啊？他顧海還和老媽一起睡了三四年呢，白洛因肯定從小就自己一個被窩，不然哪能這麼折騰啊？

這麼一想，顧海也不費勁巴拉地翻白洛因了，直接一條胳膊帶過來，摟在懷裡了。

今個白洛因睡得格外的香，顧海把他摟過來，一點兒反應都沒有，呼呼喘出的那點兒熱氣全都撲到了顧海的臉上。

我看你還怎麼翻?!

顧海看著近在咫尺的臉頰，越看越好看，越看越可人疼，竟然用一根手指蹭了上去。

然後，他自個都愣了。我大晚上在一個男人身上耍什麼流氓？

我對他喜歡的是不是有點兒過了？

顧海發現，他每次待在白洛因身邊，心臟就不會在正常的運行軌道上。好像肚子裡裝著兩套運行程式，和其他人在一塊運行的是一套程式，和白洛因在一塊，就自動切換另一套程式，怎麼轉換都轉換不過來，真他姥姥的邪門兒了。

大早上，白洛因舒舒服服的醒過來，然後發現自己睡在顧海的懷裡。

媽的，又摟我！

白洛因剛要一拳揮過去，手就在半空中僵住了。

這廝睡得靜謐安穩，香甜醉人，就差把丫的塞到搖籃裡了。任誰見了這麼一位俊逸剛陽的好男兒睡得這樣心無旁騖，天真無邪，也捨不得往上揮拳頭啊！白洛因愣怔地瞧了一會兒，心裡冒出一個莫名其妙的念頭，這傢伙睡起覺來倒是挺招人喜歡的，要是永遠醒不過來該多好……

白洛因心中的小魔鬼跳出來叫囂：「哇呀呀呀！永遠醒不過來那就是死了！」

高二三十七班，正在上演一場精彩的籃球賽。

班裡的男生被分成兩個隊，分別由白洛因和顧海帶隊，兩人誰也不讓誰，鬥得那叫一個起勁兒。先是隊友把球傳給顧海，顧海一個將球送出的假動作，然後把球抄到背後變相運球，很快就殺到內線，一記瀟灑漂亮的投籃贏得陣陣掌聲。

白洛因拿到了球，往前頓了一步，壓腰送球從平行站位的兩個防守者中間鑽過，顧海就在離他不足半米的地方防守著，白洛因看了他一眼，猜測他防守的套路。顧海突然朝白洛因笑了笑，然後傾身向前，速度非常快，白洛因將球高空拋起，從顧海身側轉體翻身，騰空一躍接住了頭前的籃球。

顧海腳步後撤，急速來到籃前，白洛因卻把球傳給了另一個男生，男生瞄準投球，籃球在籃框上蹦躂了兩下，被顧海迅速起跳搶下了籃板。顧海帶球轉身，輕鬆突破了兩個防守之後，運球到了白洛因的面前。

顧海左右手交互運球，東躲西竄，白洛因步步緊逼，毫不退讓。兩個人的身體在鬥球的過程中不停地摩擦碰撞，白洛因企圖尋找一個缺口，顧海的進攻卻毫無漏洞可言。兩個人越鬥越歡，周圍人陣陣掌聲。白洛因突然笑了，似乎很久沒有嘗到這種棋逢對手的快樂，笑得異常燦爛，頭頂的陽光縈繞在他的臉上，勾勒出一幅炫目動人的青春面孔。

顧海緊繃的弦在那一刻斷了，手也跟著鬆了。

白洛因趁機搶過球，輕輕一拋，一個漂亮的三分球，贏得陣陣歡呼。

顧海給了白洛因一個詭異的眼神，狠戾中掩藏著幾分曖昧，你能耐啊！竟然敢用這招蠱惑我?!

白洛因嘴角揚起一個驕傲的弧度，誰讓你走神的，活該！

尤其坐在休息區，一邊吃著零食一邊瞧著兩隊比賽，旁邊一群美女圍著，這個給捶背，那個給倒水，就這樣心裡還不痛快呢！

這兩人，打個球還眉來眼去的，真尼瑪讓人瞧不慣！

「別捏了。」尤其沒好氣地朝旁邊的女生說，「該我上場了。」

於是，籃球場地又多了一位重量級帥哥。

尤其上場之後，打得一直很積極，動作不規矩沒關係，人家長得帥啊！一轉身就能迷翻若干美女，底下一直尖叫聲不斷，一場籃球賽變得跟明星歌友會似的。

尤其抓住一個空隙把球投給了顧海。

顧海帶球進攻，很快殺進內線，剛要投球，尤其又衝過來了，二話不說，搶過籃球就跑。顧海傻了，他壓根沒想著防尤其，因為這球是尤其傳給自己的，證明兩人是一隊的，可怎麼傳過來又搶走了呢？

就在顧海想不通的時候，尤其又把球傳給白洛因了。

白洛因以為尤其剛才是故意涮顧海的，還給了尤其一個合作愉快的眼神。結果，同樣的位置，尤其又把白洛因手裡的球硬搶走了，然後傳給了另一個男生，接著又去和那個男生搶……

白洛因和顧海相視一眼，都明白過來了，這廝是存心來這搗亂的！

「啊啊啊……別打人，打人犯規！」尤其喊疼的時候，都不忘甩一甩亂了的頭髮。

「有你這麼打球的麼？去去去，別搗亂了，繼續回你原來的地兒賣萌吧！」

尤其走後，籃球賽繼續，眼瞅著快結束了，比分還沒拉開，兩隊的人都開始集中精力，打算在下課之前壓倒對方。

顧海這一隊裡有個人外號叫肥賊子，該人身寬體胖，屬於暴怒型，打球喜歡大吼大叫，經常無意識地衝撞到別人。顧海怕他傷到白洛因，特意安排他去防守白隊裡的二號主力，可這個傢伙激動起來處於不管不顧型的，瞅見對方贏個球，就恨不得把地面跺出個大口子！

眼瞅著還有十分鐘下課，白洛因這邊連進了兩個三分球，比分一下拉開了。肥賊子急了，也不管自己防守誰，龐大的身軀一直在白洛因旁邊晃悠，他現在唯一的目標就是阻攔白洛因拿球，他的三分球實在太準了，白隊之所以拿了這麼多分，全仰仗著他的三分球。

29.

白洛因又拿到球了，而且是在三分線外。

肥賊子不淡定了，這要是再進一個三分球，他們隊就很難追上來了。於是這傢伙二話不說衝了上去，開始瘋搶白洛因手裡的球，白洛因手法極其靈活，肥賊子身體笨重，哪吃得消這麼多的花樣，很快就被白洛因給繞暈了。

白洛因先是把球傳給隊友，然後從肥賊子左側閃開，去接隊友傳回來的球。

肥賊子惱了，反身就朝白洛因身上一拱。

白洛因剛跳起來，重心本來就不穩，被肥賊子這麼一撞，整個人朝籃球框下面的主杆上撞過去。

顧海剛才就意識到情況不妙，想喊住肥賊子，結果晚了。他幾大步跨過去，想一把拽住白洛因，可畢竟距離擺在那，等顧海奔過去的時候，白洛因都摔在籃球架的移動底箱上了。

顧海的臉猛地變色，每個人都看得清清楚楚，他去扶白洛因的時候，手都有點兒抖。白洛因摔得確實不輕，半邊臉全紫了，鼻子下面掛著一溜紅，嘴唇上也搓掉一塊皮。

「我草你媽！你敢推他？」

顧海一把攥住肥賊子的領子，整張臉驟黑，一副要把人生吞活剝的眼神。沒人敢上前去拉顧海，顧海一腳踹在肥賊子腿根的軟肉上，踹得肥賊子嗷嗷慘叫，兩條腿直打晃。顧海兩拳掃過去，愣是把這個體重二百斤的大胖子打翻在地，然後不顧他的掙扎，又朝他的身上狠踹幾腳，每一腳都帶風的，到最後肥賊子都喊不出來了。

尤其拿出紙巾給白洛因擦臉，又細心地幫他拍打身上的土。

顧海滿肚子氣發洩完，朝白洛因走過來，一把推開尤其，柔聲朝白洛因說道：「給我瞅瞅，磕壞沒有？」

「沒事。」白洛因皺了皺眉。

顧海將白洛因擋在臉邊的手拿開，仔細瞧了瞧，眼神裡掩飾不住的心疼。

「這叫沒事啊？你這德行叫沒事啊？」顧海又氣又難受地拽著白洛因往外走，一邊走一邊罵罵咧咧的，「那根柱子多硬啊！真尼瑪應該把那個傻B拖過去，讓他自個撞幾下試試，草……」

尤其幫兩個人拿著包，面色複雜地走在後面。

「嘿！……就說你呢，名字特二的那個……」

尤其恍恍惚惚的，感覺有人拍了自己的肩膀一下子，扭頭看到一張精緻俊美的面孔。

「你怎麼在這啊？」尤其問。

楊猛笑呵呵的，「我們班下節課是體育課，你們班上完了？怎麼沒看見白洛因啊？」

「不就在前面呢麼？」

楊猛尷尬一笑，「我沒帶眼鏡出來。」

「那你怎麼看見我了？」

楊猛哼一聲，「就你那臭得瑟的模樣兒，誰看不見啊？話說我同桌看上你了，整天在我面前念叨你，尤其長尤其短的，聽得我直犯噁心。」

尤其一把將小個子的楊猛拽到懷裡，磨著牙說：「要不我給你治治？」

「別別別……」楊猛縮著脖子挑釁，「我不禁打，你有本事和白洛因打去。」

尤其揚揚下巴，示意楊猛看白洛因。

「他也打不了了。」

楊猛臉色一變，「咋了？」

「你不會過去瞅瞅啊?!」

楊猛快走幾步，來到白洛因跟前，盯著他瞅了好一陣，嘴一直在動著，卻一直沒說話。直到白洛因扭過頭，楊猛才咬牙哎呦了一聲，一副被狼礪了的表情。

「我靠，因子啊！你怎麼被人打成這副模樣啊？」

白洛因好長時間沒看見楊猛，這會兒瞧見他愁眉苦臉地看著自己，心裡突然覺得特別親切。胳膊一伸，特別容易就把楊猛摟在懷裡，加上楊猛長得清秀俊美，從遠處瞅就像摟個小丫頭似的。白洛因習慣性地捏了捏楊猛水嫩的臉蛋兒，楊猛用手肘戳了戳白洛因的肚子，兩人就像小時候見面一樣，要多親暱有多親暱。

「對了，你還沒說你這臉怎麼弄的呢？」

白洛因無奈地撇撇嘴，「撞籃球框底下的那根柱子上了。」

楊猛又著急又想樂，「不是……你打球就打球吧，沒事往籃球柱子上撞什麼？」說罷，用手摸了摸白洛因嘴角的口子，然後自己在那齜牙吸氣，鬧得特別血活62，好像受傷的是他一樣。

「我們班一個胖子撞了我一下，我沒站穩。」

「多少斤啊？」

「二百來斤吧！」

楊猛急了，「他們隊的隊長沒安好心眼兒吧？二百來斤的人還讓上場，這不是擺明了要傷人麼？草！你就應該讓丫的掏醫藥費！」

楊猛說完這句話，整個世界都靜默了，他感覺旁邊的柳樹枝都結了一層冰霜。再看那個一直沒吱聲的哥們兒，臉就像是被黑油漆刷過一樣。

尤其想笑沒敢笑，嘴角忍得直抽搐。

楊猛看顧海一眼，後者也在看著他，楊猛忍不住打了個冷噤，這哥們兒怎麼和閻王爺附身了一樣？

「因子，你身邊這位是誰啊？」楊猛小聲問。

白洛因簡短地回了兩個字，「隊長。」

呃……楊猛傻眼了，喉結處動了動，試探性地和顧海打了聲招呼。

「那個，對不住了，剛才那話你就當沒聽見。」

顧海微斂雙目，凌厲的眼神朝楊猛掃了過來，笑容裡透著一股殺氣。

「我叫顧海，你好，美女。」

楊猛氣結，「你瞅好了，我是男的。」

顧海抱歉地笑了笑，「是麼？我還真沒瞧出來。」

白洛因斜了顧海一眼，「你丫的什麼眼神啊？」

顧海不輕不重地回了一句，「我眼神再不好，我也能瞅見人，不像某些人，摔個跟頭把眼睛都摔瞎了。」

白洛因的臉立刻沉了下來，語氣也變得有些生硬。

「顧海你夠了啊！楊猛不就是說句錯話麼？你至於這麼損他麼？他又沒和咱們一塊打籃球，他哪知道你是隊長啊？」

顧海心裡有個天平，一頭被人蹬了一腳，另一頭高高翹起，裡面是一缸老酸醋，嘩啦啦全都流出來，泡得顧海心裡酸疼酸疼的。

他剛才暗著損了我一句，你什麼都沒說。現在我和他開了個玩笑，瞧你這上心勁兒的！行，你丫的嫌我礙眼是吧？爺不跟你這耗著了！

顧海將白洛因的衣服猛地摔到他身上，一句話沒說轉身就走。

「不是，這哥們兒怎麼氣性這麼大啊？」楊猛一副不能理解的表情。

白洛因沉著臉沒說話。

楊猛試探性地朝白洛因問，「沒事吧？」

「沒事，甭搭理他！」

白洛因拖了半節課才回來，左半邊臉全都腫了，尤其是顴骨附近，一大片的青紫。

顧海只瞥了一眼就後悔了，他剛才和自己說得好好的，這個人不值得心疼，他愛怎麼著怎麼著，以後他的事情自己少管。可一瞧見白洛因這副模樣，顧海心裡立刻換了一套話，你和他置什麼氣啊？誰撞成那樣兒心情會好啊？你就不能讓著點兒他？你瞧瞧他現在這樣，你不安慰兩句還甩臉子？你也太沒人味兒了吧？

顧海還在糾結著，白洛因從抽屜裡拿出一個錢包，扔到了顧海的課桌上。

「你的。」

又硬又冷的兩個字。顧海聽出來了，白洛因還氣著呢！

你還生氣？……顧海心裡的溫度又降了下來，你氣什麼？氣我損了你哥們兒一句？我剛打算寬恕你一次，你還和我橫起來了？行！有本事你別和我說一句話，我看看咱倆誰能硬得過誰。

白洛因把錢包扔過去之後，心情沒有舒暢起來，反而很煩躁了。老師的話一句都聽不進去，但是對身後的聲響特別敏感，顧海咳嗽一聲或是挪動一下桌子，他的神經就會立刻繃緊，好長一段時間才能緩過勁兒來。

為了趕緊熬過這兩節課，白洛因決定睡覺。結果，剛一趴下去，就猛地吸了一口氣。

課桌太硬了，白洛因忘了自己的左臉有傷，就這麼硬生生地貼在桌面上，疼得腸子都在打結。他趕緊調整了一下姿勢，結果腕子上的骨頭又直接戳到右嘴角，喘氣都帶著絲絲的疼痛。可他愣是眉頭都不皺一下，就這麼硬生生地忍著。

這一舉一動，顧海自然都看在眼裡。

白洛因每挪動一下，他的心就跟著停跳一拍。可人家有骨氣啊！當初他老爹把他按在窗口，他都死不屈服，這點兒小事算什麼？白洛因能忍著疼趴在那，他怎麼就不能不痛不癢地坐在後面呢？

30.

放學過後，白洛因逕自地走出教室，沒再像平時那樣等著顧海一起走，好像完全沒這個人一樣，瀟灑利索地走下樓，連個頭都沒回。

顧海騎著自己的車，慢悠悠地在後面晃蕩著。

掃大街的大嬸看到白洛因，笑著停下了手裡的動作。

「我記得你這程子一直騎車上下學啊！今個怎麼走著了？」

白洛因擠出一個笑容，「車壞了，就勢鍛煉鍛煉。」

誰想這位大嬸不僅記性好，而且眼特尖，白洛因的話剛說完，大媽就指著白洛因身後說：「哪壞了？那個小夥子不是騎著呢麼？」

白洛因沒回頭，受傷的左臉越發的僵硬。「您瞅錯了，不是那輛車。」

「不可能。」大嬸笑得爽朗，「就算車換了，小夥子總換不了吧？絕對沒錯，我天天瞅見他帶著你上下學。」

白洛因這才看了顧海一眼。

顧海刻意別開目光，擺出一副桀驁不馴的模樣。

「哎呦，這臉是怎麼弄的啊？」

白洛因扭過頭的時候，正好左臉對著大嬸，大嬸這才發現白洛因的臉受傷了。

「沒事，大嬸兒，您忙著，我先走了。」

路已經走了半程，顧海發現白洛因的左腿有點兒彆扭，走得越快越明顯。特別是趕著過馬路的時候，混在人群中，幾乎是一瘸一拐的了。

顧海拚了老命繃著的那根弦，最終還是斷了。

他用力蹬了兩下，很快騎到白洛因的前面，猛地剎車，直接把車撇在道旁了。

「幹什麼？」白洛因擰著眉頭。

顧海蹲下身，不由分說地捋起白洛因的褲腿兒。一大片的紅紫，血都凝固了，裡面的嫩肉就這麼大喇喇地袒露著。

顧海站起身，把車扶起來，沉聲命令道：「上車！」

白洛因沒聽見一樣，冷著臉從顧海旁邊走過。

顧海一把將白洛因拽了回來，由於用力過猛，白洛因險些摔到地上。

「你幹什麼？」白洛因怒了。

「我讓你上車！」顧海朝白洛因大吼。

兩個人僵持了幾秒鐘，誰也沒再開口，白洛因眼神變了變，最終還是上了車。

一路無言，一直到家門口，白洛因走了進去，顧海則調頭走人了。

白洛因從車上下來，本以為顧海會硬著頭皮跟進來，誰想他真走了。

「爸，我回來了。」

白漢旗看到白洛因一陣驚愕，手裡的碗差點兒給摔了。「兒子，這臉是怎麼弄的啊？」

白洛因淡淡回了句沒事，沉著臉進了屋，白漢旗則跟在後面。

把情況一五一十地打聽清楚之後，白漢旗才放了心，想著鍋裡還燉著菜，又著急忙慌地跑了出去。

白洛因一個人在屋裡，怎麼想怎麼不是味兒，那顧海到底在抽什麼瘋？不就說了他一句麼？至於鬧那麼大脾氣麼？不進門就得，愛上哪上哪，反正他有的是錢，餓不死！

「因子，出來吃飯了。」白漢旗在外面喊。

白洛因朝外面喊，「我不餓了，您吃吧！」

白漢旗又鑽進屋，「怎麼不餓了？大海呢？大海沒和你一塊回來啊？」

「他死了！」

「死了？」白漢旗臉一變，「咋還死了？」

「行了，爸，甭管他了，您吃您的去吧……」白洛因推著白漢旗往外走。

白洛因打開電腦，玩了沒一會兒，就聽見外面傳來熟悉的聲音。

「叔，今個吃什麼好飯？怎麼都沒等我啊？」

白漢旗回了句超實在的話，「我們因子說你死了。」

顧海，「……」

白洛因蹬蹬蹬走了出去，腳底磨出一溜的火星子。

「誰讓你來的？你不是不樂意搭理我麼？」

顧海又恢復了那一臉奸惡的笑容，「我可沒主動搭理你啊！是你自個非要這麼想，我是奔著我叔和我奶奶來的，奶奶，是不是啊？」

「對，對。」白奶奶已經徹底分不清誰是她孫子了。

白洛因轉身回屋，那殘破的嘴角上，分明帶著一丁點兒掩藏不住的笑意。

顧海跟了進去，順手將一兜子的藥扔到了白洛因的床上，白洛因這才知道他剛才騎車去幹什麼了。

「我在醫務室拿藥了，你怎麼又買了？」

「你在醫務室拿的藥是和別人一塊買的，這個是我給你買的，能一樣麼？」

說著，動作麻利地從白洛因的書包裡掏出那些藥，全都扔進了垃圾桶裡，連ＯＫ繃都沒落下。

吃過晚飯，顧海主動向白洛因建議。

「一會兒咱倆一塊洗澡吧，我可以給你擦擦，你這身上有傷，最好別沾水。」

白洛因斷然拒絕，「我不就臉上磕壞了一塊麼？礙著洗澡什麼事了？」

「你這腿上不是還有傷呢麼？」

顧海賊兮兮的目光死盯著白洛因的膝蓋，希望他能給自己帶來好運。

「不就腫了一點兒，算什麼傷啊？」白洛因一臉不在乎的樣子，拿著衣服直奔澡棚子。

「兩個男的一塊洗澡怎麼了？害什麼臊啊？」

「懶得瞅你。」

生硬而固執的四個字，非但沒打擊到顧海，反而惹來了他的輕笑。

白洛因洗到半途中，感覺棚子的塑膠布被掀開了，露出顧海那張魅惑邪肆的面孔。

「我還是不放心你，沒事吧？」

白洛因直接將香皂盒丟了過去，怒斥一聲，「沒事！」

顧海放下塑膠布，好像占了多大便宜一樣，一邊走一邊樂。心裡暗忖，臉皮怎麼這麼薄啊？上次喝醉了酒，還主動要和我比鳥兒呢！由此可見，這人就是悶騷，表面上悶，其實骨子裡比誰都騷！

白洛因匆匆洗完了澡，穿衣服的時候也在納悶，他經常去澡堂子洗澡，和一群男人屁股對著屁股，都沒這麼彆扭。怎麼這事一發生到顧海身上，就變了一個味兒呢？

顧海讓白洛因把長褲脫下來，手裡拿著消毒藥水要給白洛因消毒。

白洛因瞧見白色的棉球和透明的藥水就肝顫63，小時候畫了個口子，都是白漢旗給他消毒上藥，每次都用酒精，消毒的時候比流血還疼。

「要不別消毒了，直接上點兒藥算了。」

「老實待著！」顧海扳住白洛因晃動的腿，盡量安慰道：「沒事，不疼。」

白洛因剛放鬆了一些，就感覺一股尖銳的疼痛刺到了骨髓裡，疼得他直哼哼。

「草，你不是說不疼麼？」

顧海壞笑，「我說不疼你就信？」

白洛因咬牙切齒。

顧海心裡舒服了，誰讓你下午那麼氣我的？不讓你疼兩下，難平我心頭之恨！

上藥水的時候，白洛因一聲不吭了。

顧海每塗一下就瞧他一眼，見他老是一副表情，忍不住問：「還疼呢？」

白洛因搖頭。

顧海故意放慢塗藥的節奏，一副閒聊的口氣朝白洛因問：「下午那個不男不女的小子是誰啊？」

一聽這話，白洛因又炸毛了，「你說話就不能好聽點兒？」

「他就長成那樣，能怪我說他麼？」

白洛因黑了顧海一眼，沒好氣地說：「那我是髮小，就住在這一片兒，人好著呢！」

「叫啥？」

「楊猛。」

「楊萌？嗯，是挺萌的。」

白洛因猛地朝顧海的腦袋上拍了一下，「你還有完沒完了？」

說完，把顧海踢開，自己鑽進了被窩裡。

關燈之後，顧海又開始施展他的無敵騷擾功。

前幾天他是趁著白洛因睡著的時候，摸摸這捏捏那，現在直接來明的了，白洛因往這一躺，他就耐不住了，騷動的手順勢爬進了白洛因的睡衣裡。

真尼瑪滑啊……顧海自我陶醉。

白洛因用力攥住顧海在他前胸後背滑動的手，擰著眉毛問：「你有毛病吧？大晚上不睡覺，在我身上發什麼騷？」

顧海把頭湊到了白洛因的肩窩處，一副無賴的模樣。「我就想摸你。」

白洛因被他摸得渾身上下冒出小粒粒，心一煩喝斥道：「你丫的有女朋友不摸，摸我幹什麼？」

「摸她沒有摸你舒服……」顧海貼在白洛因耳旁軟語。

白洛怒瞪著顧海，「你說什麼？」

顧海瞧見白洛因這個眼神，呼吸一緊，差點兒一口咬上去。

「我說她不在，我摸不著，心癢癢，旁邊就你一個人。」

白洛因氣洶洶地把顧海的手抽出來，往他那邊甩過去。

「你摸你自個不是更爽麼？」

顧海嘴裡的話更流氓了，「我想把你摸出火來，咱倆一塊弄，那樣多爽！」

「誰要跟你一塊？」

白洛因氣得胸脯一起一伏的，眼神不住地往顧海那邊瞟，裡面全是提防和戒備，生怕他那隻作惡的手又伸了過來。

顧海瞧見白洛因腫著臉，又一副怯生生的模樣看著自己，頓覺白洛因這個樣子可愛到爆了。真想拽過來欺負欺負，看他發脾氣時那倔強的嘴角、執拗的眼神，被挑逗起來之後隱忍卻又享受的模樣。

31.

「哎，我在你這住了十多天了，怎麼沒見你搞事兒啊？」

白洛因側過身，一副懶得搭理顧海的模樣，「我搞事兒也不會讓你看見啊！」

顧海又湊了過去，前胸抵著白洛因的後背，聲音無限魅惑，「你都啥時候搞啊？我可是二十四小時跟著你，沒瞧見你有什麼動作啊？」

白洛因用胳膊肘猛地抵了顧海的腰眼一下，「大晚上說這些有勁麼？」

顧海的腰間一陣酥麻，說話也變得油腔滑調的，「這些話不都是晚上才說麼？」

白洛因閉上眼睛，無視這個深夜發騷的男人。

顧海的手又伸了過去，這次直抵白洛因的褲腰，先是假裝捏捏小腹上的肌肉，然後趁著白洛因不注意，猛地伸到了裡面，等白洛因拽住他的時候，他的手都觸到了根部的毛髮。

白洛因的眼睛裡像是燒起了一團火，猛地撲到顧海的身上，對著他的脆弱之地一頓猛K。

「你丫的再鬧給我滾蛋啊！」

顧海笑得下巴都快掉下來了，「都是男的，互相摸摸又怎麼了？你沒聽說過啊？讓男的給把把關，有助於提高性能力。」

「扯淡吧，我怎麼沒聽說過這句話？我不用你把關，能力也是一流的。」

「呦呵！」顧海目露訝然之色，「聽你這話，你經驗還挺豐富的。怎麼著？你和你女朋友打過炮了？」

「你管得著麼？」

顧海也不知道是好奇還是著急，不停地追問：「說真的，你到底還是不是雛兒啊？」

白洛因淡淡地回了一句，「你先問問你自己，你要是我就是。」

顧海心裡有譜了。

「那咱倆交流交流，你和我講講你和你們家慧兒的第一次，我再講講我和我們家璐璐的第一次。」

「我不想聽你的第一次。」白洛因說。

顧海詫異，「為什麼啊？這麼刺激的事兒你都不樂意聽？」

「有什麼刺激的？」白洛因冷哼一聲，「不就是兩個爺們兒一起搞麼？」

顧海給了白洛因一個爆栗子64，「你說誰是爺們兒呢？」

這一下正好打在白洛因額頭上的青包上，打得白洛因直吸氣。

顧海立刻緊張了，趕緊去查看白洛因青腫的部位，小心地吹了吹氣，「打疼了吧？」

白洛因把顧海的手晝拉開，將被子掖到脖子的位置，甩了句：「睡覺！」

「別啊！」顧海整個人都壓在了白洛因的身上，「你給我講講唄！」

「講它幹嘛啊？」白洛因有些不耐煩了。

「滿足滿足我的好奇心，我對你的床笫表現特別感興趣。」

「你這不是戳我的傷口麼？我和她都分手了。」

不知道為什麼，顧海看到白洛因這麼藏著掖著自己的過去，這麼介意這個叫石慧的女生，突然覺得有些不痛快。

「你不講就證明你不行，我代表黨，代表中國人民解放軍鄙視你。」

白洛因不是不想講，而是根本沒得講，他和石慧只有一次性接觸，是在石慧出國前的那個晚上。白洛因曾經強烈地想占有這個女孩，以此來拴住她，讓她整天在後面老公老公地叫著，即便出國了也帶著自己的標籤。結果就在這女孩把衣服脫光了躺在他面前的時候，他卻僵死在了最後一步。

假如真的分手，留下一層膜是最好的禮物。

所以，在石慧走後的N多個晚上，白洛因每天夢裡都在完成那沒完成的最後一步。

「要不你給我講講你的第一次吧。」

白洛因實在無法想像，像顧海這麼龍精虎猛的男人，金璐璐那個小身板怎麼能招架得住。

「我的第一次啊，那叫一個銷魂。」顧海開始胡扯。

白洛因來了興致，「你給我說說，怎麼個銷魂法？」

顧海有聲有色地講了起來，兩個男人一起講這個玩意兒，能不激動麼？不出十句話，底下的那個小海子、小因子全都精神起來了，隔著薄薄的一層薄料，不停地做著伸展運動。

顧海捅捅白洛因，「你試過讓別人給你解決麼？特爽。」

白洛因笑得隱忍，「我喜歡自己來。」

「哥們兒之間互相打打手槍又怎麼了？再說了，你底下的小因子一直在召喚著我呢！」

64：將食指、中指彎曲起來敲人頭頂的動作。

「滾一邊去！」白洛因下了床，披了一件外套走了出去。

顧海故意在後面調侃，「你們家廁所是露天的，你要敢把小因子凍壞了，我跟你急！」

吃過早飯，兩人彼此看了一眼，合算著今兒該誰給錢了。

「該我了。」白洛因摸摸褲子兜口，「欸？我昨兒明明放錢進去了，咋沒了呢？」

「你想賴帳就直說。」顧海損了白洛因一句，起身去付錢。

其實，是他昨晚偷偷把白洛因褲兜裡的錢給掏出來了。

鄒嬸正在炸油條，瞧見顧海往紙盒裡放錢，急忙攔著，「哎喲，你們兩個就不用給錢了。」

「嬸兒，您就別和我們客氣了。」

兩個人起身剛要走，突然一輛城管執法的車在馬路牙子旁停下了，接著下來四五個人，手裡全都拿著傢伙，陰著臉就朝早點攤衝過來了。

「先別走呢！」白洛因拉住顧海的車。

五個城管來了之後，二話沒說，對著爐子、桌面、鍋碗瓢盆就是一通砸，幾個還在吃早點的顧客瞧見這副架勢，全都拿起東西迅速撤離。幾乎是轉瞬間的事情，所有的人都還沒反應過來，地上就已經一片狼籍了。

一個平頭八字眉的城管，整一副土匪架勢，瞧見油鍋還在立著，也不管前面有沒有人，猛地一腳踹了過去，滾燙的油直接潑向鄒嬸。

「嬸兒！」白洛因大吼了一聲，猛地衝了過去，想拽住油鍋的把兒，結果被顧海一把拉住，眼瞅著滾燙的油灑到了鄒嬸的腳上。

鄒嬸雙眼猛瞪，嘴角抽搐了一陣，瞬間栽倒到底，抱住腳嚎啕大哭。

「你們幹什麼？」白洛因嘶吼一聲。

平頭城管不屑地哼了一聲，「你說幹什麼？執法啊！」

「你執法就執法，你他媽砸東西幹什麼？」白洛因的臉徹底黑透了。

這幫城管都是挑出來的狠角，平時狂慣了，哪把一個毛頭小子放在那裡。

「你說砸東西幹什麼？」平頭城管一腳踩碎了旁邊的暖壺，「我不砸東西，這個臭娘們兒她搬麼？」

鄒嬸還坐在地上撕心裂肺地哭著，白洛因的手一直在哆嗦，狠厲的視線削著城管身上的每一寸皮膚。他大跨步衝出去，又一次被顧海拽了回來，白洛因猩紅著眼睛瞪著顧海，「你給我放開！」

顧海異常地冷靜，他攥住白洛因的手，一字一頓地說：「先把嬸子扶起來，相信我，你只要把他們的臉一個個的記清楚。」

鄒嬸哭得嗓子都啞了，疼得右腳一直在抽搐，旁邊看熱鬧的人有不少，可真敢上前扶一把的卻沒有一個。城管還在繼續砸，老舊的桌子折成好幾塊，凳子腿兒和凳子面全都分離了，紙盒裡的零錢掉了一地，鄒嬸又急又害怕地撿走了身邊的幾個鋼鏰兒65，剩下的大票兒全讓城管拿走了。

65：硬幣。

這麼一折騰，幾個月的血汗錢都折騰沒了，這些東西不值錢，可這種小本買賣本來就賺不了幾個子兒，加上鄒嬸人實在，根本攢不下什麼錢，再購置一套必用品就等於要了她的命。

鄒嬸看著地上的這些破破爛爛，空空的紙盒，腳上那刺骨的疼痛都感覺不到了，只剩下眼淚還在悄無聲息地流著。

顧海把鄒嬸背起來，白洛因回家叫來了白漢旗，打算先把鄒嬸送到醫院。

「你們去上學吧，我一個人就成。」白漢旗催促著白洛因和顧海，「沒事，甭擔心，快去吧，別把課耽誤了。」

「爸，我也想去。」白洛因目光焦灼。

「聽話！」白漢旗板著臉。

鄒嬸慘白著一張臉，啞著嗓子勸著白洛因，「嬸兒沒事，你趕緊去上課吧。」

白洛因沒再動，眼看著白漢旗騎著電動三輪車把一臉憔悴的鄒嬸帶走了。

久久的沉默過後，白洛因突然往顧海的肚子上重重地掃了一拳，「我嚥不下這口氣！」

顧海硬生生地挺住了，腰都沒有彎一下。

看著顧海強忍著痛楚，沒有抱怨，沒有惱怒，完全是一臉寬慰的表情看著自己，心一點點地平靜了下來，帶著餘怒的眼神也漸漸黯淡。

看到白洛因這副模樣，一種從未有過的心疼的情緒侵襲著顧海的心臟，他寧願被白洛因踹幾腳，被他暗算被他辱罵，都不想看到白洛因現在這副樣子。

「我知道你仗義，可對待什麼人就得用什麼手段。」

白洛因把拳頭攥得咔咔響，「我就是嚥不下這口氣。」

「好了好了。」顧海語氣軟下來，「你不是都記住他們了麼？放心，一個都跑不了。」

白洛因冷哼一聲，「他們擺明瞭就是欺負人，這就是個胡同口，礙著誰的眼了？平時連個城管的影兒都看不見，今兒二話不說就來砸了……」

顧海用胳膊圈住白洛因的肩膀，拍拍他的後背哄道：「別和他們一般見識。」

白洛因推開顧海，眼神有了微妙的變化，「我知道是誰幹的。」

「別去找她。」顧海緊緊攥住白洛因的手，「你聽我的，別去找她！」

32.

傍晚時分，城建局的局長被顧海請過來喝茶。

「顧首長近來身體可好？」

顧海面無表情地回了句，「挺好的，您呢？」

「我啊，我也不錯。」

「看出來了，不光身體好，精神狀態也挺好的。」

局長不好意思地笑笑，「精神狀態嘛，就那麼回事，最近事情多，也……」

「精神狀態不好……怎麼能帶出那麼一支出色的城管隊伍呢？」顧海打斷了局長的話。

局長的臉色變了變，笑容有些尷尬。

「顧大公子有話就直說吧，我們若是有什麼做的不好的地方，您儘管指出來。」

顧海微斂雙目，眼神專注地盯著局長看，不發一言。

局長被顧海冷厲的目光看得有些毛了，心裡一直在敲著鼓，我到底是哪兒惹到這位爺了？

「我媳兒家的早點攤，被你們的城管給砸了，我媳兒到現在還在醫院裡，您給個說法吧。」

「這……」局長的臉霎時變白，說話都有些不利索了，「哎……這幫孫子……怎麼連您媳兒的攤子都敢砸啊？顧公子別生氣，回頭我找他們大隊長談話，把鬧事的那幾個小子都揪出來，一個一個給您媳兒道歉。」

「合著這要不是我媳兒，就該砸了唄？」

「哪啊？」局長手心就冒汗了，「他們砸誰的攤子都不對！我屢次教育他們，要人性化管理，以德服人，好說歹說的，他們就是聽不進去……」

顧海冷著臉看著局長，「這樣吧，一會兒您帶我去城管局走一趟。」

「這會兒去？」局長看看表，一臉的為難，「這會兒都下班了，您過去也瞅不見人啊！」

顧海淡淡一笑，「下班了？城管還有具體的工作時間呢？」

「當然了。」局長乾笑兩聲，「城管也是個職業啊，也得按規矩來不是？」

「那他們早上幾點上班？」

「九點鐘上班。」

「可他們六點鐘就把我嬸兒的早點攤給砸了。」

局長無語凝噎。

「人都來齊了，您看看，是怎麼個處置法？」

局長剛和顧海客氣完，就轉頭對這四個人一頓臭罵，什麼難聽的詞兒都罵出來了。

顧海淡淡地掃了這些人一眼，只說了四個字。

「少了一個。」

局長的冷汗都下來了，剩下的那個人，也就是今天砸得最猛的那位平頭城管，是局長的親侄子。

「您是不是記錯了？今兒就他們四個值班。」

四個城管聽到這句話，暗下裡都是咬牙切齒的。

「我要是再揪出來一個，就讓他承擔所有責任，您看成麼？」

局長的嘴唇反覆開合，最後長歎了一口氣，走到外面打電話去了。

過了一會兒，那個牛哄哄66的平頭城管也給叫來了，看到顧海就傻眼了，他哪想得到這麼有背景的人，竟然會去那種地方吃早點啊！

早上還匪氣十足的傢伙，這會兒就徹底蔫了，不停地給局長送眼神，希望他能保住自己。

顧海抽出一根菸叼在嘴邊，局長立刻俯下身給顧海點菸。

一瞧局長這副模樣，平頭城管就知道自己捅大簍子了。

「這樣吧，我給他們罰款，這筆錢呢，就用作您嬸子的醫藥費和攤位重建費，您看這樣成麼？」

「別那麼費事了！」顧海彈了彈菸灰，「既然我嬸兒是擺攤的，就屬於你們管制的範圍內，為了免除後顧之憂，我決定給我嬸兒找個正經八百的店面經營。」

局長臉一變，硬著頭皮附和了一句，「是是是，還是有個店面好，這……這店面哪能讓您費心思啊？這樣吧，我去給您找。」

「不用了，我相中了一個。」顧海撚滅菸頭，悠然一笑，「新街口把角的那個店面不錯，您看能不能和那邊的人商量一下，把我嬸兒的攤位挪到那去？」

局長的臉難看到了一定程度，顧海分明就是有備而來，那個店面是他小舅子經營的，由於霸占了一個黃金地理位置，這些年賺得盆滿缽圓。真要是給了別人，那不是等於割了他的肉麼？可不給又能怎麼辦？這種人是惹得起的麼？

「成，我盡快把這事安排好。」

顧海站起身，已經走到了門口，突然又停了下來。

這些人剛鬆一口氣，看到顧海又走回來了，一個個又把臉繃了起來。

「我覺得吧，你們五個人不錯。」顧海在五個城管的身上打量了一番，變相地誇讚道：「大早上六點鐘就去砸攤了，都很勤快啊！」

五個人你看看我，我看看你，快三十歲的人了，被十七歲的小夥唬得一句話都說不出來。

「這樣吧，我給你們找份兼職！過一段時間，我嬸兒的店面也該開張了，既然是賣早點的，也占用不了你們的工作時間，你們就來店裡當一陣子服務生吧，我瞅你們手腳都挺麻利的，這麼好的工作機會哪能讓給別人啊？」

五個人的臉都紫了。

顧海的語氣降了一個度，「不樂意啊？」

「沒有。」其中一個矮子率先開口，「我們樂意去做義工，不要工資。」

顧海皮笑肉不笑，「這多不好意思啊?!」

「有什麼不好意思的？」局長在一旁插口，「讓他們都去，人手不夠我再幫您找，一定得把我這個侄子帶上，他以前做過服務員，經驗豐富。」

平頭城管苦著臉看向局長，「叔～」

局長給了他一個惡狠狠的眼神，闖了這麼大的禍還有臉叫叔？你趕緊抓住這個機會贖罪吧！

顧海快走到門口的時候，被一條嗷嗷亂吼的狗吸引住了目光。

「喲！這條藏獒不錯啊，您養的？」顧海扭頭看向局長。

局長的嘴角抽搐得停不下來，「是……人家送的。」

「不錯啊，讓我拉回去玩幾天？」

「這可玩不得啊！」局長肉疼，「這狗太兇猛了，萬一把您咬著了怎麼辦？」

「沒事，我們家裡有個專業的馴狗師，虧待不了這條狗。」

顧海笑著，指指旁邊的一個男人，「師傅，麻煩把這條狗給我拉回家去！」

局長拽住顧海的胳膊，還沒來得及說話，就被顧海反拍了幾下肩膀。

「謝了啊！」

局長欲哭無淚，他的寶貝兒啊，他的心肝子啊！就讓這麼一個早點攤給折騰沒了！

過了兩天之後，局長親自去醫院看望鄒嬸了。

「大妹子，我來看看您，前兩天這事真不好意思，那幾個人我挨個訓了一遍，也給他們罰款了，你就多擔待一點兒。」

鄒嬸眨巴著眼睛，一臉的疑惑，小販的攤位被砸是常事，也沒見哪個局長親自給道歉啊？

「妹子，這裡有五萬塊錢，您這看病拿藥的錢都在裡面了，千萬要收下。」

「這……」

鄒嬸想說，我們看病一共才花了五千塊不到啊！

「當然得收下了。」顧海快速抽回那個牛皮紙袋，放到了鄒嬸的枕邊，「這是您該拿的，千萬別和他們客氣。」

「是是是……」局長點頭哈腰的，「把您的攤子給砸了，真不好意思，新街口那邊的店面已經給您收拾好了，房間都是新裝修的，牌匾都裝上了，就叫『鄒嬸小吃』，您看看您什麼時候出院，到時候咱們挑個日子就開張了。」

鄒嬸和作夢似的，這一腳也燙得太值了吧？

白漢旗在旁邊問：「以後有了店面，是不是還得交稅款，保護費啥的？」

「這個您不用管，我們全包了。」

鄒嬸更回不過神來了，看看白漢旗，又看了看站在旁邊的白洛因和顧海，儼然一副鴻運當頭的局促和不安。

「我怕經營不好啊！」

「不用擔心，前兩個月有人幫忙打理著，您有什麼不懂的就問她。至於服務員……」局長看了顧海一眼，「暫時先安排五個，等以後生意好了，咱們再找。」

「足夠了足夠了。」

鄒嬸興奮得不知道說什麼好了，雙手在下面反覆攥拳頭、鬆開。以前那個小攤子都是她一個人忙，再苦再累都得扛著，孩子要上學，一家人得生存，根本請不起人，恨不得自己長個三頭六臂，每天忙完了腰都直不起來了。

局長又和顧海寒暄了幾句，才邁著沉重的腳步離開了。

局長走了之後，鄒嬸迫不及待地打開牛皮紙袋，看了一眼之後驚了。

「真的是錢，沒有一張白紙。」

白洛因哭笑不得，「嬸兒，人家不是說了五萬塊錢麼？」

「我這不是不敢相信麼？」鄒嬸不住地感慨，「這五萬塊錢也來得太容易了吧？我這忙了一年也賺不了這麼多錢啊！你說，我這白撿了一個大便宜，會不會遭報應啊？」

顧海在一旁樂呵呵的，「嬸兒，這本來就是您該得的，他們那屬於暴力執法，誤傷民眾，沒追究他們的刑事責任就算好的了。這錢您拿得妥妥的，甭和他們客氣。」

鄒嬸眼淚都快掉下來了，本來昨天還經受著煉獄般的折磨，攤子被砸了，看病拿不出錢來，孩子還得上學，急得腦瓜仁兒都快爆炸了……沒想到今兒就什麼都解決了，而且還因禍得福，高興得不知道該怎麼表達了。

回去之後，兩個人坐在房頂上，靜靜地聽著院子裡的犬吠聲。深秋的落葉已經把周圍的瓦片遮蓋住了，眼睛所到之處都是蕭索的秋意，沉靜、婉約、淡淡的哀愁……

「鄒嬸的事謝謝你了。」白洛因有些不自然地開口。

顧海朝白洛因的腦門拍了一下，「傻不傻啊你？那也是我嬸兒。」

白洛因沉默了半晌，朝顧海問：「你怎麼不回家？」

「和我爸吵架了，不想回去。」

「那你就一直在這住下去吧。」

顧海心裡一驚，看向白洛因的眼神裡帶著濃濃的深情和感動。

「我們家雖然破了點兒，但都是真心實意待你的，自從你來了，我爸做飯都比以前細緻了。我看得出來，他挺喜歡你的，我奶奶更喜歡你……」

「那你呢？」顧海突然就冒出來一句。

白洛因被問得一愣。

顧海仔細地觀察白洛因的表情，他發現，自己不經意問出的一句話，結果到頭來竟然這麼緊張地想知道結果。這種心跳加速的感覺，怎麼比表白的時候還強烈呢？

「你說呢？」白洛因反問了一句。

顧海一把摟住白洛因，臭不要臉地把自己的臉貼了上去，鬍碴抵著鬍碴，一股青春的騷動從骨子裡慢慢衍生。

「我覺得你挺稀罕我的。」

白洛因笑得特無奈。

顧海感覺到白洛因唇邊肌肉的抽動，心裡覺得特別滿足，溫熱的面頰抵消了秋日的寒意，顧海只穿了一件薄薄的襯衫，卻感覺身體和內心一樣的火熱。有一種感覺，詭異地從心底漫出，像是春草破土，嫩枝發芽，有一點兒悸動，有一點兒不安，痲痲癢癢的，卻又酥骨地舒服，舒服得人忘卻了時間的流動……

「白洛因。」

「嗯？」白洛因轉過頭，和顧海不足一寸的距離，幾乎是鼻尖頂著鼻尖了。

「你說……我怎麼這麼喜歡你呢？」

院子裡的藏獒不知道為什麼，突然嗷嗷叫了幾聲，淹沒了顧海的胡言亂語。

「你說什麼？」白洛因大聲問了一句。

「沒什麼。」

顧海把頭轉了一個方向，假裝看著鄰居家的房檐。

白洛因沒再問。

顧海卻在心裡回了句，我他媽的喜歡你，喜歡得自己都有點兒看不下去了。

33.

三里屯夜店的一個高檔包廂裡，顧海拉著白洛因去會了多日不見的哥們兒。

「這是我在學校裡新認識的朋友，叫白洛因。」

周似虎笑呵呵地在白洛因的肩膀上拍了一下，「哥們兒，帥啊！」

顧海指指李爍，「他叫李爍。」

李爍舉起酒杯和白洛因碰了一下。

「我叫周似虎。」

白洛因朝他笑笑。

四個年輕人坐在一起相聊甚歡，都是同齡的年輕人，雖說家庭條件不同，但是喜好都是差不多的。四個人從糟亂的學校生活聊到喜歡的汽車牌子，汽車聊完了該聊女人了，然後就是彼此心照不宣的那點兒黃事兒。

李爍勾著白洛因的肩膀問：「大海在學校裡有沒有搞上別的女生？」

白洛因實言相告，「沒有。」

「我說什麼來著？」周似虎一臉篤信，「大海對璐璐姐那股子忠誠勁兒，還真沒人能學得來，簡直逆天了。」

李爍本以為顧海這段時間遲遲未露面，是有了新的傍家兒[67]，結果聽白洛因這麼一說，還固守著他那段異地戀呢。李爍真有點兒佩服顧海了，人家都換了七八個美女了，還在她這麼一個猛女上吊著。

「嘿，你知道金璐璐吧？」周似虎捅了白洛因一下。

白洛因點頭，「知道啊，見過一面。」

「我和你說，大海對金璐璐，那真是沒挑兒了。你是沒看見他倆在一塊，你要是真看見了，肯定覺得那不是大海。」

我確實覺得那不是顧海，可我也沒覺得他對金璐璐哪好了啊？

周似虎嘴裡嘚嘚嘚68，和機關槍似的，不吐不快，他一定得把顧海這些窩囊事講給白洛因聽。

「我給你說，別看他平時總是冷著臉，一見到璐璐姐，笑出來的皺紋三天都下不去。每次和我們聊天，張口閉口都是金璐璐，聽得我們耳朵都禿嚕皮69了。平時我們要是有啥事求他，都先去找金璐璐，只要金璐璐一開口，顧海沒有不答應的……」

周似虎絮絮叨叨地說了一大堆，白洛因就回了一句話。「顧海不就是這樣麼？」

「呃？」

周似虎還沒反應過來，顧海湊過來了，手搭上白洛因的肩膀，笑容裡帶著幾分油膩。

「聊什麼呢？」

白洛因喝了一口酒，愛答不理地回了句，「沒聊什麼。」

顧海把滿滿的一杯酒遞到了白洛因的手裡，「嘗嘗這個，味道怎麼樣？」

白洛因用吸管嘬了一口，輕輕皺了下眉，嚥下去之後感覺有一股淡淡的煙味兒。

「我喝著有點兒嗆。」

顧海把酒杯挪自己這邊來，也沒換吸管兒，就直接對著白洛因喝過的吸管喝，還喝得倍兒美，好像這酒立刻變了一個味兒一樣。「我覺得味道不錯啊！」

李爍看愣了，推了推周似虎。

「大海不是從來不喝人家喝過的東西麼？」

周似虎乾笑了兩聲，「你也知道大海這陣子的遭遇，沒準是生活所迫？」

「……」

外面激昂的音樂刺激了年輕人敏感的耳膜，四個人走出包廂，坐到吧臺上享受熱鬧的氛圍給自己的生活帶來的衝擊。舞池裡面的男男女女瘋狂地扭動著身軀，忽明忽暗的燈光下是一張張寂寞的面孔。

李爍捅了捅白洛因，問：「你有沒有女朋友？」

「有，分了。」

李爍笑，「對面一個妞兒盯你看了好久了。」

白洛因連頭都沒抬，問了李爍一個限制級的問題。「顧海……以前經常和你們互打手槍麼？」

這個問題，噎得李爍半天沒回過神來。

「你等下啊……」李爍繞過白洛因，湊到顧海的跟前，曖昧地摸了他的大腿一把，結果顧海立刻

67：有「情婦」之意。
68：言語瑣碎嘮叨。
69：此形容破皮、脫皮。

就黑臉了，「滾一邊去！」

李爍又走了回來，眼神示意白洛因，「你覺得可能麼？」

白洛因看到顧海那個反應，心裡就知道答案了。

李爍繼續說：「大海他丫的最煩別人碰他，要真像你說的那樣，你現在看到的就是我倆的屍體了。」

「……」

晚上睡覺前，白洛因故意用被子把自己裹得嚴嚴實實的，像個蠶蛹一樣，被子的兩個邊被白洛因壓在身下，一點兒縫隙都不留。

正如白洛因所料，顧海的腳果然伸過來了，開始在白洛因的被窩邊緣不停地試探，尋找一個可以鑽進去的洞。可惜了，白洛因裹得太嚴實，顧海努力了半天都是徒勞的。

「你這麼睡覺不勒疼麼？來，哥給你鬆鬆被窩。」顧海恬不知恥地湊了上來。

「你離我遠點兒。」

顧海的腳丫子還在鍥而不捨地尋找著被窩的漏洞。

白洛因惱了，顧海那雙腳丫子就像一條大蟲子一樣，不停地在他的被子上蠕動著，時快時慢，時輕時重，攪得人心煩意亂的。

「你要幹嘛啊？不睡覺滾出去。」

顧海的瞳孔裡透出邪肆的光芒，「我覺得你的被窩不暖和。」

「我被窩暖和不暖和跟你有什麼關係啊？」

「我可以給你暖暖啊！」顧海說著，就朝白洛因撲了過去。

白洛因又氣又惱地歎了一口氣，「你怎麼每天晚上都這樣啊？你是不是有病啊？就不能老老實實睡一晚上麼？我今天特別睏，明個是週末，你……呃……」

顧海在白洛因性感的下巴上咬了一口。

「你ㄚ!!!……」

白洛因兩隻手把顧海的頭髮抓成了雞窩。

顧海絲毫不顧及自己的形象，逮住機會就掀開了白洛因的被窩，兩條胳膊一伸，猛地將白洛因圈到懷裡，抱得那叫一個滿足，哈喇子都快流到地上了。

「因子～～」尾音兒拖了十幾米。

白洛因徹底拿顧海沒轍了，怎麼會有這麼無賴的人呢？你說你要是真和他急眼，傷了自己的元氣，他還滿不在乎，弄不好還變本加厲。要是這麼忍氣吞聲的，啥時候是個頭啊？他這種人能自己覺悟出來麼？

顧海的手又開往白洛因的睡褲裡面探去。

這一次，白洛因毫不留情地回了一句，「你覺得你這樣正常麼？」

「有什麼不正常的啊？」顧海暫時把手收回來，一副忠心赤膽的表情，「我這人就這個毛病，喜歡和哥們兒親近，你看今天那個李爍沒有？他平時和我黏糊得像一個人似的，每回我摸他，人家都服服貼貼的，怎麼到你這就這麼難搞定呢？」

白洛因都替顧海的大言不慚感到羞愧。

「你得了吧！李爍今個都和我說了，他壓根沒跟你搞過那種事。」

「……」顧海怔愣了一會兒，依舊固執地狡辯，「那是他不好意思承認，他這人和我一樣，臉皮兒薄。」

白洛因雙手抱拳，給了顧海一個佩服的手勢，然後一腳將顧海踹出了被窩。

顧海沒有立刻鑽過去，而是望著天花板細細思索。

「我說……你沒事問李爍這個問題幹什麼？」

白洛因沒說話。

顧海顧自揣測，「你該不會是真想和我試試，然後心裡有顧慮，才去李爍那裡求個心裡踏實吧？」

白洛因擰起眉毛，「你說阿郎今兒怎麼叫喚得這麼厲害啊？不正常啊，我出去瞅瞅。」

顧海，「……」

「阿郎，阿郎。」外面響起白洛因溫柔的呼喚。

阿郎叫得更厲害了，嗷嗷的甚是嚇人，白洛因打著手電筒檢查了一下，發現牠的爪子卡在了籠子的兩根鋼柱之間。白洛因很小心地給它拔出來，又摸摸阿郎的頭，阿郎很快就不叫喚了，哼哼著趴在籠子的門口。白洛因發現阿郎的嘴頭子上有血跡，大概是剛才爪子拿不出來的時候，用嘴頂過鐵柱子。

白洛因心疼地在阿郎的嘴上親了一口。

顧海站在蕭瑟的秋風中，老淚縱橫，混了這麼多日子，還不如一條狗呢！

白洛因回到屋子之後，顧海坐在床上不停地吸氣。「我的嘴角好像上火了，特別疼。」

白洛因打了個響指，「你等一下，家裡有藥膏。」

「還用藥膏麼？」顧海故意引導白洛因。

當然要用了，白洛因特別虔誠地捧著那管藥膏，親手拿棉球塗了一點兒，對著顧海的嘴角抹了上去，動作細緻小心。

雖然沒能得到一吻，可白洛因這麼伺候顧海，顧海心裡已經有點兒小激動了。

明明可以把棉花棒遞給我，偏要自己動手，你是有多稀罕我啊？

藥膏抹在手上，清清涼涼的，沁人心脾的舒服。

「這是什麼藥膏啊？起效這麼快！」

「痔瘡膏。」白洛因答得相當平靜。

顧海：「……!!!」

白洛因按住顧海聳動的肩膀，耐心安撫道：「沒事，這藥哪都能抹，上次我嘴角上火了，就是用這個抹好的。」

「那要是啥毛病都沒有呢？抹這個有副作用麼？」

白洛因的手停頓了一下，「副作用？貌似會長出一兩個痔瘡吧。」

顧海的臉和漆黑的夜融為一體，除了一口齜著的白牙，什麼都看不到了。

34.

白洛因第一次來顧海租住的大雜院，發現顧海的屋子滿乾淨的，起碼比他的臥室強多了。
「你的破手機還在這放著呢？」白洛因拿起窗臺上的老人機。
顧海正在收拾東西，隨口回了一句，「忘記扔了。」
白洛因走出大雜院，去了旁邊的舅爺家，取來了螺絲起子和鑷子，坐在外面的石墩兒上就開始忙活。不到半個小時，白洛因就把拆開的手機重新裝好，擦了擦手機的螢幕，回屋子遞給了顧海。
「試一下。」
顧海有些懷疑，他接過手機試了試，開機正常，發送簡訊正常，撥打電話有輕微的雜音，但是不影響正常的使用。
「厲害啊！」顧海目露驚訝之色，「都壞成這樣了還能修好？」
「沒多大事兒，這種老牌機子一般都結實。」
顧海瞧見白洛因這股子聰明勁兒，心裡對他的稀罕又強烈了幾分。
「這些東西都要收拾麼？」白洛因指著寫字臺上的雜物。
顧海直起腰看了一眼，「隨便吧，你覺得有用的就拿走。」
白洛因撿著實用的東西往袋子裡面裝，裝著裝著，就瞧見了寫字臺上貼著的幾張紙。不看不來氣，一看就恨不得削了顧海，上面貼的都是他寫的作文，一張一張的，全讓顧海給偷來了，這小子多可恨！

顧海瞧見了白洛因的反應，不僅沒有任何慚愧，還從抽屜裡拿出了幾張紙，在白洛因的面前顯擺。

「你瞅瞅，我現在寫的字和你有的一拚吧？」

白洛因怒瞪著顧海，「你丫的練字倒是和我說一聲啊！就因為這幾次的作文，語文老師現在都不搭理我了！」

「你也甭搭理她！」

「我應該不搭理你。」白洛因咬牙切齒。

「你敢不搭理我試試？」顧海凌厲的目光掃向白洛因的臉。

白洛因毫不示弱地對視，五秒鐘之後，顧海嗖的一下移開了目光。

「那個……你看看我寫的字，到底有沒有進步啊？」

其實顧海不問白洛因也想說，顧海現在的字比剛開學那會兒強多了，可瞧見顧海這副亟待肯定的表情，白洛因突然又不想說了。

「你怎麼不吭聲啊？到底是好還是不好啊？」

顧海在心裡磨著牙，你丫要敢說不好，我把你屁股踢歪了！

白洛因傲嬌地瞥了顧海一眼，淡淡回了句，「湊合吧！」

這一句湊合，簡直把顧海美壞了，白洛因的一句誇獎，含金量多高啊！顧海感覺自己像是喝了十瓶的紅牛，渾身上下充滿了幹勁兒，恨不得把房子舉起來在院子裡轉兩圈。

白洛因被顧海這副得瑟的模樣逗樂了。

白洛因一笑，顧海眼都直了。

金璐璐沉著臉站在門口，剛才這和諧歡樂的一幕，她看得真真切切的，感覺和顧海在一起的這三年，她都沒見過顧海這樣的眼神。以前，顧海的那些哥們兒都說顧海只有在金璐璐面前才會露出第二種表情，現在，金璐璐發現顧海有了第三種表情，這種表情是她見所未見的，很迷人卻也很傷人。女孩都是敏感的，別說哥們兒，就是一條狗被她男友寵著，她都看不下去。

白洛因先看見了金璐璐，捅了顧海一下，示意他看向門口。

顧海有些意外，「妳怎麼來了？」

金璐璐發現，顧海剛才的那種表情稍縱即逝，當他把目光轉向自己時，熟悉的味道又回來了。

「你說我怎麼來了？今兒是週末。」

顧海有些反應不過似的，感覺現在一週一週的過得飛快，轉眼間就到了週末了。以前覺得工作日特別難熬，現在已經沒有看日期的習慣了，好像每一天對他而言都是相同的。

「我這搬家呢！又沒有手機，聯繫不上妳。」

金璐璐拿起寫字臺上的手機晃了晃，「這是什麼？」「這手機不是早就壞了麼？」

顧海的話剛說完，手機就響了，金璐璐冷著臉按了一下，手機通了。

「啪！」金璐璐猛地將手機摔向地面，完整的手機一下摔得四分五裂，螢幕碎得滿地都是！

顧海的臉從驚愕到憤怒再到無法自控，只是一瞬間的事情，他大跨步迫到金璐璐的面前，攥住她的肩膀，將她逼到了牆角的位置，而後便是惡狠狠的一聲質問。

「誰讓妳摔的？」

金璐璐噙著眼淚，語氣不見絲毫的退讓。

「我們吵架摔過多少個手機了？為了這麼一個破手機，你丫就跟我翻臉?!」

顧海的眼睛裡除了被憤怒渲染的赤紅，再無其他。

「這是因子剛給我修好的，誰她媽讓妳摔的？」

「我讓我摔的!!他修的又怎麼樣？」

金璐璐猛地在地上的機殼上踩了幾腳，碎裂聲殘忍地刺激著顧海的耳膜。

「我就摔了，我就踩了，有本事你弄死我！」

刀光劍影中，一隻手伸了進來，攥住了顧海胳膊上那幾根跳動的神經。

「別鬧了，不就因為一個手機麼？」

白洛因的聲音很平淡，阻攔顧海的手也沒用多大勁兒，可在這樣緩慢的力量相持中，顧海心頭的暴戾下降了幾個度，攥著金璐璐的肩膀逐漸放鬆了力度。

「顧海，你不是人！」金璐璐暴吼一聲，推開顧海，踹開門衝出了大雜院。

顧海站在原地沒有動。

白洛因猛地在他的肩膀上拍一下，「你丫的還不去追?!」

「我為什麼要去追她？」顧海赤紅的眼睛盯著白洛因。

「憑她一個女孩子大老遠跑來找你，憑你跟人家好了三年，憑你睡了她。」

顧海沉默。

白洛因一把攥住顧海的領子，怒吼道：「你丫的還是不是個爺們兒啊？」

顧海攥住白洛因的手，聲音平靜卻暗藏著波濤洶湧的情緒。

「因子，你知道的，我現在只願意聽你一個的話，你真的想讓我去麼？」

白洛因的心在這一刻突然有些找不到支點，完全是機械的意識在操縱著自己的嘴。

「是，你一定得去，女孩子情緒失控，很容易出事的。」

顧海轉身出了門。

白洛因挺拔的身軀僵了片刻，彎下腰收拾地上的殘渣。

顧海走出去的時候，金璐璐已經跑到了胡同的另一頭，顧海瞥到了她的影子，就大步跑了過去。

沒一會兒，顧海跟上了金璐璐的腳步，看到她走到一個樹根下，蹲在地上就開始毫無形象地大哭。

顧海第一次看到金璐璐這樣。

他不明白，兩個人為什麼出現了這種裂痕，原因在於金璐璐還是自己？

以前也有過熱戀期、冷淡期、吵架期……這幾種相處方式不停地變換著，無論處在哪個階段，都不覺得這段感情本身有什麼問題。

然而現在，顧海突然有些疲倦了。

不知道是對這段感情的疲倦，還是對舊生活的疲倦。

金璐璐看到顧海，哭聲止住了，即便她在這段感情中是吃虧的，可她也不願意再給顧海一次看不起自己的機會。

「顧海，這是你第一次在我們吵架後追出來。」

顧海靜靜地看著金璐璐哭紅的眼睛，削瘦的面龐下那張倔強卻又脆弱的嘴唇，心還是不期然地疼了。正如周似虎所說，這是他珍視了三年的女朋友，三年不短了，任何三年都能沉澱出一份真感情。

「以後別這麼鬧了。」顧海說。

金璐璐猛地抱住顧海，哇哇大哭出聲，她本以為兩個人就這麼完了，每一次吵架之後都這麼想，所以擔驚受怕，即使覺得跌份兒70，也得腆著臉過來講和。顧海的主動示弱，對於金璐璐而言是莫大的恩惠，她不捨得再鬧情緒了，她也醒悟到剛才做得有些過了。

兩個人站在樹根底下聊了很久，聊以前的事情，聊他們的回憶，每一次分手後必做的一件事情，然後，握手言和。

「我不鬧了，我再也不鬧了。」

金璐璐擦乾眼淚，拉著顧海的手說：「走，一塊搬家去。」

回到大雜院的時候，房東告訴顧海，白洛因早把東西搬走了。

顧海看著空蕩蕩的屋子和收拾得乾乾淨淨的地面，心裡一陣陣翻騰，也不知道白洛因搬了幾趟，忙活了多久……

金璐璐這時候才想起來問，「你是要搬到哪兒去啊？」

「因子他們家，我這程子一直在因子家住。」

金璐璐的臉色有些不對勁，但是礙於兩人剛和好，就沒再繼續掃聽71這件事。

70：指丟人現眼、不體面、有失身分。

71：四處探聽。

吃飯的時候，金璐璐又開始滔滔不絕地講著她在學校裡的那些事，哪個很賤的女生又被她收拾了，飯堂裡吃出了蟲子，她把飯扣在賣飯的人臉上了，班主任整天穿一些特別老土的衣服，她們學校新訂製了一批校服，難看死了……

顧海一直沉默著，直到一盤燻鴨腦端上來，才笑著說。「因子特愛吃這個。」

金璐璐挺好的興致被顧海破壞了。

「顧海，我問你一件事。」

顧海抬起眼皮，淡淡回了句，「什麼事？」

「你不覺得你對白洛因有點兒太好了麼？」

「妳有勁沒勁啊？」顧海臉黑了。

金璐璐氣洶洶地往自己的盤子裡夾了一個鴨頭。

顧海吃得有些不對味兒，放下筷子朝金璐璐說：「哪個男的沒有個特別鐵的哥們兒啊？妳老和他過不去幹什麼？我告訴妳，妳就是不了解因子，妳要是了解他，妳肯定特喜歡他。別看他家庭條件不好，境界特別高，品味也挺獨特的。他不怎麼愛笑，可骨子裡特悶騷的一個人，他有時候想關心你，他又不好意思表現出來，就偷偷摸摸的，你拆穿他他還跟你急。他是刀子嘴豆腐心，嘴上不饒人，其實心腸特好。我在他們家白吃白住這麼長時間了，他總是假模假式地轟我走，我要是半天不回家，他指定第一個坐不住。對了，忘了說一點，他特聰明，喜歡鼓搗72東西，我們班的門被他一改造，從外面一拽繩兒，裡面都能反鎖嘍。就剛才那個手機，在河裡泡一溜夠了，他還能給修好了……」

其實，顧海的出發點是想說一些話打消金璐璐的顧慮，誰想一說就收不住了。金璐璐聽得更氣不忿兒了，顧海第一次當著她的面說這麼多話，竟然是在誇另一個人，這不是擺明了在煽風點火麼？

顧海完全意識不到，他認為自己說得有滋有味的，別人也得聽得有滋有味的。

金璐璐強忍著怒氣，惡狠狠地嚼著嘴裡的麵條，優勢被人剝奪的滋味不好受啊！他是個男的又怎麼樣？就因為他是個男的，金璐璐才覺得不應該，你顧海分不清孰輕孰重麼？

一頓飯下來，顧海壓抑的情緒緩解了不少。

付帳的時候，顧海趁著收銀員找錢的工夫，還扭頭和金璐璐來了一句，「今兒因子誇我的字兒有進步了。」

金璐璐差點兒把服務臺上的發財樹給抽到地上。

「齊嘞！您慢走！」

整整一個下午，顧海都陪著金璐璐在各種高檔場所消費。

晚上睡覺前，顧海覺得心裡空蕩蕩的，閉上眼睛，滿腦子都是白洛因的輪廓。感覺吸入的不是香菸，而是毒品，一點點滲透到骨子裡，他的思緒又開始渾濁了，混亂了，白天清醒了一陣，喧鬧的街市掩藏了他的情緒，現在又被打回原形了。

電視裡放著高清的愛情影片，金璐璐一邊瞧一邊嘟囔。

72：折騰、撥弄。

「這女的也太傻B了吧？這男的也是個二B，你倒是說出來啊，真尼瑪窩囊廢，不看了，睡覺。」

然後，摟過顧海，鑽進被窩裡。

夜幕漸沉，顧海迷迷糊糊的就睡著了。

「大海，我新研製出來的彈弓子，咱倆一塊打鳥去！」白洛因擦著鼻涕。

顧海愣住了，眼前是一個白白胖胖的孩子，大眼睛忽閃忽閃的，小嘴一開一合的，瞧著挺眼熟……

「你誰啊？」

「我是因子啊！」

顧海被嚇傻了，「你咋縮成這麼點兒小玩意了？」

「你說誰小玩意兒呢？」白洛因叉起小腰，「你瞅瞅你自己，還沒我高呢！」

顧海低頭瞅了瞅，條絨背帶褲，三十碼不到的小棉鞋，伸出胳膊來，像是一個蓮藕段似的胖乎小胳膊。

「咋回事？」

白洛因笑得臉頰紅撲撲的，「咱倆從小就認識了啊！」

「從小就認識了？」顧海拉過白洛因的手。

白洛因興奮地叫了一聲，「對啊！我們是髮小啊！」

是髮小？真好啊……顧海揉揉白洛因的臉，原來我們從小就認識了，我們在一起這麼多年，這是多令人興奮的一件事，我可以從現在開始，一直和白洛因玩到大了。

顧海笑嘻嘻地把白洛因抱住，白洛因在顧海的臉頰上親了一下，顧海回親了一下，白洛因又在顧海的嘴上親了一下，顧海又回親了一下……親著親著，顧海醒了。

酒店的豪華房間裡，溫暖的壁燈還在幽幽地發著光亮。

顧海感覺嘴唇有些濡濕，用手摸了一下，心跟著一顫。

因子，你丫的又把被窩弄到地上了吧？

35.

早上，金璐璐醒來的時候，枕邊的人已經不見了。她起身走下床，在各個屋子裡找了一下，最後在陽臺上發現了顧海，他一個人站在那裡抽菸，不知道起來多久了。

金璐璐打了個哈欠，懶懶地朝顧海走了過去，從後面抱住了顧海的腰。

「這麼早就起了？」

顧海淡淡地「嗯」了一聲，而後撚滅了手裡的菸。

金璐璐發現，菸灰缸裡全是菸頭，像是一截截斷了的白粉筆，在菸灰缸裡橫七豎八地描繪著顧海的心情。

「昨天晚上沒睡好？」

「睡得挺好的。」

顧海把金璐璐的手從自己的腰上拿下去，轉過身，眼眶周圍一團青灰色。

「把東西收拾收拾，我送妳回家。」

金璐璐如炬的目光盯著顧海看了良久，開口問道：「這麼迫不及待地想轟我走？」

顧海沒說話，回屋把外套穿上了。

「咱們再一起吃個飯吧，叫上白洛因，昨兒我當著他的面把手機摔壞了，肯定給他留下一個特不好的印象，咱們一起吃個飯，我也好挽回一下形象。」

顧海依舊沉默，金璐璐就當他是默認了。

兩個人到白洛因家裡的時候，白洛因剛起床不久，正蹲在院子裡刷牙洗臉。

金璐璐見了，忍不住唏噓一聲，「你別告訴我你要搬到這兒來住？」

顧海完全無視了金璐璐的話，眼睛一刻不停地看著白洛因，心裡有種說不出來的滋味。

「這麼冷的天兒還要用涼水洗臉啊？」金璐璐一副無法接受的表情，「他們不會也讓你用涼水洗臉吧？」

顧海沒說話，逕自走進院子，金璐璐跟在他的後面。

阿郎一看到陌生人，拚命在籠子裡吼叫，嚇得金璐璐猛地抱住了顧海的胳膊。

「我靠，怎麼還養了一隻藏獒啊？」

白洛因聽到阿郎猛叫，抬起頭時，正好看著金璐璐挽著顧海的胳膊走進來。

「中午一起吃個飯吧！」

「成。」白洛因痛快地答應了，「我進去換件衣服。」

白洛因剛進去不久後，顧海也進去了，金璐璐一個人在院子裡溜達。

「哎，等一下。」

白洛因剛把衣服套進去，聽到顧海的話又頓了一下。

「怎麼了？」

顧海走到白洛因面前，手捧著他的臉看了看，擰著眉說道：「你這腦瓜門兒上怎麼長了一個小疙瘩？」

白洛因自己都沒意識到，「沒準是上火了。」

顧海邪氣一笑，「想我想的吧？」

「滾！有多遠滾多遠！」

顧海沉悶了十幾個小時的心終於在這一刻放晴了。

吃飯的時候，金璐璐故意朝白洛因說：「顧海對你比對我好。」

「妳怎麼看出來的？」白洛因問。

金璐璐半分玩笑半分真地說：「他對我總是板著一張臉，對你總是笑呵呵的。」

顧海面無表情地回了一句，「是妳自己說的，我冷一點兒妳才有安全感。」

金璐璐對顧海的這番話明顯不認同。

白洛因不緊不慢地分析，「是這樣的，每個男的在自己女朋友和哥們兒面前都是兩面的，在女朋友面前，為了保持自己迷人的形象，他得裝，他得拿著，不然怎麼拴住妳的心？在哥們兒面前就不一樣了，他不必在意自己的形象，心情完全放鬆，可以隨便撒賴耍渾，所以妳覺得親近一些。」

金璐璐終於笑了，「你瞧瞧人家，嘴皮子就是比你厲害。」

顧海的女朋友誇別的男人，顧海不僅沒有絲毫不平衡，反而一副引以為傲的表情。

飯吃到最後，金璐璐突然朝顧海說：「你打白洛因一下。」

顧海的臉沉了下來，「我打他幹什麼？」

「不幹什麼，我就想看看，你們哥們兒之間不是經常打打罵罵的麼？」

「妳是不是無聊啊？」顧海的聲音冷了下來。

金璐璐這話是笑著說的，她是想用一種玩笑的氣氛來試探顧海對白洛因的感情，但是顧海的反應，讓她徹底裝不下去了。

「顧海，我鬧著玩的，你跟我急什麼？你就這麼捨不得麼？他一個大老爺們兒，你打他一下怎麼了？你就輕輕碰一下，意思意思都不成？」

「不成！」顧海一字一頓的，「別說我了，誰也別想碰他一下！」

金璐璐猛地摔了筷子，「顧海，你讓我噁心！」

「噁心妳就滾蛋！」

金璐璐猛地踢翻一旁的椅子，衝出了飯館。

金璐璐摔桌子走人後，周圍陷入一陣死寂。

過了很久，白洛因才朝顧海問：「你怎麼又把她氣走了？」

顧海的臉黑得都冒亮兒了，「什麼叫我把她氣走了？你沒看見她剛才那副德行麼？甭慣她那個臭毛病，愛雞巴走不走！」

「你們倆可真是……」白洛因無奈了，「當初怎麼走到一起的？」

顧海正在旁邊運氣呢！哪有心情回答這些問題。

白洛因歎了口氣，挑起碗裡剩下的幾根麵條，淡淡說道：「行了，都彼此靜一靜吧，老這麼鬧也不是個事兒。」

顧海把留著的墨魚丸夾到了白洛因的碗裡，顧自將剩下的麵條吃乾淨。

兩人沉默地走出了飯館。

回到家，白洛因把一個盒子扔給顧海。

「這是什麼啊？」顧海有些驚訝，「給我的？」

「廢話！都扔到你那了，不是給你的給誰的？」

顧海打開盒子一看，是一款新上市的手機，機子的款型和外觀都是他很喜歡的，不用猜就知道是白洛因挑的。顧海的心裡有種難以言說的感動，看著白洛因在身邊晃動的身影，都不知道該怎麼表達了，乾脆直接抱上去。

「因子，你對我太好了。」

「你抱我爸去吧！」白洛因不痛不癢地推開顧海，「錢是他花的，是他非要給你買，我怎麼攔都攔不住。」

顧海衝著窗戶外面的白漢旗喊了一句。「叔，謝您嘞！」

「這小子，跟我還說什麼謝謝？」白漢旗用衣服的前襟擦擦額頭上的汗，「要不是因子拉著我去，我都不知道這手機還有好壞之分。我覺得能打電話，摔不壞就是好手機，因子說不成，非要給你買個功能齊全的。」

顧海心尖子都能掐出蜜來了。

「您甭聽因子的，他淨瞎說！」

白洛因猛地在顧海的屁股上踹了一腳，「你丫少在這得了便宜還賣乖啊！」

顧海樂呵呵的看著白洛因，「那你呢？你都沒有一個手機……」

「我要手機幹什麼？」白洛因一副滿不在乎的表情，「我壓根沒有什麼人要聯繫，有了手機也是浪費。」

「你可以聯繫我啊！」顧海湊到白洛因跟前。

白洛因磨著牙，「你丫二十四小時都黏在我身邊，還用得著手機麼？」

顧海乾笑兩聲，「也是啊，不過我現在也沒什麼人想聯繫的，照這麼說我要手機也沒用。」

「別！」白洛因斜了顧海一眼，「我還想用這個手機分散你的注意力呢！」

顧海把嘴貼到白洛因的耳邊，聲音沉睿魅惑。「那你不是得恨死這個手機啊？」

白洛因一連說了五個滾！一腳把顧海蹬出了屋。

顧海在外面晃悠一陣，看到白漢旗把梯子立在了牆邊，正哼哧哼哧地往上爬。

「叔，您爬那麼高幹什麼？」

「前兩天下雨，房頂有點兒漏，剛晒乾的棒粒兒都給淋潮了，我去上面加固一層。」

「您下來吧，我上去。」

「你哪會幹這種活兒啊？」

白漢旗擦擦汗，今兒大晴天，中午的太陽還是有點兒晒的。

「我真能幹，您下來吧。」

說話間，顧海一腳蹬上窗臺，手抓住房簷，翻身一躍跳上了房頂，哪還用得著梯子？白漢旗看得眼都直了，心想這小子是怎麼上來的？剛才還在地上說話呢，怎麼一下子就飛上來了？

「叔，我來吧。」

其實白漢旗年輕的時候身體也倍兒棒，上下房頂不費勁兒，可現在歲數大了，手腳沒那麼利索了，而且也有點兒輕微的恐高。

「你真會幹？」白漢旗一臉的懷疑。

「瞧您這話說的，我……」

顧海想說我以前在部隊什麼都幹過，可又怕白漢旗多問，就沒再繼續說下去，而是拿過白漢旗手裡的桶子，熟練地用水泥漿砂找平，雖然不及瓦匠的手藝，可看起來還真那麼回事兒似的。

白洛因走出來了，朝著屋頂喊。

「爸，您下來吧，就讓他幹，不然他天天在這白吃飯。」

「就是啊，叔，您下去吧！」

白漢旗笑著說好，小心翼翼地趴到房檐，開始用腳探梯子。

顧海看到白漢旗褲兜兒裡的手機都竄了出來，是一個用了不知道多少年的手機，上面的漆皮兒都磨掉了好幾塊，顧海一看就知道，這種手機是從街上的販子那兒買來的山寨機，超不過二百塊錢，想想自己的手機，心裡挺不是滋味的。

白洛因從不說自己的家庭狀況，只是偶爾喝了酒之後，才提及一兩次。白漢旗一個月的工資不足五千塊，要養活一家老小，白洛因的爺爺奶奶每個月都要固定的醫療支出，這已經削減了一大半的收入，再加上一家人的吃喝家用，現在又填了自己一張嘴……就算白漢旗不說，顧海也知道，他一定是咬牙買下這隻手機的。

36.

晚上睡覺前，顧海問白洛因：「叔為什麼不和鄒嬸合夥開店啊？」

「為什麼要和鄒嬸合夥開店？」白洛因反問。

「你想想啊，那是個黃金角，又免房租，又不用交稅，服務員還是現成的，純掙錢的買賣啊！嬸兒一個人忙不過來，叔要是去幫忙了，等於兩個人的店，總比他掙那點兒死工資要來的輕鬆容易吧。」

白洛因歎了口氣，「你想得挺好，我爸肯定不樂意去。」

「為什麼？」顧海不理解。

白洛因看了顧海一眼，示意他把耳朵湊過來。

顧海這個樂意啊，差點兒把整個身子都黏上去，白洛因把被子抖落開，罩住兩個人的頭。兩個人頭頂著頭，腳挨著腳，躲在一個被窩遮起的小空間裡，說著彼此的悄悄話。

「啥？」顧海一愣，「鄒嬸不是寡婦啊？」

「她有丈夫的，在外打工。」

白洛因溫熱的呼吸全都撲在顧海的半邊臉上，醺得顧海半個身子都在發熱。

「你的意思是，他們怕被說閒話？」

白洛因遲疑了一陣，肩膀塌了下來。

「我總覺得鄒嬸在騙我爸，我覺得她和她丈夫早就離婚了。你想想啊，她都在這住了好幾年了，她丈夫逢年過節都不回來，正常麼？」

顧海瞧見白洛因這副神神叨叨的模樣，直想揪他的小耳朵。

「你聽我說話沒啊？」白洛因在顧海的肚子上打了一下。

顧海攥住白洛因的手，笑著說：「聽到了，你不就是想說鄒嬸是寡婦麼？」

「是啊，可我爸總否認。」

「我覺得叔心裡肯定明鏡兒似的。」

顧海一邊說著，一邊用粗糙的手指摳著的白洛因的掌心，指縫每一條掌紋，每一絲指紋，都用指尖輕輕滑過，看似漫不經心，卻又帶著玩味的撥弄。白洛因手心上的那些敏感神經全都活躍起來了，帶動著胳膊都在發麻，他想開口怒斥顧海一句，可顧海突然又沒了動作，只是緊緊地握著他的手。

「你爸和別的女人這麼親近，你心裡就沒一點兒不樂意麼？」

「沒有，我一直勸我爸把鄒嬸娶回來。」白洛因語氣很淡然，「從我記事兒起，我爸就一直這麼單著，總不能讓他這麼過一輩子吧？」

「你沒想過讓你媽和你爸重婚麼？」

「從沒有過。」白洛因很篤定，「我寧願是鄒嬸，我不想讓我爸再受罪了。」

顧海聽到這話，心情有些複雜。

白洛因繼續在一旁說道：「其實我爸不和嬸兒合夥開店，也不完全是怕人說閒話。你想想看，現在這個店已經是鄒嬸的了，我爸肯定拉不下臉插進去一腳。咱們都是男人，都理解這種感覺，如果換成別的女人可能還有戲，鄒嬸，肯定不可能。」

「也是。」顧海若有所思。

被窩裡陷入一片沉寂，白洛因把被子掀開，大口大口呼吸著外面的空氣。

顧海看著白洛因有規律起伏的胸膛，和閉著眼睛深呼吸的模樣，心臟又開始不規則地跳動。白洛因微微開闔的嘴唇帶著一抹剛毅的魅惑，顧海很清楚，這是男人的薄唇，肯定不如女人的柔軟，可顧海卻有種想去親吻的感覺。

他知道自己的心越來越扭曲了，但是他無意去糾正，他很清楚自己對別的男人都沒有這種感覺，單單是白洛因。也許是太欣賞，太喜歡，太在乎，讓一份友情的小雪球越滾越大，最終滾出了邊界線，滾出了顧海可以掌控的視野，但他卻不想追回，他寧願享受這種放縱忘忘的快樂。

夜裡，起風了，顧海去關窗戶。

剛躺回床上，白洛因突然翻身靠了過來，腦袋尋找最柔軟的依託點，最後停在了顧海的肩窩處，溫熱的臉蛋貼在顧海左半邊的胸膛上，清爽的頭髮灑在了顧海的脖頸周圍，胳膊輕輕一環，隨意搭在了顧海的小腹上，神情很是愜意。

顧海有些猝不及防，被壓著的那條胳膊都不捨得抽出來，生怕這麼一動，白洛因就會無意識地翻回去。直到白洛因的呼吸變得均勻，顧海緊繃著的肌肉才鬆弛了下來，他垂下眼皮看著懷裡的人，手輕輕撫上他的臉蛋兒，像是在觸碰一件珍稀的寶貝，小心到了極致。

然後閉上眼睛，靜靜地等待一個美好的夢境……

「白師傅，廠長找您。」

白漢旗摘下防塵面罩，拖著疲倦的身軀走進了廠長的辦公室。

「老白，來，快坐下。」

平時喜歡板著臉的廠長今兒不知怎麼了，說話客客氣氣的，不僅給白漢旗搬來了一把椅子，還親手給他倒了一杯茶。

白漢旗納悶，廠長這是要幹啥？

「老白啊！我們廠子決定解雇你了。」

白漢旗心裡咯噔一下子，緊跟著臉就白了，他算是明白廠長為啥一反常態了，鬧了半天是要解雇他。白漢旗端著茶杯的手有些哆嗦，他起身把茶杯放回廠長的辦公桌上，直挺挺地站在廠長面前，一副犯了事兒的模樣。

「廠長，您知道的，我兒子讀高中，正是需要錢的時候。我還得養活老家，每個月都得看病拿藥……」

「我知道。」廠長打斷了白漢旗的話，「就因為這樣，我才答應辭了你，要不然像你這種幹了十多年的老工，我是真捨不得放你走啊！」

「那為啥還要辭掉我？」白漢旗急得直攥拳頭，「您這不是把我們全家往絕路上逼麼？」

「怎麼還往絕路上逼啊？」廠長被白漢旗繞糊塗了，「那邊沒給您去電話麼？」

「哪邊啊？」白漢旗一臉茫然。

廠長焦躁地抓了抓頭皮，「看來你這還沒收到信兒呢！這樣吧，我給那邊去個電話……」

話剛一說完，就有人敲門了。

廠長打開門，瞧見一位西裝革履的男人，立刻笑臉相迎。

「哎喲喂，您可算來了，我正要給您打電話呢！」

男人笑著點點頭，目光轉移到白漢旗那裡，「這位是？」

廠長立刻叫來白漢旗，「這就是老白，您要找的那個人。」

男人立刻伸出手。

白漢旗抱歉地笑笑，「我手上有灰，還是算了。」

男人沒再強迫白漢旗，廠長則主動在一旁引薦。

「這位是同潔製冷設備有限公司的人事部經理，姓苗，您就叫苗經理就成。」

白漢旗朝苗經理點頭示意。

廠長又給苗經理倒了一杯水，而後找個藉口離開了，屋子裡就剩下白漢旗和苗經理。

「是這樣，我們公司想聘請您過去做技術部門的工程師，月薪稅後兩萬，每個月都有一次旅行贊助，住房補助五千，交通補助兩千，餐補兩千，年終獎金是您半年的工資。一天工作八個小時，節假日雙休……」

白漢旗聽得耳朵都木了。

「苗經理你們公司不是印假鈔的吧？」

苗經理正說得盡興，被白漢旗這麼一打斷，儼然有點兒適應不過來。

「白師傅真幽默。」

白漢旗乾笑兩聲，「不是我幽默，是你們給的條件太不靠譜了。」

苗經理拿出自己的名片，「您在這廠子幹了十幾年了，也知道這個廠子的業務往來，我們公司一大半的零部件都是你們廠子生產的，我和你們廠長又認識，您還不相信我麼？」

白漢旗還是無法置信，「關鍵是我沒有那門兒技術，怎麼能去你們那當工程師呢？」

「這您就別管了，到時候自有人帶您。」

「既然這樣，你們幹嘛不直接找個工程師呢？多省事兒！」

苗經理腦門兒上不停地畫豎道兒73，這人也太軸74了吧？多好的機會啊，要擱我這死活也不放手啊！他倒好，還替別人著想呢?!

「白師傅，您要是還拿不定主意，我帶您去我們公司看看，工作室已經為您準備好了。」

白漢旗半夢半醒地跟著苗經理去了他們公司，進去一看，寬敞乾淨的廠房，到處都是機械化作業，經他手製造出來的那些零件，和眼前的這些成品比起來，就像一粒小芝麻。

「白師傅，到了。」

白漢旗把注意力拉回來，跟著苗經理進了一個房間。

三十幾平米的房間寬敞明亮，中間規規矩矩地擺放了一張辦公桌，後面有個大的書架，裡面全是專業化書籍和工具書，沙發、茶几、空調、電視一應俱全，站在落地窗前，外面就是剛綠化好的小公園。

不愧是經理的辦公室……白漢旗在心裡感歎。

「以後這就是您的工作室了。」

白漢旗驀地愣住了，「……您說啥？」

苗經理很耐心地和白漢旗解釋，「您要是答應留在我們廠子，就先暫時待在這裡，以後有什麼不滿意的，我們可以隨時為您調換。」

白漢旗站在辦公室中央，僵得像一尊雕像。

苗經理打開抽屜，拿出一個牛皮紙袋。

「這裡有五千塊錢，算是誠意費，如果您願意接受我們的誠意，就請收下，明天就可以來上班了。」

「……」

73：臉上三條線之意。
74：此處指笨。

37.

晚上放學回家，白漢旗準備了一大桌的菜。

白洛因圍著桌子轉了一圈，走到白漢旗跟前，問：「今兒有什麼好事兒？鄒嬸出院了？沒吧？我記得醫生說得兩個禮拜呢！」

白漢旗滿面紅光，特意換了一身衣服，站在那裡氣宇軒昂的。白洛因問他話，他還故意不回答，每走一步，皮鞋都在地上砸出一個響兒來，把拿腔作調這個成語演繹得淋漓盡致。

「爸，您怎麼還沒喝就醉了？」

「哈哈哈……」白漢旗笑聲朗朗，刮了鬍子之後依稀可見年輕時候的風采，「你爸我升職了！」

「升職？」白洛因一臉的懷疑，「你們那破廠子還有職位畫分呢？」

「不是那個廠子，是另一家公司找我了，讓我去做工程師。」

白洛因的臉色變了變，語氣有些遲疑，「爸，您不是讓人家給騙了吧？」

「怎麼說話呢？」白漢旗臉一正，「合約都簽了，待遇好著呢！人家怕我不信，還給了我五千塊的誠意費。趕明兒你有時間了，我帶你去我那工作室瞅瞅，包准兒你會嚇一跳。」

說完，白漢旗一轉身，哼著小調切滷好的豬耳朵。

白洛因在屋子裡滯愣了片刻，大步流星地走了出去。「顧海，你給我過來！」

顧海正在院子裡洗手，瞧見白洛因氣洶洶地從廚房出來，直奔自己的臥室。

「怎麼了？」顧海用毛巾擦了擦手。

白洛因沉著臉，一副審問的口氣，「我爸那事兒，是不是你給弄的？」

顧海故意裝傻，「你爸哪事兒啊？」

「你甭給我裝蒜，誰讓你擅作主張，把我爸給調到那個單位的？你什麼意思啊你？救濟我們家呢？還是說送了你一個手機，你非得還點兒什麼才舒坦是吧？」

「白洛因，你說這話我就不愛聽了，什麼叫救濟啊？你們家怎麼了？我有什麼可救濟的？我不是瞅叔每天這麼累死累活地維持這個家，心裡不落忍麼？他是你爸，你不能為了你自己的那點兒自尊心，讓他整天在那個破廠子裡活受罪吧？」

白洛因依舊冷著臉，「我們家的事兒不用你管。」

「你再說一遍！」顧海加重了語氣。

「我再說多少遍都是這個理兒，我們家的事我們自己會操心！」

「你丫……」顧海咬著牙，到處尋麼東西，最後找到一個掃床的掃把，指著白洛因說：「你信不信我揍你？」

白洛因怒視著顧海，不發一言，眼睛裡都是挑釁，你敢碰我一下試試！

對於顧海，這不是敢不敢的問題，而是捨不捨得的問題。

僵持了一陣，顧海用掃把猛地朝自己的腿上抽了一下，然後歎了一口氣，走到白洛因的面前，軟言勸道：「我知道這事我該提前和你商量一下，可我怕你這個倔脾氣，我剛開口你就給我扼殺了。因子，我真的沒別的意思，我給叔聯繫的單位是正規經營的，不是整天看報紙喝茶，那也是憑真本事吃飯的。我總覺得叔是個能人，不然怎麼會生出你這麼聰明的兒子呢？我就是想給叔找個好機會，讓他能把半輩子荒廢的幹勁兒都拿出來，以後在鄒嬸這個老闆娘面前，也能挺直腰板，對不對？」

白洛因雖然沒開口，但是從他的眼神可以看得出，他心裡挺糾結的。一方面他心疼白漢旗，想起白漢旗剛才那副青春煥發的模樣就覺得心疼；另一方面他又覺得這樣理不直氣不壯的，憑什麼他爸的春天是顧海給打造的啊？他還沒來得及孝順呢！

顧海用手順了順白洛因的頭髮，耐心勸慰道：「你看，前幾天我幫鄒嬸的時候，你也沒說什麼啊？怎麼到你爸這就過不去了呢？」

白洛因語氣挺倔，「性質不一樣。」

「怎麼不一樣了？」

白洛因也說不出個所以然來，就是覺得心裡不舒服。

「現在這個社會不就是憑關係吃飯麼？你身邊有個關係，可以為你利用，多好的一件事啊，你怎麼這麼倔呢？」

「不是我倔……」白洛因擰巴著一張臉，「我也有不少哥們兒，家裡有個事也經常找哥們兒幫忙，可換到你這，怎麼就不是那麼回事了呢？」

是啊！怎麼不是那麼回事了呢？

顧海心裡有個模稜兩可的答案，這個答案，讓他隱隱間有些興奮。

「因子！！……」白奶奶嘹亮的呼喊聲在外面響起。

白洛因瞅了顧海一眼，挺不自在地回了句，「先這麼著吧！」說完，掀開門簾走了出去。

「奶奶，怎麼了？」

白奶奶坐在馬扎上，一邊縫著小褥子，一邊嘟囔道：「我想吃霹靂寶了。」

「霹靂寶？」這是個什麼東西？白洛因想了想，問道：「番茄？」
「不是！」白奶奶又糾正了一邊發音，「霹—靂—寶！」
白洛因還是沒懂。
白奶奶有些著急了，用手胡亂比畫著，「就是……霹……皮……哎呀……我說不好啊！」
「奶奶您別著急！」白洛因把求救的目光投向顧海，如今顧海已經成為白奶奶的御用翻譯了，以前家裡人聽不懂的都問白洛因，現在白洛因聽不懂的，就得問顧海了。
顧海沉思了片刻，眼睛一亮。「奶奶，您說的是蘋果吧？」
白奶奶樂得後槽牙75，都露出來了。
「是……是……就是霹靂寶……」
白洛因差點兒栽倒在地，這得差了多遠啊？幸虧顧海的腦子不在正常人的運行軌道上。這要是換做別人，腦漿子流出來也想不到那去啊！
「吃飯嘍！」
一家人圍著桌子坐成一圈，一邊吃飯一邊聊，看得出來，今天的白漢旗心情極好，不知不覺中，半瓶白酒下肚，開始唾沫橫飛地講他年輕時候的輝煌事蹟。白洛因沉默地聽著，他已經很久沒見過白漢旗這副模樣了，雖然白漢旗平時也樂呵呵的，可眉間擰起的那個結，十幾年未曾下去過，直到今

75：臼齒。

天，他終於能夠喘口氣了。

其實，白洛因很感動顧海為他做的這些，他只是有一點兒小小的不甘心。

「大海！大海！我們因子最走運的一件事……就是交了你這麼一個朋友……」白漢旗伸出大手拍打著顧海的肩膀，「叔真心感謝你，感謝你對我們家因子這麼好。」

說著，白漢旗敬了顧海一杯酒。

顧海起身喝下了。

屁股剛一著座，白漢旗那只大手又拍過來了。

「大海啊！叔也想著你呢！這不，今兒剛一發錢，叔就去了傢俱城，給你訂了一張床。前陣子委屈你了，總是和我們家因子擠在一張床上，這回好了，叔又給你買了一張，以後你倆可以一人睡一張，誰也擠不著誰。

白漢旗說了這麼多話，就這麼一句把白洛因逗樂了。

顧海臉都綠了，感謝也不是，抱怨也不是，喉嚨裡像是長了倒刺似的，嚥東西都有點兒費勁！

「叔，您別破費了，把床退了吧，我和因子睡在一起挺好的。」

白漢旗雙眉倒豎，底氣倍兒足，「那怎麼成？你既然來我們家住了，叔就不能虧待了你。甭和叔客氣，叔早該給你買了，前陣子手頭有點兒緊，今兒剛發的錢，二話不說就奔傢俱城了。叔一直惦記著我這個好侄子！哈哈哈……」

話是挺感人的，可沒說到顧海心坎裡啊！

「叔，您聽我說，我在這住不長，指不定哪天就搬回去了，您加一張床不是浪費了麼？」

這回，白漢旗不說話了。

顧海一瞧這回有戲，連飯都顧不得吃了，就等著白漢旗打電話退貨。

白漢旗的手指在飯桌上敲了幾下，扭頭對顧海說：「這樣吧，這幾天你先睡這張床，等你走了，就讓因子睡，因子那床也有年頭了，該換一個了。」

顧海，「……」

白洛因嘴裡的菜差點兒沒嗆出來，他放下筷子，難得插了一句話。

「顧海，既然我爸都給你買了，你就甭客氣了。」

顧海差點把自己的牙磨短一截，我不和你睡在一張床上，你就這麼高興麼？你就這麼膈應我麼？……小樣兒，你等著，我今兒晚上絕不讓你消停嘍！

38.

顧海走進臥室，看到兩張單人床並排擺在狹小的房間內，上面鋪著一樣的床單和被子，乍一看以為進了雙人宿舍。

「你瞧瞧，這屋本來就小，再多一張床，哪還有放腳的地兒啊！」

顧海沉著臉坐在自己的床上，直直地看著對面的白洛因。

「沒有放腳的地兒，你是怎麼進來的，飄進來的？」

白洛因無視顧海滿臉的愁容，美滋滋地鑽進了自己的被子裡，故意打了一個舒服的哈欠。

「一個人睡覺就是爽！」

顧海氣洶洶地上了自己的床，朝旁邊甩了句。「瞅著吧，你丫明兒早上肯定得感冒！」

沒有我的懷抱，你還想睡個舒坦覺？

「感冒我也樂意。」

白洛因瀟灑地翻了一個身，用冷冷的後腦勺做武器，刺激著顧海那顆脆弱的小心臟。

顧海冷哼一聲，光著腳踩著趿拉板去關燈，回來的時候還是氣不忿，把冰涼的腳丫子伸到了白洛因的被窩裡，直抵白洛因平坦溫熱的後背。

白洛因的身體猛地哆嗦了一下，轉身對著顧海的小腹一腳飛踹，把他踹回了自己的床上。

「滾！」乾脆俐落的一個字。

「至於這麼無情麼？我每天抱著你睡，你睡得可香了，有時候我把手撤開了，你自己還摟過來……唔……」

顧海還沒說完，一隻臭襪子扔了過來。

「今兒晚上你要是敢鑽過來，我就和我爸換屋睡。」

顧海邪惡一笑，側躺在自己的床上，用胳膊支著腦袋，一雙深邃的眸子在黑夜裡熠熠發光。待到那邊完全沒了動靜，顧海則用手打著節拍，輕輕哼唱起來。

「如果沒有遇見你，我將會是在哪裡？日子過得怎麼樣，人生是否要珍惜？也許認識某一人，過著平凡的日子……所以我求求你，別讓我離開你。除了你，我不能感到一絲絲情意……」

沒有一首歌，能像這首歌一樣，如此貼合顧海此時的心情。

可白洛因聽不下去了，歌是好歌，可唱在顧海的嘴裡，完全變了一個味兒。他的聲音和他的體格一樣剽悍，卻非要唱這麼一首柔情的歌，聲音有缺陷就算了，他還五音不全，每一句歌詞都不在調上……可這個傢伙完全感覺不到，唱得那叫一個投入，好像要把自己的心肝肚肺都掰開了揉碎了，混到這個歌裡，讓人越聽越反胃。

終於，白洛因忍不住了，轉過身朝顧海說：「你別唱了成不成？」

「你要是不樂意聽我唱，你唱一個。」

「我憑啥唱？」

「你要不唱，我就繼續唱。」顧海開始耍渾。

白洛因遲疑了一下，還是開口唱了起來。

不出三分鐘，那邊響起了輕微的鼾聲，白洛因猛地停住了，滿臉疑惑地朝旁邊看了看，靠！真睡著了！敢情我這是唱歌哄你丫睡覺呢？白洛因腦子裡冒出很多別人形容顧海的詞彙，什麼二十七班最具人格魅力男生、最有男人味的成熟美男、健美小王子……我呸！怎麼看都是一個乳臭未乾的臭小子！

白洛因深吸一口氣，強迫自己冷靜下來，然後翻過身，將被子蓋嚴實，閉眼睡覺。

顧海等了很久很久，好像一個世紀那麼漫長，終於，白洛因的呼吸頻率越見平穩。

顧海的唇角勾起一個邪魅的笑容，他輕輕掀開被子，腳尖觸及地面，一步一步地往白洛因的床邊挪動。

白洛因紋絲未動。

顧海掀開白洛因的被子，先把一條腿放了上去，然後是另一條腿，最後將自己的後背往床單上送……

「呃！……」

顧海猛地彈了起來。

旁邊傳來某個人的笑聲，起初是壓抑的，後來慢慢放開，到最後笑得床板都在跟著晃動。

顧海齜牙，「你這床上放了什麼啊？」

白洛因從旁邊提起一團黑乎乎的東西，笑道：「院兒裡死了一顆仙人掌。」

顧海閉著眼拚命運氣……

「你丫就不怕自己翻身躺上去？」

白洛因晃了晃手裡的仙人掌，「我篤定在我躺上去之前，你一定會先做這個試驗品。」

一個陰冷的聲音在屋子裡幽幽地響起，「你夠狠！」

白洛因揚唇一笑，「你這是自作自受。」

顧海塌下肩膀，一副可憐樣兒，「給我擇擇，有幾個刺兒扎進去了，一會兒我怎麼睡覺啊？」

白洛因猶豫了一下，還是下床開了燈。

這一開燈不要緊，顧海發現了一件令他血脈賁張的事。

白洛因就穿了一條內褲!!!

「你丫今兒睡覺怎麼脫得這麼光？」

「那我和你一起睡的時候，為啥捂得那麼嚴實？」顧海像是受了天大的委屈。

白洛因雲淡風輕的，「我以前就這麼睡。」

「在你自己身上查找原因，轉過去！」

顧海氣不忿地轉過身，白洛因則盤腿坐在他的身後，仔細地查找顧海後背上的小刺。每拔下來一根，心裡就忍不住偷樂，這個傢伙，躺下的時候幹嘛用那麼大勁兒？

顧海把手伸到後面，在白洛因光滑的大腿上偷摸了一把。

「你是想讓我把你踹下去吧？」

早上，白洛因舒舒服服的醒過來，結果看到了顧海那張熟悉的面孔就躺在自己身旁，不僅如此，他的手還放在自己兩腿之前那個硬邦邦的東西上，場景很不和諧。

「你大爺的！」白洛因猛地踹醒了顧海，「怎麼又跑到我床上來了？」

顧海睜開一隻眼，聲音略帶幾分慵懶。

「誰躺到你床上來了？你好好看看，我就睡在自個床上呢！」

白洛因一愣，低頭看了看，果然，身體兩側的空隙很大，根本不是一張單人床。不用說了，顧海是把他的床挪了過來，和自己的拼湊在一起了。

「你看到了，我可沒爬到你的床上。」

你小子真賊！白洛因在心裡罵了一句，用手去推顧海的床頭，想把他的床挪開，結果沒成功，兩張床就像是用釘子楔在了一起，拔不開了。

「你丫的怎麼搞的？這兩床怎麼分不開了？」

顧海玩味的目光掃著白洛因那張氣急敗壞的臉，幽幽地說道：「用你們家的痔瘡膏黏的，你不是說過麼？你們家的痔瘡膏是萬能的。」

「……」

上課的時候，尤其給白洛因傳了一張紙條。

白洛因打開一看，上面寫著：「週末我回家，看見顧海的女朋友和另外一個男的在一起，貌似還挺親密。我不敢告訴顧海，你自己和他說吧。」

白洛因把紙條攥在手裡，掐指一算，顧海已經兩個禮拜沒有聯繫金璐璐了。

顧海的手指在白洛因的後背上敲了兩下，白洛因側過身，看到顧海伸手過來。

「把紙條拿來！」

白洛因壓低聲音，「憑什麼給你看？這是尤其傳給我的！」

就因為是他傳給你的，我才要看！！顧海在心裡咆哮了一聲，你倆有什麼話不能直接說啊？還要偷偷摸摸傳紙條！！

白洛因猶豫了一下，又寫了一張紙條給顧海傳了過去。「你女朋友和別的男人跑了。」

顧海的臉色變了變。

下課，白洛因轉過頭，看到顧海拿著手機不知道在給誰發簡訊。

「你有兩個禮拜沒有聯繫金璐璐了。」白洛因說。

顧海「嗯」了一聲，眼神出奇地鎮定，「我現在也聯繫不上她，我正在給虎子和李爍發簡訊，看看他們有沒有璐璐的消息。」

過了一會兒，手機響了，顧海走出去接。

白洛因心裡明鏡兒似的，這金璐璐，肯定是在玩欲擒故縱的把戲。

顧海走回來，臉色有些差勁。「中午我要去趟天津，下午沒準不來上課了，幫我請假。」

白洛因點頭，「行，我知道了。」

白洛因剛轉過身，顧海又敲了他的肩膀一下。「晚上等我回來！」

白洛因沉默。

顧海沒再強迫白洛因點頭，顧自收拾好書包，從後門出去了。

顧海來找金璐璐，通常都在下學的時候，幾個女生圍在金璐璐身邊，每次看到顧海都會兩眼放電。因為受不了這些女生黏膩的眼神和無聊的追問，顧海通常都會把車停在校門東邊一棵老槐樹底下。沒有手機的時候，金璐璐就直接來這找顧海，久而久之，金璐璐就形成了一個習慣，走出校門總是先朝老槐樹這裡看一眼。

顧海走進教學樓，正趕下課時間，學生三五成群地紮在某個角落裡聊閒天，這裡儼然沒有普通中學那種緊張的學習氛圍，很大一部分人的將來都已經有了著落。

顧海來到金璐璐班級門口，一個熟悉的女生走出來，看到顧海吃了一驚。

「你……你怎麼來了？」

顧海面無表情地問：「金璐璐呢？」

「她沒在教室裡，出去了。」

顧海轉身離開。

女生捅了旁邊的女生一下，「這是什麼情況啊？不是……分手了麼？」

「我也不知道啊！」

顧海最後是在學校的冷飲店門口看到金璐璐的，她和一個男生有說有笑地走出來，男生給她提著包，她擺弄著男生的皮夾，但凡一個長了眼的人，都能看出這倆貨有問題。

金璐璐側頭和男生說話的一瞬間，瞥到了顧海。

顧海冷冷地注視著眼前的兩個人。

金璐璐很快把目光轉了回去，當作沒看見，然後在顧海的目光注視下，堂而皇之地挽著男生的胳膊走了。

顧海沒黑著臉吼住兩個人，也沒拽住男生的脖領子一頓亂揍，因為他很清楚地知道，金璐璐一定想看到這種情景出現。他又回到了老槐樹下，坐在車裡沉默地抽著菸，他要冷靜地想一想，到底要不要再繼續這段感情。

下午放學，金璐璐和男生一起走出來，兩人在門口徘徊了一下，上了同一輛車。

顧海開著車跟在那輛車後面，很快，車子在一家酒店前停住了。顧海冷眼看著他們走了進去。

兩個小時之後，天黑了，顧海從車裡走了出來。

「小姐，麻煩您查一下，有沒有一個叫金璐璐的在這裡入住？」

前臺服務熟練地在電腦上搜查著客戶名單，然後朝顧海點頭微笑。

「您好，有金璐璐女士的訂房記錄。」

儘管顧海有了心理準備，可聽到這句肯定的時候，腦袋還是嗡的一下子，思緒瞬間爆炸了一樣。

前臺服務小姐朝金璐璐的房間打電話，電話一直沒有接通。

顧海要了金璐璐房間的號碼，坐電梯的過程中，顧海一直在勸慰自己，不要衝動，不要憤怒，你只需要確認一個分手的理由，然後調頭走人！

然而，當他站在房間門口的時候，所有的暗示全都不奏效了！

「砰」的一聲，整個樓層都跟著顫動。顧海沒有敲門，而是鏜鏜鏜幾腳，直接把門鎖踹裂了。

男生只穿了一條內褲在房間裡晃動，金璐璐則躺在床上，用被子蓋著身體。她似乎早就預料到顧海會來，相比男生的慌張，她顯得很鎮定。

顧海的聲音淡定得可怕。「金璐璐，我們還沒分手呢。」

金璐璐冷笑一聲，手指夾了一根細長的菸，慢悠悠地抽著。

「我們還在一起呢？我怎麼感覺不到啊？」

顧海沒說話，屋子裡靜得可怕，男生彎腰在床上找衣服，顧海走上前去，一腳踹到了男生的脖梗子，男生的臉驟然變白，倒在地上不停地抽搐。

事情發展到這裡，金璐璐滿意了，暢快了，就算現在顧海過來抽她兩個大耳刮子，她都樂於接受。你顧海也會在乎啊？你也會吃醋啊？你也知道被人剝奪優越感的滋味不好受啊？

「我僅僅是不喜歡妳了，妳何必再找一個理由讓我噁心妳呢？」

金璐璐的臉噌地變色了。

「我噁心？對！……我噁心……我告訴你顧海，我他媽做的噁心事多了去了！我早就和他睡過了！你以為你自己撿了多大便宜啊？我告訴你，在和你好之前，我就不是處女了！」

一陣歇斯底里的吼聲過後，是長久的一段沉默。

顧海的眼神裡看不到任何情緒。「咱倆完了。」說完這句話，顧海轉身離開。

咱倆完了……這四個字，像是四個千斤重錘，猛烈地擊打著金璐璐的心。她發現，當事情真正發生的時候，以前那些豪言壯語全都灰飛煙滅，她不想要這樣的結果，她懼怕這樣的結果，分手……多麼殘忍的一件事。

金璐璐幾乎是撲到地上的，連帶著被子床單都一起被扯下來了，她猛地抱住顧海的腿，嘶啞著嗓子大哭，彷彿剛才那副囂張的面孔根本不是她。

「大海，我是騙你的，她們都說男人賤，只有得不到的才是最好的。我想讓你吃醋，想讓你有危機感，想讓你重視我……我和這個男生就是演戲而已，他根本不喜歡我，我也不喜歡他，我倆這樣都是做給你看的……」

顧海最後瞥了金璐璐一眼，「回床上吧，妳穿得太少了，會冷的。」

金璐璐惶恐地低下頭，看到自己只穿了內衣內褲。

「大……海……」第二字還沒喊出來，就聽到「咣噹」一聲門響。

顧海開著車在高速公路上疾馳，冷峻的面孔被黑色勾勒得幽暗沉鬱，黑森森的大樹，昏暗的路燈，一輛又一輛被甩到身後的車。顧海不知道自己調了多少次檔，拐了多少個彎，直到巨大的夜幕將他整顆心籠罩，指尖泛起一股股的涼意，他才發現自己忘了搖上車窗。

車子行駛到一條陌生的街道，顧海把車停在了一家店鋪門口，頭枕著方向盤，漸漸地睡了過去。這一睡不知道睡了多久，等顧海睜開眼的時候，街上所有的店面都關門了，只剩下肯德基裡面還坐著幾個無家可歸的人。

副駕駛座上的手機一直在響，顧海拿起來一看，一個陌生號碼。

「你丫還回來不？」

顧海還沒來得及嗯一聲，那邊就掛了電話。

手機螢幕上顯示著兩點五十一分。顧海放下手機，頭依靠在車座上，閉著眼睛回味著剛才的每一個字。

丟了的魂兒瞬間被撿回。

他調轉車頭，一股莫大的幸福感襲上心頭。

39.

顧海爬上床，連同被子和人一起抱住了。「我失戀了。」

「嗯。」

顧海以為，白洛因會說句「還有我呢」之類的煽情的話，誰想他就這麼輕描淡寫地嗯了一聲。

「你就不能安慰安慰我？我可是撞見他們兩個人開房了。」

「嗯。」

顧海撤開環抱著白洛因的手，一個人滾到旁邊，面色陰沉，氣息粗重。

白洛因這才翻過身來，手在顧海的腦門上彈了一下。「生氣了，武大郎？」

這個稱謂把顧海噎住了，武大郎……你見過像我這麼高富帥的武大郎麼？

顧海翻身騎到白洛因的身上，手掐著他的脖子，怒道：「你丫的不安慰我，還損我是吧？」

「你有什麼可安慰的？我沒瞧見你有多傷心啊！」

顧海的身體逐漸塌了下來，頭側在白洛因的肩窩處，一副受了傷害的模樣。

「我怎麼能不傷心呢？三年呢……」

「少拿時間詐唬自個！」白洛因捶了顧海的後背一下，「你拍著良心說，你是傷心還是憤怒？」

其實這個問題，顧海在路上就一直在想，看到金璐璐和那個男生在同一個房間出現的時候，他的心情極度鬱悶。可這種鬱悶終究來自何處？捨不得麼？撕心裂肺麼？好像怎麼形容都差了一點兒。但是最直觀的痛苦，肯定來自這種被踐踏的尊嚴，任何一個男人都忍受不了這樣的屈辱，所以當時的心境是被憤怒掌控的。當然，顧海肯定不會這麼和白洛因說。

「我真的挺傷心的。」

白洛因突然將顧海推開了一段距離，自己微微挺起上半身，頭抵在了顧海的胸口。

顧海立刻心跳加速，這……這是要幹什麼？要安慰我麼？

白洛因很快離開了顧海的身體，頭落回了枕頭上。「我聽到了，你的良心在辱罵你。」

「……」顧海有些虛脫地趴回了白洛因的身上，聲音懶懶的，夾雜著幾分哀求。

「安慰安慰我吧。」

白洛因歎了口氣，手拍了拍顧海的後背，「大郎啊！聽哥的話，想開點兒……」

顧海猛地在白洛因的肩上咬了一口。

白洛因一拳掃到了顧海的脖頸處，「你丫的屬狗的是不是？」

顧海笑了，心結似乎就在這種打打鬧鬧中解開了，也許男人之間本該如此，不需要有矯情的勸慰，不必擁抱著痛哭流涕，只要你足夠了解我，只要我能感覺到你的關心，再大的挫折，互相拍拍肩膀，也就過去了。

「明天鄒嬸的店要開張了。」白洛因把胳膊枕在頭低下，淡淡說道。

顧海感慨了一句，「這麼快啊？那邊都準備好了麼？」

「差不多了，明天我們一起去看看吧。」

顧海幸福地揉了揉白洛因的臉，「別明天了，就是今天吧，馬上就要天亮了。」

顧海這麼一說，白洛因才醒悟過來，我竟然等了他這麼久……

「夫人，您找我來是為了早點攤的事兒？」

姜圓示意陳長浩坐下，脾氣還算溫和，「是啊，我想問問你查出來沒有，到底是誰暗中使絆兒？」

陳長浩猶豫了一下，「夫人，我沒查出來。」

「沒查出來？」姜圓目露疑惑之色，「她一個普普通通的小攤販，怎麼可能讓局長親自給她賠禮道歉？唯一肯幫她忙的就是白漢旗，可白漢旗也沒什麼人脈關係啊！假如真有，他現在就不是這副德行了！真是邪門兒了，到底是誰和我作對啊？」

陳長浩的目光一直在遊移中，不敢往姜圓臉上聚焦。

姜圓歎了口氣，「真不知道白漢旗怎麼想的，整天讓我兒子去吃那些不乾不淨的東西，我找人把她攤子給砸了，嘿！她倒好，愣是能把局長小舅子的店面給搶過來，繼續賣那些坑人的玩意兒。可憐了我兒子，整天吃那些東西，有好的條件也享受不到，我這個當媽的能不著急麼？」

「其實吧，我覺得那些東西也挺好的，總比吃肯德基、麥當勞強吧？」

「好？」姜圓笑得諷刺，「你知道現在的攤販多黑心麼？只要吃不死人，他們什麼都敢往裡面放。我兒子要是偶爾吃一兩次我也就不計較了，關鍵是他天天去那兒吃，日子久了，那身體得糟踐成什麼樣啊？」

陳長浩笑了笑，「夫人，您就是把這個攤子砸了，他可能也會去別的攤子吃。也許下個攤子還不如這個乾淨，您這麼做也是治標不治本。」

「我這麼做就是給白漢旗看的！」姜圓有些惱怒，「我就是覺得他為了討好那個寡婦，寧願虧待自己的兒子。」

陳長浩無話可說了。

姜圓沉默了半晌，又朝陳長浩問：「真的沒查出來？」

陳長浩嗯了一聲。

「行了，你也別裝了，我早看出來了。」姜圓的眼睛裡透出精明的光，「你儘管說出來，真要是出了什麼事，絕對賴不到你的頭上。」

「不是……夫人，關鍵是這人吧……他有點兒特殊。」

「特殊？」姜圓面露鄙夷之色，「我倒想聽聽，他有多特殊！」

「是……首長的兒子。」

顧海？

姜圓的臉色立刻就變了，顧海怎麼摻合到這件事裡了？「你確定是他麼？」

陳長浩點點頭。

姜圓陷入沉思，顧海怎麼會無緣無故地幫這個婦女呢？他是怎麼知道這事兒的？難道我的身邊一直有他的眼線，無論我做什麼事，他都要插一腳進來？

「那個小吃店貌似就在今兒開張。」陳長浩隨口嘟囔了一句。

姜圓臉色變了變，起身離開了會所。

白洛因已經睏到了一種境界，靠在門框上都能磕頭。

顧海輕輕推了白洛因一下，白洛因毫無防備地朝對面倒去，顧海緊跨了一大步，白洛因正好倒在顧海的懷裡。

使勁撐開眼皮看了顧海一眼，「桌號都貼齊了麼？」

「早就弄好了，你上樓睡一會兒吧。」

白洛因推開顧海，伸了個懶腰，「先把活兒幹完了再睡吧！」

「這不是有五個城管呢麼？你操什麼心？」

「你沒看到他們在外面演節目攬客呢麼？」

顧海瞧見這幾個城管在外面不顧形象地亂扭，心裡覺得特別痛快。

「兒子，過來幫爸抬下桌子。」樓上傳來白漢旗的聲音。顧海按住白漢旗，自己美顛美顛地跑上去了。

白洛因推開門，想去外面呼吸一下新鮮空氣，結果看到一輛熟悉的車停在了不遠處。車上走下來一個女人。

與以往不同，這一次白洛因沒再刻意躲著姜圓，而是主動朝她走了過去。他預感到姜圓就是奔著這家店來的，他很想問問姜圓，你究竟要折騰到什麼時候？

顧海把桌子搬到一樓，發現白洛因不見了。

隨手拽住一個服務員，問道：「白洛因去哪了？」

「咦？他剛才還在這呢。」

「我看到了。」另一個服務員插口道，「他從門口出去了，好像有人找他。喏，不就在那裡麼？」

顧海順著服務員的目光看了過去。

40.

「妳來這幹什麼？」白洛因一如既往的冷漠。

姜圓心裡一陣翻騰，「兒子，媽……」

「妳要是來鬧事的，就請回吧，今天誰也不會給妳這個撒野的機會。」白洛因打斷了姜圓的話。

姜圓的臉上帶著極度的震驚和傷痛，他沒想到，白洛因竟然會用「撒野」兩個字來形容她。縱使她當年有錯，可她畢竟是白洛因的母親啊，一個母親被兒子如此謾罵，這得需要多強的心理承受能力啊！

「妳為什麼要找人來砸我嬸兒的早點攤？」

姜圓的手緊緊攥著皮包帶兒，「洛因，你聽媽說，她不可能真心對你好的。你現在還小，不知道人心有多複雜，她對你好是有目的的，我是女人，我太了解女人的心理了。如若沒有所求，她是不可能傾其全部的。」

「那妳說她求什麼？求我們家的錢？有麼？求我們家的權勢？有麼？如果只是求我爸，那就足夠讓我接受她。」

姜圓深吸一口氣，問：「既然你能接受你爸二婚，那為什麼不能接受我的？難道你認為我沒有追求幸福的權利麼？難道你認為所有女人的幸福都是她那麼狹隘麼？」

「我沒有不接受。」白洛因冷笑，「我什麼時候說我不接受了？」

「那你為什麼總是對媽媽這個態度？」

「因為我們不是一路人。」

姜圓心裡極度難受，臉色灰得像是覆了一層土，甚至連顧海走過來都沒有發覺。

「妳怎麼來了？」又是一個聲音傳了過來。

白洛因的思緒剛轉過來，不明白顧海怎麼會問出這麼一句話。

顧海逕自地走到姜圓的面前，冷傲的目光逼視著她。「妳來這裡幹什麼？」

以顧海現有的理解和猜想，他僅能想到姜圓是故意找他麻煩，所以才從白洛因這兒下手。

白洛因震驚的目光瞟向顧海，「你……你認識她？」

「是啊。」顧海摟住白洛因的肩膀，嘴唇貼到白洛因的耳旁，看似是耳語，其實滿大街的人都能聽到，「她就是我爸的新任老婆，一個穿著華麗外衣的庸俗女人，她是勸說不成，又要從旁人下手了，別理她，我們走。」

顧海用力推了一下，白洛因沒動。

姜圓不知道該哭還是該笑。「你們……兩個……本來就認識？」

白洛因已經徹底明白過來了，顧海還蒙在鼓裡。

姜圓一手拉住一個人的手，激動不已，「認識就太好了，本來我還擔心你們小哥倆會不合呢，一直想吃頓團圓飯，就怕你倆誰都看誰不順眼，見面再掐起來！這下好了，這下好了……」

顧海聽著姜圓的話，就像胡言亂語似的，可又聽出了那麼一點兒端倪。

姜圓見顧海還是一臉迷糊的表情，攥著他的手又緊了緊，聲音裡透著絲絲喜悅，「傻孩子，還沒明白過來呢？這就是我一直和你提的我的兒子，我就說你們倆脾氣差不多，肯定能合得來，你看看，我說的沒錯吧？」

顧海，「……」
晴天霹靂！如雷貫耳！痛心疾首！肝腸寸斷！
酸甜苦辣鹹，五味雜陳……
為什麼是他啊？怎麼著也不該是他啊？
白洛因掙脫開姜圓的手，大步走回鄒嬸的小吃店，一聲不吭地上了樓，拿著自己的包就往外面走。
「兒子，怎麼了？」白漢旗看到了白洛因陰沉的臉色，著急忙慌地追了下來。
白洛因站住，看著白漢旗的眼神空洞幽暗。「爸，我沒事，我出去一趟。」
白漢旗一臉的擔心，「你要去哪啊？你嬸兒的店說話就要正式營業了。」
「爸，我就是回家拿點兒東西，一會兒就回來。」說完，沒給白漢旗任何追問的機會，大步流星地奔出了店門。
顧海在原地僵了片刻，看到白洛因的背影，心一沉，疾步追了過去。
「因子！」顧海在後面喊了一句。
白洛因沒有任何反應，疾走的背影中帶著無法遏制的憤怒和不甘，他沒法接受這個現實，顧海的家境怎麼好都可以，他爸是總書記白洛因都沒意見，可他為什麼要是顧威霆的兒子？那是他最不齒的一個家庭，為什麼顧海要是那個家庭的一分子？
「白洛因！」顧海在後面大吼了一聲。
白洛因依舊頭也不回地往前走。
顧海幾大步追了過來，一把攥住白洛因的胳膊。「你沒聽到我在喊你麼？」

兩個人站在空空的街道上，第一次用這種眼神看著彼此。

「我聽到了。」

「那為什麼不理我？」

白洛因覺得無話可說，轉身又要走，結果被顧海強行攔截住。

「滾！」白洛因吼了一聲。

這一聲「滾」和之前罵過的無數聲「滾」都不是一個情緒，顧海的心被這個字擰成了麻花。

「你讓我滾？你憑什麼讓我滾？」顧海搖晃著白洛因的肩膀。

白洛因死死揪住顧海的衣領，「你丫個騙子！」

「我騙你什麼了？」顧海怒不可遏，「我他媽也是今兒才知道的，你沒聽到姜圓的語氣麼？我根本不知道她是你媽，我騙你什麼了？」

你騙我感情了……

顧海大喘著氣，赤紅著雙目瞪著白洛因，他的心裡只有一塊地方是完好無損的，那是獨屬於白洛因的，現在卻又亟待破裂。

白洛因又走了。顧海窮追不捨，兩個人一直追到家門口。

白洛因開門又要關門，顧海一腳踹開了門，巨大門響聲震得旁邊的棗樹都在搖晃。

「白洛因，你想怎麼著？」

顧海一把將白洛因抵在院牆上，咬著牙一字一頓地說：「我對你不好麼？你覺得受委屈的只有你一個麼？我告訴你，你媽和我爸偷情這麼多年，我媽死得不明不白！該翻臉的是我，該說『滾』的是我才對！」

白洛因腦門上的青筋一直在跳動，被顧海扼住的脖子開始漫出痛心疾首的暗紅。

「對……你說的都對，那你幹嘛不走？你走了，咱倆都痛快！」

「你說我什麼不走？」顧海聲嘶力竭，「我要是捨得離開你，我能犯賤不走麼？我對你媽有再大的仇恨，也抵不過我對你感情的千分之一！白洛因，你恨我爸我不攔著你，可你為什麼要牽連到我的身上？你不覺得你這樣很殘忍麼？」

白洛因攥住顧海的手，一點一點地從自己的身上抽離。

「顧海，我對你沒恨，對你們家人都沒恨。只不過，我沒法接受你，接受你們全家。因為我也有家人，你的家庭是我家人心中的一個痛，我的家人都沒法繞開這個痛。你爸可以不在乎我媽的過去，因為他沒有受過傷害，可我爸不成……」

顧海的心一點點墜入深淵。「你的意思，我非走不可了？」

白洛因轉過身，「我去幫你收拾東西。」

「白洛因，你就這麼狠？」

白洛因從來都不覺得，從門口到屋子裡的這條路，竟然有這麼長。

顧海的聲音平靜下來了，靜得有些令人髮指。

「東西不用收拾了，我不要了。回頭幫我和鄒嬸說一句，祝她開業大吉！」

門口的腳步聲漸行漸遠，白洛因覺得，生活被活生生地拆掉了一大半。

顧海走在這條熟悉的路上，看著車輪軋過的一個個記憶中的烙印，心如刀絞。昨天，他和金璐璐分手，都不曾有現在這種感覺，赤裸的疼痛從心口竄開始撕裂蔓延，遍及全身，連毛孔都在叫囂著痛苦……

白洛因從房間裡出來，白奶奶正在彎腰倒水。

「晚上吃耗子！」白奶奶興奮地喊了一聲。白爺爺在一旁笑得不住咳嗽。

白洛因卻半點兒表情都沒有。

白奶奶把水桶放好，笨拙的身軀挪動到白洛因面前，興沖沖地說道：「我和你大爺（爺爺）包了兩桶耗子（餃子），晚上咱們煮耗子吃，大海最愛吃！」

自從顧海做了白奶奶的翻譯，他就成了白奶奶再也沒有喊錯的一個人。

整整兩天，白洛因都沒有來上課。

他讓白漢旗給羅曉瑜打了一個電話，除此之外，沒有告訴任何人。

尤其一向不喜歡和顧海搭話，因為顧海總是有意無意地針對他，可這次他是真的有點兒憋不住了。白洛因兩天沒來，他幹什麼都不方便，想抄作業不知道找誰，吃不完的東西不知道給誰，想發句牢騷都找不到人……

「顧海，白洛因呢？」

顧海插著耳機，聽著大悲咒，面無表情。

尤其無奈，下課就奔向楊猛的班裡。

「哇塞！哇塞！……」

尤其剛走到這一樓層，就引來陣陣尖叫聲，喜歡看熱鬧的衝出教室，結果除了人什麼都沒看見。

一瞬間整個樓道都沸騰了，女生的欣賞讚歎聲和男生的鄙夷謾罵聲此起彼伏。

尤其雙手插兜，好像已經習慣了被眾人圍觀，模特兒一樣的好氣質走到了楊猛的班級門口。

「楊猛在麼？」尤其開口朝一個女生問。

女生的嘴巴張開一個興奮的弧度，緊跟著衝進班裡，一把揪住楊猛往外拖。

「給你找來了。」女生嫣然一笑。尤其簡單地說了句謝字，拉著楊猛去了樓梯口。

「我說外面怎麼這麼轟動，鬧了半天您來了！」楊猛打了個哈欠。

尤其抽掉臉上的冷漠，一副急不可耐的表情看著楊猛。「白洛因哪去了？」

「因子？」楊猛愣了半晌，「他沒來上課麼？」

「兩天都沒來了，你不知道啊？」

楊猛搖搖頭，「不知道啊！我都好久沒去他們家了。」

「那放學咱倆一塊去吧！」

楊猛一陣遲疑。「我記得你是住校生吧？你們宿舍得查寢吧？要不再等等，沒準明兒就來了，要是還不來，咱倆禮拜天去瞅瞅他。」

「別等禮拜天了，就今兒吧。」尤其都把楊猛的衣服拽成一朵花了。

楊猛上下打量著尤其，一副理解不了的表情，「你這麼著急幹什麼？他不就是請了兩天假麼？要真有事，早就有人給他收拾東西了。」

「是你丫的太淡定了！」尤其指著楊猛的腦袋，「我還以為你挺有人情味兒的，沒想到啊沒想到，你就這樣兒吧你！」說完，黑著臉走了。

楊猛看著尤其的背影，嘟囔了一句，「神經病吧？」

轉身走回去，撞上了一面女生圍成的人牆……

放學前十分鐘，尤其就埋伏在了楊猛所在班級的停車場，等到楊猛把車騎出校門，尤其打了一輛車。「師傅，勞駕您跟住前面那輛自行車。」

說完這句話，尤其等著司機對他破口大罵，結果這位司機相當好脾氣，不僅沒有轟尤其下去，而且連一句怨言都沒有，跟著那輛自行車都就上了小道。左拐右拐的，沒見絲毫不耐煩，甚至還跟著車裡的音樂哼起了小調。

尤其忍不住問：「師傅，我讓您跟著自行車開，您就沒有一點兒不樂意？」

司機哈哈笑了兩聲，「我有啥不樂意的？上次還有個小夥子讓我跟著一個走路的呢！」

尤其心裡湧起一陣陣的感動，要是每個人都像這位司機這麼熱心腸，這個社會該有多麼溫暖啊。

楊猛在白洛因家門口停住了。

尤其也讓司機停下了，然後看看計價表，掏出二十五塊錢遞給了司機。

「二十五塊錢？」司機臉青了，「你也拿得出手？」

尤其愣住了，指指計價表，「那上面顯示的就是二十五啊！」

司機冷笑，「小夥子，你也太不厚道了！我剛才念叨的那個人，他讓我追一個走路的，最後結算的時候也是二十五塊，可人家二話不說直接給二百。」

「那是他有錢，我沒錢。」尤其和司機擰上了。

司機迅速把車鎖上，開始和尤其理論。「小夥子，我不是開黑車，我是憑良心要錢。這一道兒我開了多長時間？按照正常的速度，我都開了多少里地了？」

「要是照您這麼說，您還得退我錢呢！現在正是下班高峰期，要不是我把您引上了這麼一條小道兒，您現在還在校門口堵著呢！」

「甭跟我瞎白活，今兒你不給錢，甭想下去！」

「你是開車還是搶劫啊？」

「你說誰搶劫呢？你說誰搶劫呢？你再給我說一遍，我一個大耳刮子給你抽護城河去！」

最後還是尤其妥協了，把錢包裡僅有的一百多塊錢都扔那了，下車的時候心裡不住地罵：哪個孫子給了他二百塊錢啊？草！讓我碰見絕對弄死丫的！

楊猛猶豫了好久，還是進了白洛因的家門。

尤其緊隨其後。

白漢旗看到楊猛，熱情地喊了一聲，「大閨女！這程子怎麼都沒來家玩兒啊？」

尤其就聽見「大閨女」仨字，忍不住在後面噗哧一樂，他可算知道為啥楊猛不讓他跟著了，敢情人家還有這麼個好暱稱呢！

楊猛聽到身後的笑聲，禁不住打了個冷噤，回頭一看，臉都白了。「你丫……咋跟來了？」

「我不跟過來，咋知道你爸管你叫閨女呢？」

「這不是我爸。」楊猛訕訕的，「這是白洛因他爸。」

「啊？」尤其一陣驚喜，「叔叔好。」

白漢旗朝尤其笑笑，「你也是因子同學吧？這小夥兒長的，真精神！」

尤其不好意思地笑笑，楊猛在一旁翻白眼。

「叔，白洛因呢？」

「他睡覺呢！」白漢旗說。

尤其看了看表，七點剛過，「這麼早就睡覺？」

「他早上才睡，估摸著這會兒快醒了。」

黑白顛倒啊……尤其試探性地問：「他是病了麼？」

「沒病，就是睏，不想起床。」

這爸爸……太開明了！兒子睏就可以不去上學，尤其打心眼裡羨慕嫉妒恨。

楊猛聽說白洛因沒事，也就沒進去吵他睡覺，在院子裡和白爺爺聊了一會兒，摘了幾顆脆棗兒，估摸著時間差不多了，就回家吃飯去了。

尤其偷偷摸進白洛因的屋，不禁被眼前雜亂的景象嚇了一跳，到處擺放著東西，幾乎沒有下腳的地方。靠窗的位置擺了一張床，一張很怪異的雙人床，一邊是木板的，一邊是彈簧的，白洛因睡在木板床上，只露出幾縷凌亂的頭髮。

尤其走到書桌旁，隨便翻翻看看，結果發現了很多顧海的東西。手表、護腕、打火機……尤其經常關注顧海，所以對他的東西印象深刻，打開衣櫃，裡面的衣服也都是顧海和白洛因的共有財產，一件一件疊放在一起，傾訴著兩人的親密關係。

白洛因醒了，疲倦晦暗的目光看著尤其。「你怎麼來了？」

尤其急忙把手裡的東西放下，英俊的臉上浮現一絲笑容。「你都兩天沒上課了，我來看看你。」

白洛因若有若無地嗯了一聲，套上衣服準備下床。

尤其看出來了，白洛因的臉色很難看，如果排除了生病，只能是心情方面出了問題。不過看他爸爸那副模樣，貌似家裡也沒出什麼事，應該是白洛因的私人原因了。

晚上，白洛因留尤其在家裡過夜了。

寂靜的夜裡，所有人都睡了，尤其把自己蜷在被窩裡，目不轉睛地盯著白洛因看。

「你和顧海鬧彆扭了？」

白洛因的心咯噔一下，表情偽裝得很淡定。「為什麼是他？」

「你不覺得，你倆的感情不一般麼？」

這句話，不僅尤其一個人和白洛因說過，就連白漢旗都說過這句話。可是從兩個人的嘴裡說出來，是兩種味道，白漢旗僅僅覺得他們兩個人是能過命的好兄弟，而尤其的意思就暗含得很深了。

白洛因不習慣和一個男人討論男人之間的關係，便沒再開口。

夜深了，尤其抵不住睏意，先睡著了。

白洛因靜靜地看著尤其。同樣是同學，同樣是朋友，為什麼他給自己的感覺和顧海完全不同？

「因子……」

白洛因閉上眼睛，腦子裡一直盤旋著顧海的這聲稱呼，每天晚上不知道喊多少遍，尾音兒拖得長長的，調侃玩味的，卻又帶著濃濃的親暱和賴皮。

假如這個聲音從尤其的嘴裡發出來，白洛因一定會膈應，但是顧海，則不。

41.

「兒子，你騎爸的車去上學吧，我這有班車來接。」

一輛老舊的自行車橫在白洛因和尤其面前，白洛因手扶車把，招呼著尤其，「上來吧。」

「我帶著你吧，我都好久沒騎自行車了，想試一把。」

「你行麼？」白洛因有些懷疑。

尤其捶捶自己的胸口，「沒問題。」

白洛因半信半疑地坐上車，等到尤其蹬上去，車身就開始劇烈地搖晃。白洛因的身體跟著尤其左搖右擺，眼瞧著前面有個排水溝，白洛因迅速竄下車，想拽住後支架沒拽住，尤其駕著他的寶座就衝進了溝裡。幸好溝不寬，車沒掉下去，可是堅挺的車把卻戳在了尤其的那兒，結結實實的一下。

白洛因走過去的時候，尤其夾著腿蹲在地上，一臉的痛苦。

「我說我帶你，你偏要試，撞壞沒有？」

尤其擺擺手，「先別和我說話呢。」

白洛因哭笑不得。最後還是白洛因帶著負傷的尤其上了路。

顧海這兩天一直住在他的表姐房菲那裡，因為離學校有些遠，他打算過幾天就搬出來，看看國貿那邊的房子裝修得怎麼樣了，如果順他意就搬回去，從此一個人住。

計程車在路上順暢地行駛，車窗外的景色一步步地後移。

很快，又經過了那條上學的路。

已經整整兩天沒有看到白洛因了，顧海一直壓抑著心中暗湧的思念，若無其事地去上學，若無其事地回到表姐家，好像生活並沒什麼不一樣，儘管事實完全不是如此。

車子在十字路口停下，車窗外就是鄒嬸小吃，顧客爆滿，鄒嬸的身影在門簾的縫隙中隱約可見。才兩天而已，顧海就有些想念鄒嬸的手藝了，坐在車裡，彷彿就能感覺到香味一點一點地飄進來。

「快到了。」司機提醒顧海把錢準備好。

顧海迅速地找好零錢，剛要給司機遞過去，結果看到了車窗外的兩個人。

白洛因帶著尤其，兩個人有說有笑的，一起推著車進了校門口。

顧海的心裡冒出一股無名火，憤怒和酸意交織在心頭上演，他死死盯著白洛因的背影，盯著他若無其事的那張臉，無法排遣的壓抑感再次襲遍全身。原來，難受的只有我一個，在乎的只有我一個，我於他不過是個伴兒而已，換了別人也是一樣。

車已經停下了，司機伸手去拿顧海送過來的錢，結果沒拽動。

「怎麼了？」司機納悶，這人的臉怎麼說變就變了？

「沒怎麼，我又不想去了，您把我帶回去吧。」

「原路返回啊？」司機追問，「你是把書包落家了？」

顧海沒說話，冷峻的表情在後視鏡裡面異常的嚇人。

司機識相，沒再多問，調轉車頭又開了回去。

在家調整了兩天，白洛因以為自己完全可以用正常的心態面對顧海，可進了教室，他才發現這有多難。

後座是空的，從第一節課到最後一節課。明明沒有人，可白洛因卻對身後的響動特別敏感，下課誰挪了一下桌子，上課誰開了一下後門，都會讓他的心瞬間揪起，回落的這個過程，很緩慢很緩慢。

這僅僅是顧海不在的時候，假如他真的回來了，白洛因想像不到自己會陷入怎樣的境地。

從來沒有一份感情，處理得如此不乾脆，狠話放出去了，心卻收不回來。

「這是顧海的作業本，他沒來就放你這了。」

白洛因隨便翻了翻，裡面是顧海默寫的語文古詩詞，乍一看以為是自己寫的，仔細一看才發現細微的差別。裡面的每個字都是一筆一畫寫出來的，透著筆者的耐心、認真和不服輸的倔勁兒……

如果不是白洛因清楚地知道自己寫了什麼，這些字完全可以以假亂真了。

有些感情，之所以難捨難分，就是在生活細微之處扎根太密太深。

不光是顧海的字體，就連白洛因的很多生活習慣，也開始向顧海靠攏。

他們會在路上的某個街口，看到熟悉的一個場景，心照不宣地笑一下；會在吃飯的時候，你把你不愛吃的夾到我碗裡，我把我不愛吃的夾到你碗裡；他們總是會穿錯彼此的拖鞋，拿錯對方的毛巾；會在早上起床的時候套上對方的一件衣服，一整天都飄著彼此身上的味道……

白洛因翻到最後，看到了三頁密密麻麻的字。

一頁寫的全是「白」字，一頁寫的全是「洛」字，一頁寫的全是「因」字。

人在練字的時候，往往都會無意識地寫出腦子裡所想的字體，就好像我們聽到了一首歌，這一整天都會哼這首歌一樣。白洛因不敢去想顧海寫這些字的時候腦子裡在想著什麼，會把這三頁的名字寫得如此情深意重。

下課，單曉璿朝白洛因問。「顧海去哪了？」

「不知道。」

「你竟然不知道他去哪了？」單曉璿誇張起來都帶著一絲嫵媚的味道，「你倆不會是交替聽課吧？今兒你來，明兒他來，一天派一個代表，回去再把知識一整合……」

「顧海昨天來了是麼？」

單曉璿點頭，「對啊，你不在的這兩天，他都在啊！」

白洛因眼神變了變，沒說話。

第二節課下課，班長走到白洛因身邊。

「這是顧海的校園安全責任書，他不在，你幫他簽個字吧。」

白洛因猶豫了一下，還是給顧海簽上了。

中午放學，生活委員找到白洛因。

「這裡有顧海的一個快遞，不知道怎麼寄到學校來了，你幫他收一下吧。」

李爍和周似虎來到顧海的私人會所時，他正在一個人喝悶酒。

兩人一邊一個，知心哥哥一樣地瞎白活。

「大海啊，分了就分了吧，以前你倆在一起的時候，我就沒好意思說，那金璐璐有什麼好的？她漂亮麼？條順76，兒麼？大街上一胡嚕一大把，她哪配得上你啊？」

「就是啊，還整天裝腔作勢，仗勢欺人，人……人模狗樣的。我特不喜歡聽她說話，要不是看在你的面子上，好幾次我都跟她急了！」

「大海啊，你早該跟她掰了，你看你這會所裡的服務小姐，哪個不比她漂亮啊？」

「就是，憑咱哥們兒這條件，哪個妞兒不得撅著屁股等你操啊！」

兩人你一言我一語，顧海那兒不知道灌了幾杯酒進去了，眼球赤紅著盯著兩個人不停蠕動的嘴唇。牆壁上的金箔越來越晃眼，手裡的酒杯越來越迷糊，眼神流轉間已經不知道自己心歸何處，一股股的酸意和想念順著酒氣湧上喉嚨。

李爍正要出去叫服務生，突然就被顧海按住了，猛地推倒在沙發上。

「大海，你咋了？」李爍被嚇得一愣。

顧海恍若未聞，兩隻大手掐著李爍的臉頰，啞著嗓子痛苦地質問道：「我對你不好麼？我顧海對誰這樣過？」

「好，好。」李爍附和著，「你對誰也沒對我這麼好。」

「那你為什麼說這麼絕情的話？」

李爍把自己幻化成金璐璐，硬著頭皮說：「因為我賤，我他媽太賤了我！」

「你說誰賤呢？」顧海將李爍額前的頭髮別到腦後，猛地在他的腦門上咬了一口，「誰讓你說自己賤的？」

「嗷，大海啊！你怎麼還學會咬人了？」李爍哭訴。

周似虎在一旁哈哈大笑。

顧海的精神依舊處於痛苦和悲憤交加的狀況，一會兒喃喃自語，一會兒又破口大罵，嘶吼了半天無外乎那兩句話，你為什麼這麼狠？你就不想我麼？

周似虎感慨，「這金璐璐，禍害不淺啊！」

「因子。」顧海突然死死抱住李爍，「我想你了。」

因子？李爍和周似虎同時愣了，這名兒怎麼聽著這麼耳熟呢？

顧海沒有給李爍和周似虎反應的時間，一把撕開李爍的衣服，對著胸口那一塊就咬了上去，咬得李爍嗷嗷叫喚。

「你不在乎是吧？你丫的不把我當回事是吧？今兒我就上了你，有本事你一聲別吭！我今兒不把你操服貼了，爺就不叫顧海！」

「我沒本事啊!!!」李爍仰天長嘯，「虎子!!虎子!!快來救我!!」

顧海已經五天沒有來上課了。

白洛因這裡攢了一大堆顧海的東西，新發下來的作業本、試卷、體育道具、致家長的一封信……

76：身材好。

下午第二節課的時候，單曉璿給白洛因傳了一張紙條過來。

「我聽說顧海要轉學了，是麼？」

白洛因對著紙條滯愣了片刻，他第一次回覆別人的紙條，以往都是看了就揉。「你怎麼知道的？」

單曉璿又傳了過來。

「今天去班主任的辦公室，貌似聽到她和別的老師議論這事。」

白洛因沒再回覆，整整一節課都在走神。

「爸，我出去一趟。」

「這麼晚了去哪啊？」白漢旗追了出來，「你不吃飯了？」

白洛因已經騎車拐出了胡同。

顧海居住的地方位於北京最繁華的地段，這裡和白洛因所住的胡同是截然不同的兩種氛圍，一種是地道的老北京風味兒，一種充斥著濃濃的現代商業氣息。騎車經過一條條寬敞的馬路，入眼都是豪車、金領、美女、成功人士……

按了門鈴，一位相貌端莊的中年婦女打開房門。

「請問，顧海是住在這裡麼？」

中年婦女上下打量著白洛因，帶著幾分猜疑和審查。「您是哪位？」

「我是他同學。」

中年婦女看白洛因年齡不大，臉上帶著未脫的稚氣，是騙子的可能性不大，便帶著他去了樓下的私人會所。

顧海正躺在床上享受著按摩師的周到服務。

他現在的生活極其養生和枯燥，每天上午在健身房泡著，下午在會所裡面宅著，晚上做做按摩，偶爾還會請個心理醫生來疏導心情。

「顧先生，有個人找您，他說他是您同學，請問，現在方便讓他進來麼？」

顧海趴在按摩床上，眼睛都沒睜開，聲音也帶著幾分慵懶和怠慢。「進來吧。」

兩分鐘後，白洛因被這個中年婦女帶了進來。

整整七天沒有見面，白洛因再次看到顧海的時候，感覺距離就這麼拉開了。

久久沒有聽到聲音，顧海把眼睛睜開一條小縫，看見一張熟悉又陌生的臉頰。心裡剛剛癒合一點兒的口子瞬間被撕裂開來，心理醫生的話統統拋到腦後，原本舒適的按摩服務，一下子變得肉疼。

「你來幹什麼？」顧海的語氣冷冷的。

白洛因深吸了一口氣，努力讓自己的口氣聽起來正常一些。「給你送點兒東西。」

顧海拋給白洛因一個傲慢鄙夷的目光，「你覺得我還需要那些破玩意兒麼？」

這樣的態度，無疑在戳刺著白洛因的心。

顧海不用睜眼，也知道白洛因是怎樣一種表情，他痛並快樂著。

「需要不需要那是你的事兒，我只是老師派過來送貨的而已，你不想要可以直接扔了。」

顧海半天都沒說話。

「東西放這了，我走了。」

顧海聽著腳步聲一點一點地在他的耳朵裡消逝，感覺心裡的肉一塊一塊被剜走了。

推門的聲音響起來，顧海突然挺起上身，喊道：「白洛因！」

白洛因的腳步停了一下。

「你丫給我回來！」

白洛因置若罔聞，伸手去擰門把手。

顧海猛地從按摩床上跳下來，幾大步衝到門口，拽著白洛因的衣服就把他掄了回來。

按摩師鞠了一個躬就離開了。

顧海喘著粗氣，冷銳的目光逼視著白洛因。

「你現在就只能對我這副態度麼？」顧海問。

白洛因把衣服整理好，冷著臉回視。

「你想讓我對你什麼態度？」

我抛開所有臉面來看你，我白洛因第一次違背了自己的原則，我擔心你，想看看你過得怎麼樣。你呢？自始至終都沒有正眼看我！你有資格質問我的態度麼？

「我有什麼不一樣麼？」顧海輕聲問。

白洛因咬牙不說話。

顧海嘶吼出聲，「白洛因！你丫的好好看看我，我現在和以前有什麼不一樣麼？」

白洛因的臉固執得有些牽強。

「難道一個身分，你就忍心判我死刑？難道一個身分，我就不是那個對你好的人了麼？」

顧海冷峻的臉上如同刀刻一般的痛楚，他無法掩飾自己的情緒了，一把拽過白洛因摟在懷裡，死死地摟著，榨乾了這一個星期所有的思念，眼淚就這麼不爭氣地掉了下來。

「白洛因，除了我媽走的那天，我顧海沒為任何人哭過。」

顧海哽咽的話，聽在白洛因的耳朵裡心如刀割。

他又何嘗感覺不到顧海對自己的好，從小到大，他就和白漢旗這麼稀裡糊塗地過著。人生中第一個給他穿鞋帶的人，是顧海。每天晚上無數次給他掖被子的人，是顧海。吃拉麵把僅有的兩片牛肉放到他碗裡的，是顧海……

顧海毫無節制地寵著他，讓著他，由不得他受半點兒委屈。以至於這一個星期的分別，讓白洛因覺得他丟掉了整個世界的愛。

空氣在此刻停止了流動，顧海的呼吸漸漸恢復平穩。「你走吧。」

白洛因站著沒動。

顧海一把將白洛因推出門外，「走！」

街角的一家美容院放著鄧麗君的老歌〈我只在乎你〉。

「如果沒有遇見你，我將會是在那裡。日子過得怎麼樣，人生是否要珍惜。

也許認識某一人，過著平凡的日子……

所以我求求你別讓我離開你。除了你我不能感到一絲絲情意。」

白洛因的眼圈突然就紅了，他想起那天晚上顧海哼唱這首歌時，自己對他的鄙視和嘲諷。此時此刻，他突然很想很想再聽顧海唱一遍……

白洛因回來的時候，爺爺奶奶房間的燈已經亮了。

白漢旗正坐在白洛因的房間裡，盯著顧海的東西發呆，聽到門響，起身走了出來。

「怎麼這麼晚還回來？去哪了？」

白洛因淡淡回道：「給同學送點兒東西。」

白漢旗剛要走出白洛因的屋子，卻又感覺自己有話想說，腳步停在門口，欲言又止。

「因子。」

「嗯？」

白洛因把明天上課需要的書一本一本裝進書包裡。

「大海有陣子沒來了吧？」

白洛因的動作停了停，低著頭嗯了一聲。

白漢旗坐到白洛因身邊，盯著他的臉問，「你實話和爸說，你和大海是不是鬧彆扭了？」

「沒有。」

「沒有他怎麼不來咱家了？」白漢旗有些著急。

白洛因敷衍著，「他也有自己的家啊！他們家條件那麼好，總在咱家這破地方待著叫什麼事啊？」

白漢旗一聽這話，就覺得其中肯定有問題。

「因子啊，我可告訴你，大海這麼好的孩子，真是沒處去找了。咱們不是想巴結人家，就說你鄒嬸這事兒，大海前前後後出了多少力？真找不到這麼仗義又熱心腸的好孩子了！同學、哥們兒之間鬧個彆扭是常事兒，你一個大小夥子，心胸就得開闊，不能為了那麼一件雞毛蒜皮的小事，把這麼好的一個哥們兒給撇了，多不值當啊！」

白洛因放下書包，眼神陰鬱地看著白漢旗。「這件事，我真的開闊不起來。」

「他一個孩子，能幹出什麼對不起你的事啊？」白漢旗滿不在乎地笑笑，「他搶了你女朋友了？」

「不是，是他爸搶了您的媳婦兒。」

白洛因也豁出去了，為了避免白漢旗再提及顧海的事，乾脆直接把實情告訴他。

「啥意思？」白漢旗思維運行有點兒緩慢。

白洛因歎了一口氣，挺難開口的。「和我媽結婚的，就是他爸。」

白漢旗僵住了，好半天才緩過勁兒來。

「這……你一開始知道這事麼？還是說，他一直瞞著你……他有目的接近你？……你瞅瞅，我想說啥來著？我怎麼有點兒亂了？」

「我倆一開始都不知道，前兩天我媽來找我，正好碰上他，我才知道的。」

白漢旗臉上帶著極度的震驚和無法接受。「合著你倆一開始誰也不知道這事唄？」

白洛因點點頭。

「那也太巧了！」白漢旗拍了自己大腿一下，「你們年輕人管這叫什麼？緣分，緣分是吧？這不是挺好的事兒麼？親上加親了！以後你去瞧你媽，還能連帶著看他了。」

白洛因瞬間石化了。

42.

「您不在乎？」

「我在乎什麼啊？你媽都走了這麼多年了……哦……不是，這話說的……你媽都和我離婚這麼多年了，也該找個伴兒了。她一個女人，能找到一個依靠是件好事。我知道你媽找過你很多次，你不該記恨她，埋怨她，畢竟她是這個世界上少有的真心為你好的人。」

白洛因垂著眼皮看向地面，「我覺得她特自私。」

「哎呦，兒子！」白漢旗捧起白洛因的臉，「哪個人不是自私的啊？要是擱你身上，你能一輩子不結婚，一個人單過麼？」

白洛因否認也不是，承認也不是，最後乾脆甩了一句。「這話您怎麼不早說啊？」

白漢旗哭笑不得，「你也沒讓我說啊！」

白洛因塌下肩膀，這可咋辦？事兒都鬧到這個地步了……白漢旗臉色變了變，「咱們怎麼說到你媽那去了？不是說顧海呢麼？聽爸的話，回頭給人家道個歉，以後該怎麼著怎麼著。」

「我不給他道歉！」白洛因立刻否決。

「你看你這個孩子，怎麼這麼不懂事呢？」白漢旗有些急了，「是他讓他爸和你媽結婚的麼？他自己不是婚姻破裂的受害者啊？你不能因為看他爸不順眼，就和他兒子過不去吧？你倆要真合不來也就得了，可人家還對你那麼好……」

「那我也不和他道歉。」

「您回去睡覺吧。」

「你……你讓我說你什麼好？」

「爸，您別管了，我自己知道該怎麼做。」白洛因推著白漢旗，

「我告訴兒你啊！三天之內一定得把大海給我領回來。」

「行了，我知道了。」

白漢旗回了自己的屋，白洛因一個人在門口站了好久，心裡挺不是滋味。一方面因為白漢旗剛才的那番話，因為過於理解，讓白洛因有點兒心疼這個老男人；另一方面是因為顧海，早知道白漢旗是這種態度，他就不會說出那番話了，現在想收也收不回了。

難道真要服軟一次麼？

折騰了半宿沒睡覺，黑夜褪去，天邊泛起一層魚肚白，白洛因終於下定決心去找顧海，無論結果如何，無論遭到多少嘲諷，他都得咬著牙挺住，盡最大可能地挽回這段感情。

軋著清晨的落葉，白洛因毅然決然地騎著顧海的那輛破車上路了。

「放下身段，放下面子，放下你一貫的驕傲，男人低個頭不算什麼……」白洛因一邊騎車一邊朝自己碎碎念道。

前面有個坡兒，下了坡之後會有個大拐彎，所以白洛因擰著剎車往下騎。

結果拐彎的時候突然衝過來兩個人，這輛車的剎車很不好使，儘管白洛因及時把腳伸到地面，還是撞上了。一大清早，霧氣昭昭的，白洛因也沒看清楚這兩人是誰，就知道是男的，二十多歲，個頭和他相仿。

「對不住了哥們兒，這剎車不靈，撞壞了沒？」白洛因挺客氣。

這倆男人彼此看了一眼，二話沒說，上前就綁人。

白洛因驚了，這年頭還用自行車碰瓷兒的？就算是碰瓷兒，也不該這副態度啊！這兩人的手勁兒不是一般的大，白洛因意識到事情不妙，迅速用那只還沒來得及被控制的手掄起自行車往兩人身上砸，趁著他們後撤的空檔，扔掉自行車就跑。

胡同口比較窄，這兩人從自行車上邁過去費了一段時間，追過去的時候白洛因都拐彎了。

白洛因爆發力一般，但是耐力足夠強，而且他對這裡的地形太熟悉了，有多少個彎兒，多少個拐角，多少個胡同……只要這麼繞下去，不出三分鐘，那兩人準扛不住。

結果，白洛因低估了兩位豪傑。剛從第三個胡同口繞出來，就被兩個強壯的身軀擋住了道兒。

白洛因這下算是看清了，眼前的這兩個人，不是職業打手也得是練家子，這體格和顧海有的一拚。既然他這麼繞就沒把這兩人繞開，就證明他倆提前就做好準備了，就算今兒騎車沒撞上他倆，肯定也得被劫。

白洛因在腦子裡盤算著，自己這程子惹了什麼人麼？

「哥們兒，對不住了，你得跟我們走一趟。」

一個男人的手裡擺弄著一把手銬，一步步朝白洛因靠近，白洛因不甘心就這樣孫子一樣的被人綁走，上來就是一腳飛踹，踹在了男人的下巴上。男人儼然沒想到白洛因敢貿然挑釁，想張口大罵一句，結果嘴都張不開了。

旁邊的男人瞧見同伴被欺負，上前就要對白洛因大打出手，結果下巴被踢的男人反而拽住了他。這男人暴躁地臭罵了兩句，然後兩人一起衝上去，一個熟練地按住白洛因的脖梗子，一個把他的胳膊往後擰。

白洛因彎著腰，瞅準了這兩人的褲襠就是兩腳，兩人快被擠兌瘋了，嗷嗷叫喚就是不敢出手。白洛因就是看準他們不敢出手，拳頭似雨點一樣密集，腳底帶風地連環踢踹，兩人光動嘴不反擊，認準了手銬銬手腕，你把我打死我都認了，只要我把你銬上。

直到白洛因的眼睛被蒙上，身體被繩子捆得像粽子一樣，這兩人已經被揍得不成人樣兒了。

「我看見一個片兒警77，快點兒從這邊走。」

白洛因被扔上了一輛車，朦朦朧朧中聽到兩個人在前面議論。

「草，老子這輩子都沒這麼窩囊過，瞅瞅我這胳膊肘子，都尼瑪給搓掉一塊肉。」

「還說你呢？我在部隊的時候，哪個人敢和我犯刺兒？今兒這虧吃大了。」

「你丫不說一個毛頭小子沒問題麼？我說叫上王宇一起來，你丫非說不用。」

「我哪想他還有兩下子啊！」

「得了得了，甭說這個了，趕緊開吧，那邊兒等著要人呢！」

車停了，白洛因是被人扛下車的。

「傷著沒？」一個熟悉的聲音在耳邊響起，白洛因的心猛地一顫。

「沒，我們哪敢啊！」

「你瞅瞅我們這張臉，就知道我們動沒動手了。」

一陣輕笑聲，「謝謝了啊！」

77：社區派出所警員的簡稱。

「別，應該的，以後有事再找我倆。」

「嗯。」

白洛因感覺自己又被一個人扛了起來，雖然全身都被捆綁，但是他能感覺到那人身上熟悉的味道，寬闊的肩膀……

門被推開，白洛因被放倒在床上。那人開始小心地解開白洛因身上的繩子，但是他沒把白洛因的眼罩摘下來，也沒有徹底解開他的手銬，而是把手銬的另一個鐵環卡在了床頭的柱子上。

白洛因想用騰出來的那只手去摘眼罩，結果被另一隻手握住了。

這觸感太熟悉了。白洛因的心都揪在了一起，他真沒法接受自己的猜想。

另一隻手也被銬在了床頭。這會兒，白洛因的眼罩才被解開。

顧海的臉清晰地在眼前放大，帶著邪肆，帶著絕望之後的極端，帶著變態的興奮和豁出去的自暴自棄……

最後一絲希望破滅，白洛因咬著牙怒視著顧海。「你要幹什麼？」

「你說我要幹什麼？」顧海的手在白洛因的臉頰上貪戀地撫摸著，像是在撫著一樣寶貝，只是少了平日裡的親暱，更多的一種無聲的霸占。

「你不是要離開我麼？你不是要和我一刀兩斷麼？我不是怎麼都無法挽回麼？那我就乾脆把你囚禁在這，你想走也走不了！你無情無義，你不在乎，那我就把你逼得在乎了，逼得有情有義了！」

白洛因差點兒被顧海活活氣死，他一句話都不想說，他覺得自己昨天晚上做了一個特二B的決定。

「你怎麼不說話？」顧海問。

白洛因閉上眼睛，看都不想看顧海一眼。

不想看我？不想看我，我有法讓你睜開眼！

顧海把頭靠了過去，連一個準備工作都沒有，直接吻上了白洛因的薄唇。

白洛因的身體驀地一僵，錯愕地睜開了眼睛。

顧海的眼睛卻在閉著，很專注的，很深情的，熟練的吻法生澀的心情，白洛因感覺到顧海搭在自己腰上的那只手在輕微地顫動。

心海瞬間掠過颶風！

「你……」

白洛因喉嚨裡發出朦朧的聲音，但是很快被顧海的吸吮聲吞噬掉，顧海徹底瘋掉了，他的舌尖觸及到白洛因的牙床，濕潤的感覺讓他身體瞬間通電，從來沒有過這樣大的心緒波動，顧海胸口的旺火快把自己燒著了。

不夠，不夠，他還想要索取更多。

為了避免被白洛因的牙齒攻擊，顧海用手鉗制住白洛因的兩腮，強行將舌頭探了進去，舌尖觸碰舌尖的那一刻，一股強大的電流在體內四處流竄，顧海暴躁而貪婪地在白洛因的口腔裡肆虐著，捕捉著白洛因逃竄的舌頭，又咬又舔又吸，恨不得吞到肚子裡。

這和男女之間的接吻不一樣，沒有過多的前戲和膩歪，完全是心底深處的激情超過了身體的負荷，爆發出來的強大吞噬力。猛烈而狂野，帶著山呼海嘯一般的破壞力，將兩個人的心情帶入了分崩離析的境地。

顧海的唇離開了白洛因的唇，他的手還放在白洛因的兩頰上，將他的頭髮全部別到腦後，露出一張完整的英俊面頰。就是這張臉，迷炫了他的眼睛，勾掉了他的魂兒，抽乾了他所有的意志力。

「寶貝兒……」顧海忘情地看著白洛因，神思恍惚，「其實你早就知道我的心吧？你早就知道我對你的感情不一般吧？我和你親嘴兒，你也沒覺得意外吧？」

白洛因的臉煞是好看，一秒鐘變一個色。「顧海！你丫……」

「先別罵人呢！」顧海捂住白洛因的嘴，「你先聽我說，聽我說完了，你再攢一塊罵。反正我在你心裡也沒什麼高大的形象，今兒我就徹底讓它坍塌了，你最好恨我，恨我也比這麼無動於衷強。白洛因你聽好了，我顧海從沒把你當過哥們兒，我對你好是因為我喜歡你，我把你當傍家兒伺候，我想和你睡在一張床上是因為我想上你，我作夢都想聽你浪叫……」

白洛因，「……」

「你覺得我特流氓吧？覺得我特變態吧？告訴你，這賴不著別人，就賴你自個！誰讓你這麼迷人的？誰讓你這麼騷的？誰讓你一笑就把我弄得神魂顛倒的？白洛因，你甭裝清純，你丫肯定看出來我這些齷齪的想法了，你就是故意勾引我！

白洛因，我告訴你，我今兒說這些話，我一點兒都不後悔！你想罵我是吧？那你就撒開歡兒罵！你越罵我越興奮，你每次罵我，我都想使勁操你！你知道你現在這種憤怒、隱忍、彆扭的表情有多勾人麼？要不是我顧海為人正派，我現在就把你褲子扒了！……行了，你罵吧，我聽聽，你想怎麼罵我！」

白洛因覺得老天爺和他開了一個特大的玩笑。

他挺住了，在顧海唾沫橫飛的淫語侮辱下，他竟然挺住了！

「我不罵你。」白洛因異常地冷靜。

顧海審視的目光在白洛因的臉上盤旋了片刻，最後露出一絲殘破的笑容。

「絕望了是吧？後悔認識了我這人是吧？想讓我徹底滾出你的世界是吧？我告訴你，我偏不！你把我顧海吃死了，你丫還想跑？沒門兒！」

白洛因手裡若是有一塊板磚，一定先朝顧海的嘴砸過去。

「顧海，你說這些話，你會付出代價的。」

「我不在乎！」顧海眼睛裡透出一股狠勁兒，「只要能天天看見你，什麼代價我都能承受。」

「那好，你聽清楚了，我今兒早上是打算來找你道歉的！我昨晚和我爸聊了半宿，他一點兒都不在乎你的身分，他勸我把你找回家，我答應了！結果我一大早就被人劫了，五花大綁綁到這，又被一個瘋子言語羞辱，你說我該怎麼辦？」

顧海，「……」

「鬆開！」白洛因怒吼。

這回換成顧海的臉一分鐘一個色了。「你……說的是真的？」有點兒竊喜又有點兒擔憂。

「廢話！！」

顧海目露慎重之色，「萬一你是故意將我，我豈不是又上當了？」

78：盡情地。

災民心態的顧海拿起了手機，撥通了白漢旗的電話。

「叔……」

「大海啊，這程子怎麼沒來家玩啊？叔都想你了，你奶奶天天念叨你。」

「叔，因子什麼都告訴您了？」一邊說一邊偷瞟白洛因。

「是啊，大海啊，是因子不懂事，我讓他去找你了，這會兒該到了吧？」

「哦……」顧海氣短地應著，「可能快到了，我去門口瞅瞅，那個，叔，先就這樣吧……」

局面又扭轉過來了。

白洛因沉著臉，目光如刀子一樣地刻著顧海的臉。「鬆綁！」

顧海依舊沒皮沒臉地湊了過去，表情從霸道蠻橫變得柔情四溢。

「我要是給你鬆綁了，你跑了怎麼辦？」

「你放心，我絕對不跑！」

顧海把手銬解開了。

白洛因如一頭猛獸，拽著顧海的胳膊掄圓了踹，從床頭踹到床尾，床上踹到床下，光踹還不解氣，拿著冰冷堅硬的手銬抽打顧海，直到這廝完全脫掉了戾氣，只剩下好脾氣的勸哄。

「寶貝兒，別生氣了。」

「你說，你想操誰？」

顧海捂著頭，嘴角殘留著一抹邪笑。「不想操媳婦兒的丈夫不是好老公。」

「你丫……」白洛因追得顧海滿屋跑。

折騰累了，白洛因沉著臉坐在床上喘了幾口粗氣，起身往門口走。

「你去哪？」顧海堵在門口。
白洛因黑了他一眼，「你管我去哪呢！」
「那不成。」顧海一臉正色，「話還沒說清楚呢，你就想這麼走人？」
「我跟你還有什麼可說的？」
白洛因十幾年積攢的腦細胞被顧海一天氣死了好幾億。
「我這表白得挺帶勁兒，你怎麼著也得給我一點兒回應啊！」
「我給你什麼回應啊我？」白洛因氣結，「我沒抽死你就是好的。」
「你說給什麼回應啊？」顧海倚在門框邊緣，一臉的邪氣加流氓氣串味兒的笑容，「我都說了喜歡你了，你怎麼著也得回我一句吧？」
白洛因的耳根子紅得都發紫了。
「顧海，你能不能不抽瘋了？」
「誰抽瘋了？」顧海站直，錚錚鐵骨，一臉正氣，「我說的都是掏心窩子的話！」
沉默了好一會兒，白洛因才吐了幾個字。「咱倆都是男的。」
「都是男的怎麼了？」顧海一副理直氣壯的表情，「你忘了，那天咱倆遛狗，還看見一隻狗跟一隻貓搞對象呢！」
「那能一樣麼？」白洛因恨不得一頭撞死在牆上。
顧海依舊滿臉堅持，「你甭管男的女的，公貓還是母狗，你就跟我說，你喜不喜歡我？」
白洛因喉結處動了動，好半天才說了一句，「不喜歡。」
顧海僵住了。

白洛因推了顧海一把，「靠邊兒，我要回家了！」

顧海一動不動。

白洛因惱了，「你還要怎麼樣？」

「不喜歡我是吧？那好辦！那我就繼續關著你，啥時候你喜歡我了，我再放你走！」

「顧海!!!」

顧海身子一轉，強壯的身軀將同等身高的白洛因包得嚴嚴實實，嘴唇再次堵了上去，無視白洛因底下瘋狂的踢踹，兩隻強有力的手臂將他緊緊箍住，滿心的熱情在白洛因的唇齒間湧動著，一遍又一遍的吸吮著他的唇舌，一股血腥味在口腔裡蔓延，顧海的精神再次高漲，似有千軍萬馬在心裡馳騁著，狂奔著，小心臟都要撲通撲通跳出來。

「因子！」顧海略帶幾分妥協的態度看著白洛因，「我是真心喜歡你的，我知道你早就感覺到了，你可以無視我那些渾話，但是這話你不能不信。我不強求你非得和我明確個什麼關係，我只想知道你的心，你也不用這麼快給我答案，我可以等，我可以追求你，我可以用大把的愛砸你，我就不信砸不動你！」

「……」

43.

「早就想吃一頓團圓飯了，可是我和你爸考慮再三，都覺得先熟悉熟悉再吃飯會好一點兒。」姜圓笑著看向顧威霆，「咱們應該不用再互相介紹了吧？」

「不用了，倆孩子都認識了，咱們就一邊吃飯一邊聊吧。」

顧海和白洛因坐在一邊，姜圓和顧威霆坐在一邊。顧威霆夾了一塊海參放到白洛因的碗裡。結果，下一秒鐘，顧海就把白洛因碗裡的海參夾到了自己碗裡。

顧威霆語氣有些生硬，「盤子裡有這麼多，你幹嘛非搶洛因碗裡的？」

「他不愛吃！」顧海答得很乾脆，「他吃這個拉肚子。」

姜圓在一旁爽朗地笑了幾聲，「瞧瞧這兩個孩子，真是好得沒話說了。對了，我還沒來得及問呢，小海是幾月份生的？你們倆年齡相同，月份總有個先後吧？我們總得知道誰是哥哥，誰是弟弟啊！」

一聽這話，兩人都有些食不下嚥的感覺，關鍵是心虛，生怕對方比自己大。

姜圓先開口，「洛因是陰曆五月份生的，小海是幾月份？」

顧威霆插口，「也是五月份。」

這麼一說，兩人更緊張了。

這次換做顧海問白洛因，「你五月幾號生的？」

「五月初一。」

晴天霹靂！顧海差點兒從椅子上出溜79下去。

「你呢？」白洛因問。我就不信了，你還能比我生日大？

顧海腰板挺得直直的，心虛外面鍍了一層挑釁。「我也五月初一，你幾點？」

顧威霆毫不留情地在一旁打斷顧海，「你不是五月初六麼？」

顧海，「……」

「哈哈哈……」姜圓笑得臉都紅了，「小海還想當哥哥呢，誰想被我家洛因給搶了先。」

顧海心裡頭咒罵，全賴妳丫的，妳把他生晚點兒不就得了。

白洛因的唇角浮現一絲隱晦的笑容。

一頓飯吃到尾聲，姜圓突然開口說道：「既然你們倆關係這麼好，以後就搬回家裡住吧！這樣我方便照顧你們，上學呢也有司機專門接送，我和你爸也放心一點兒。」

白洛因放下筷子，挺直白地告訴姜圓。

「我是不會搬過來的，偶爾吃個飯，已經是極限了。」

對於白洛因的這個態度，姜圓倒也沒覺得意外，畢竟讓他徹底承認這個家庭，還需要一定的時間。當前的主要任務是把顧海拉攏過來，既然白洛因和顧海關係這麼好，顧海回來了，白洛因就有可能被他勸服回來。

「小海，你看，你也在外面……」

「我不回去。」顧海打斷了姜圓的話，「我現在搬回國貿了，住得挺好的。」

「哦……這樣啊。」姜圓有些尷尬，「如果你樂意在那邊住，就在那邊住吧，我就是覺得你一個人住，會不會有點兒孤單了？萬一出什麼意外，連個搭把手的人都沒有。」

是，我不僅孤單，我還很寂寞，妳要是能說動妳兒子和我同居，我立刻管妳叫媽。

「有個保母在那邊。」

顧威霆這次倒是挺寬厚，只要顧海能在他所控的範圍內生活，他就已經謝天謝地了。

吃著吃著，顧海往白洛因的碗裡夾了一些鹿茸片，小聲說道：「多吃點兒，這個治陽痿。」

白洛因差點兒把一碗湯扣到顧海的腦袋上，他的眼睛在餐桌上尋麼了一下，然後把一盤子牛鞭全都撥到了顧海的碗裡。

這都誰點的菜啊?!

吃完飯天都黑了，顧威霆和姜圓坐車走了，剩下顧海和白洛因在路上遛達。

用姜圓的話說，咱們不打擾倆孩子了，讓他們自己多交流交流感情，說不定哪天感情熟透了，兩人都美滋滋地搬回家了。

「有點兒沒吃飽。」顧海揉揉肚子。

白洛因淡淡應道，「在這種地方，很難能吃飽。」

「要不咱們買點速食帶回去吃。」顧海建議。

白洛因警惕心很重，「帶回哪兒吃啊？」

「帶回我那啊！」顧海笑得一臉匪氣。

「我飽了。」白洛因一副拒人於千里之外的表情。

顧海故作為難的表情，「你要不樂意，去你們家也成。」

言外之意，我退一步，你也退一步。

誰想，人家白洛因根本不吃他那套。「你甭去我們家。」

「為啥不讓去啊？」顧海疾走兩步攔在白洛因面前，「叔給我打了好幾次電話讓我回家呢！」

「我爸只是客氣客氣，你還當真了。」白洛因推開顧海繼續走。

顧海緊緊追著，「叔這人實在，從不說虛頭巴腦的話。」

白洛因停了幾步，「你真想去啊？」

「廢話。」

「這樣吧，你叫我一聲哥，我就讓你一次。」

顧海，「……」

白洛因的嘴角勾起一個得意的弧度，伸手要攔計程車。

「別介！」顧海把白洛因揚起的胳膊拽了下來，「有你這樣的麼？」

白洛因一副毫不妥協的表情。

顧海沉默了半晌，定睛看向白洛因，「這樣吧，我叫你兩聲哥……」

「？」白洛因面露疑惑。

顧海湊了過去，帶著滿口的流氓味兒，「你能讓我和你一屋睡麼？」

「叫一萬句也沒用！」

顧海邪魅的笑容擠破嘴角，遭到拒絕還一副占了便宜的臭德行，走在白洛因的身後，沒羞沒臊地狂盯著人家腰部以下的位置瞄。以前他真沒這個毛病，就是超級男模放在他面前，也和木頭樁子沒啥區別。可現在瞧見白洛因這頎長的身材，挺拔的長腿，結實的臀部……就忍不住浮想聯翩。

這要是哪天由著我玩一次，不得跟吸毒一個滋味？

路很長，兩個人走了很久。

以往在路上，兩個人會無拘無束地聊很多，可今天誰都沒先開口。一方面是某個人心懷鬼胎，另一方面是某個人心境變了。窗戶紙沒捅破之前，還能自欺欺人地放縱自己，窗戶紙一旦捅破了，你的一言一行都成了一種態度，這種態度決定著你們關係的走向。

起風了，一片葉子在樹上掙扎了好久，終於還是掉了下來，從白洛因的臉上畫過，最後飄飄揚揚的，不知所蹤。

白洛因扭頭看向顧海，他的領子上掛了一片樹葉。白洛因伸手拿了下來。

顧海扭頭朝白洛因一笑，青青的鬍碴在路燈的映照下，透著未褪的青澀和魅惑交融的味道。這是十七八歲的年齡特有的味道，沒有雜質，沒有矯情，純粹得只剩下瞳孔裡的彼此。

顧海這次回了家，穿回了很多之前的衣服，英氣逼人。

白洛因覺得心裡不落忍，這麼優秀的小夥子讓自己給糟踐了。

「顧海，咱倆還能回正道麼？」白洛因終於忍不住開口。

顧海把魂兒召喚回來，問：「你在說什麼？」

「我覺得我們的路走歪了，我還能把你拉回正道兒麼？」

「你拉不回來了！」顧海想都沒想，「我們走的這條路不僅歪，而且危險，它是四十五度傾斜角，旁邊就是一個糞坑。只能貼著牆壁加速度往前跑，稍微停一下腳，準掉進那個糞坑裡！」

「……你丫真噁心。」

顧海壞笑著和白洛因一起回了家。

「大海啊！叔可想死你了。」白漢旗見到顧海就摟了過來，親爺倆兒一樣的往屋裡走。

「叔，我也想您了。」顧海差點兒沒一禿嚕嘴80叫成「爸」。

白洛因無視這兩個神經老爺們兒，顧自去了白奶奶的房間。

顧海在院兒遛達了一圈，最後走進了廚房。

「叔，我晚上沒吃飽，家裡有什麼吃的麼？」

白漢旗聽到顧海的詢問走了進來，掀開電鍋瞧了瞧，還有將近兩碗米飯，又打開冰箱搜了一番，臉上一喜。「正好還有一盤腰子，叔這就給你熱了。」

到了睡覺點兒，顧海被排擠在門外。

「為啥不讓我和你一起住啊？以前咱倆不是睡得好好的麼？」

白洛因立場堅定，「以前是以前，現在是現在，以前我待見你，現在不待見你了。」

顧海的臉皮是首鋼製造的，半點兒沒往心裡去，滿身騷氣地指著白洛因褲襠處，「你是不是怕自己晚上把持不住啊？」

白洛因一腳把顧海給踹出去了。

「咣噹」一聲關了門，白洛因心裡氣不忿，我把持不住？你丫吃了半盤子牛鞭，一盤子腰子，你還有臉質疑我？

下課，顧海去了廁所，一個男人偷偷摸摸跑到白洛因這。

班上的同學達成了協調一致的意見，有顧海在的地方，絕不能輕易接近白洛因。顧海的占有心理是非比尋常的，別看只是一個哥們兒，必須由他一個人手把著。女生過來，一個眼神就給嚇回去，男生過來一次，下次都不敢往這邊看一眼。

「白哥，求你個事唄。」

白洛因瞥了此男一眼，「啥事？」

「我追一個女生，隔壁班的，我想給她寫一封情書。但是我這文筆吧……你也知道，每次寫作文都跑題，我怕我真寫了，再把她給嚇跑了。」

「都什麼年頭了？還寫情書啊……」白洛因明顯對此事不來電。

「就因為現在這種年頭，寫情書才顯得真摯呢。」

男生膝蓋一打彎，一邊用眼睛偷瞄著後門口，一邊把臉貼在白洛因的課桌上，低聲哀求：「白哥啊，咱倆從初中那會兒就同班了，這是我第一次求你！你看你的硬筆書法得過全國金獎，你的文章總是上報紙，我要真能借用你的字體和文筆，什麼樣的女人追不來啊！」

尤其在一旁調侃，「你應該把他這張臉也借過去，就更完美了。」

80：脫口。

「你一邊去，有你什麼事啊！」男生黑了尤其一眼之後，又把懇求的目光轉向了白洛因，雙手合掌，上下作揖，「白哥，白哥，求你了。」

白洛因眼神動了動，「你是讓我幫你寫情書是吧？」

「對對對。」男生點頭。

「然後你再抄一份？」

「不，我不抄了，你一下寫好，我就送出去了。我剛才不是說了麼？我的字兒實在拿不出手，你就好人做到底吧。」

白洛因猶豫了一下，點點頭。

男生特高興，飛速地從自己的桌子上拿來帶著香味的信紙，還有一張紙條。

顧海已經從後門進來了。男生趕緊在自己的座位上坐好，就和從沒來過這一樣。

白洛因打開紙條，上面寫了一行字。

「那個女生叫董娜。」

董娜？十二卷衛生紙？他怎麼看上董娜了？

準備工作做得還挺充足，連時間不夠都考慮到了……白洛因啞然失笑，很快笑容就被驚訝替代了。

董娜高一和白洛因一班，但凡和白洛因做過同班同學的，幾乎都認識他的字體。

這事不好辦了……看來得在保證品質的前提下，稍微變換一下字體，對，就這麼辦！

整整一節課，白洛因都在振筆疾書。

顧海一隻手托著下巴，深邃的目光一直在白洛因的筆頭上跳躍著。

他在幹什麼？不聽講？還不睡覺？顧海心裡很清楚，白洛因沒有上課寫作業的好習慣。

下課，白洛因難得主動轉身。「我去下面買點兒東西，你去不去？」

這是繼顧海表白之後，白洛因第一次主動邀請他陪同，這對一個亟需肯定的人來說，是多麼大的一份誘惑。顧海暗中得使多大的勁兒，才能從牙關裡擠出一個「不」字來！可人家就是個純爺們兒，一咬牙一跺腳，愣是給回絕了。然後，讓尤其給鑽了個空子。

這桌子上要是沒有點兒貓膩兒[81]，都對不起我這份英勇奉獻的心。抽出白洛因奮鬥了一節課的成果，顧海拿到了眼前。結果並沒有讓他失望，這裡的確藏了個貓膩，而且不是一般的貓膩。

顧海的心瞬間冷了，拿著信紙的指尖都在發顫。

「如果不曾相逢，也許心緒永遠不會沉重，如果真的失之交臂，恐怕一生也不得輕鬆。一個眼神，便足以讓心海掠過颶風，在貧瘠的土地上，更深地懂得風景。一次遠行，便足以憔悴了一顆羸弱的心，每望一眼秋水微瀾，便恨不得淚水盈盈。死怎能不從容不迫，愛又怎能無動於衷，只要彼此愛過一次，就是無憾的人生。」

這些話不是應該寫給我的麼？

顧海並不知道這是汪國真的一首詩[82]，他誤解成白洛因煞費苦心寫給心儀女生的。這裡面的每一句話，都像一根釘子在戳刺著顧海的心，之前他以為白洛因不給他明確的答案，是故意拿著他，想試探試探他的真心，誰想，他竟然偷偷摸摸喜歡著別人！

81：不可告人之事。

82：汪國真為中國大陸現代詩人，此詩為〈只要彼此愛過一次〉。

這種衝擊，比看到金璐璐和別的男人開房要猛烈得多。

前者影響的主要是情緒，後者是內心深處最脆弱的情感。

顧海深呼吸數次，才把陰沉的面色調和得勉強可看。

距離白洛因回來還有一段時間，這段時間，就是揚我夫威的時候了！在顧海的感情領域裡，他堅決杜絕這種事情發生，就算你白洛因是心甘情願的也不成！

顧海又從白洛因寫好的信紙下面抽出了一張，拿到自己這裡，然後看了一眼女主的名字，開始語言攻擊，要多難聽有多難聽，要多尖銳有多尖銳。然後，把自己寫好的這一張塞到了漂亮的信封裡，把白洛因寫的那一張拿出來撕了。

白洛因回來，信封完好地放在課桌上。然後往顧海的課桌上扔了一袋開心果。

顧海心臟都要裂了！你都這麼對我了，你還讓我怎麼開心？

白洛因把信紙拿出來看了一眼，只檢查了一下名字，沒有檢查內容，因為字體太像了，白洛因還在心裡感慨了一番，剛才我明明注意了一下，怎麼寫著寫著又變成我的字體了？算了，估計董娜那大大咧咧的性格也看不出這些細節來。

白洛因把男生的名字整整齊齊地寫了上去，距離上課還有一分鐘，他快速跑出教室，給隔壁班的董娜送了過去。這個著急心切的舉動又一次刺痛了顧海的心。

整整一節課，他都一個人在後面薅頭髮，雖然情書可以造假，可白洛因喜歡人家的心不能造假啊！

下課鈴一響，班上剛要躁動起來，就聽到後門一聲哭喊。

「誰叫關達治？給我出來！」

男生看見董娜叫自己，激動得走路都順拐[83]了。

誰想董娜上去就朝關達治的臉上給了一巴掌，這一巴掌脆響脆響的，班裡瞬間安靜得只剩下喘氣聲。關達治怎麼也沒想到，自己一封情書會換來一個大耳刮子啊！就算妳不喜歡我，妳也不能這麼埋汰我啊！

「還有你，白洛因！」董娜哭得上氣不接下氣，「咱倆是高一……同班同學，你竟然幫他要我！幫他罵我！」

「罵妳？」白洛因愣住了。

顧海也聽得稀裡糊塗的。

「你甭給我裝！別以為我看不出來這是你寫的字兒！我董娜今兒算見識了什麼叫不要臉！我以後再給你說一句話，我就不姓董！」

顧海聽不下去了，站到白洛因身邊當英雄。「罵完沒？罵完了趕緊滾！」

董娜一抹眼淚，把「情書」甩到白洛因身上，哭著跑了回去。

這麼一通鬧劇過後，白洛因感覺到這其中肯定出了什麼問題，他把那張被揉爛了的信紙重新鋪開，仔細閱讀上面的內容。

才幾句話，白洛因的臉就黑了。

不用說了，這麼相仿的字體，這麼惡俗尖銳的語言，肯定是拜身後這爺們兒所賜。

83：同手同腳。

放學了，白洛因轉過身，凌厲的目光朝顧海射了過去。「你偷偷把內容換了是吧？」

顧海大方承認，「是！」

白洛因氣得直砸桌子，「你怎麼這麼能壞事啊？礙著你什麼了？」

「你說礙著我什麼了？」顧海的眼神不見絲毫退讓，「你都給女生寫情書了，我再不管管，你都要反了天了！」

白洛因一口氣差點兒沒上來，他明白了，他是徹底明白了。

「那情書是關達治讓我幫忙寫給董娜的！」

一聲怒吼過後，是顧海長久的一陣沉默。

絕處逢生的喜悅在心頭慢慢溢出，鬱結了兩節課的神經此時都跳出來撒歡慶祝了，原來他沒有給董娜寫情書，原來這情書是他幫忙給別的男生寫的。喝了兩節課的黃蓮，終於有人給塞了蜜棗，顧海能不得瑟麼？剛才還滿載著仇恨的兩隻大手，這會兒突然像是抹了蜜似的，柔情四溢地朝白洛因英俊的臉頰上揉了上去！

「你怎麼不早說啊？」

白洛因恨得咬牙切齒的，猛地把顧海的手抽下去，怒道：「你丫的還笑！你幹了這麼一件缺德事你還笑得出來？」

「我幹什麼缺德事了？我告訴你，這要真是你給一個女生寫的情書，我寫那些話都是手下留情了！」顧海臉歸正色，「就算是關達治讓你給寫的，我給壞事了又怎麼樣？誰讓他累你的？他自己追女生幹嘛不自己動手？這麼虛偽的一個人，你都不應該幫他！」

白洛因覺得自己和顧海交流無能，提著書包就朝外面走。

44.

「你過來！」顧海一把拽回白洛因，看著他的眼神裡雜糅著霸道和寵溺，「告訴你，不許因為這麼一點兒小事和我鬧脾氣！」

白洛因氣結，「顧海，不是一兩次了，你管得太寬了吧？我還沒跟你怎麼樣呢？你瞧瞧現在，班裡哪個同學看見我不繞著走，生怕惹到您這位爺了。」

顧海微斂雙目，「你的意思，你準備要跟我怎麼樣了？」

好嘛……說了那麼多都等於廢話，就聽見那麼一句沒用的。白洛因煩躁地去掏菸。

找了半天打火機都沒找到，旁邊的一個男生作勢要給白洛因點菸，結果被顧海攔住了。顧海拿著打火機把自己的菸點著了，然後用自己的菸頭去吻白洛因的菸頭，慢悠悠地把白洛因的菸點著了。

旁邊的男生看得眼都直了。

「看什麼？」顧海朝男生的臉上吹了一口菸，嗆得男生直咳嗽。

男生走了，屋子裡就剩下白洛因和顧海兩個人。

「因子，剛才你說那句話，是不是就證明咱倆真有戲？」

「顧海，你沒完沒了是吧？」白洛因擰著眉，「我剛才跟你說那些是想提醒你，在家你怎麼鬧我不管你，可你別到學校鬧來，那麼多雙眼睛看著呢！以後咱倆還混不混啊？就說今天這事吧，造成什麼影響啊？以後你讓我在關達治面前怎麼做人啊？」

顧海拿著菸的手抖了一下，「在家怎麼鬧都不管我，你說的是真的？」

啊啊啊!!白洛因在心裡狂吼三聲，誰來幫我收了這個妖孽啊?

「奶奶，這是我新給您買的按摩椅，您靠在上面特別舒服，它對腰椎、頸椎都有治療作用，而且可以解乏、減壓……最適合您這個歲數的老年人了。」

「真好欸，得#?%吧?」

「沒多少錢。」

「爺爺，這是我給買的腦血栓治療儀，用著特別方便，您看到這個按鈕了麼?只要按一下這個開關就能啟動了，不用的時候就關上。」

「不會跑電吧?」

「不會，安全絕對過關。」

「叔啊!上次您和我說想把廁所和澡棚子改改，我已經給您聯繫好了裝修公司，附近這幾家我都打聽過了，數他家最便宜。」

「嬸兒啊，您家兒子剛上小學吧?我買了一個學習機，您拿過去給他隨便玩吧。」

這幾天顧海沒事就往家裡買東西，大到衣櫃、洗衣機、運動器材……小到抱枕、收納箱、暖手寶……沒有顧海買不到的，只有別人想不到的。窗臺上擺放了一排的藥膏，治療皮鮮的、青春痘的、哮喘的、鼻炎的、上火的、氣虛的……分門別類特別清晰，那個萬能痔瘡膏已經徹底下崗了。

白洛因在屋子裡黏鞋，用的膠水都是顧海買來的。

「來，我幫你黏，這膠水特別黏，灑手上不容易洗。」顧海伸手去拿。

「用不著！」白洛因用腿拱了顧海一下，「你靠邊吧，我自己會黏！」

顧海蹲在白洛因身邊，看著他那雙頗有男人味兒的手在那裡動來動去，小心翼翼地捏著膠管，塗抹一點，再塗抹一點……五根手指分工清晰，協調一致，沒有一丁點兒的膠水溢出，膠管的口兒上乾淨利索，沒有絲毫的浪費。

白洛因黏得很專注，等把眼皮抬起來，發現顧海看得也很專注。

「以後不用再去排隊給奶奶買藥了，我和醫院那邊打好招呼了，讓他們定期來給奶奶會診，到時候專門會有送藥的，這是電話，你只要定期和他們聯繫就成了。」

白洛因擰著眉，「我不要，我寧願自己排隊，也不想麻煩人家。」

「怎麼還麻煩他了？」顧海硬是把名片塞到白洛因的手裡，「這是他的工作，你不聯繫他，他也會主動聯繫你的。」

白洛因用手指著顧海的腦門，「告訴你，別給我打親情牌啊！」

顧海笑了，「你怎麼看出來的？」

傻子還看不出來呢？白洛因心裡明鏡兒似的，顧海這程子學聰明了，他不在自己身上下手了，專門攻陷他的家人，好讓白洛因心裡過意不去。誰都知道白洛因的軟肋就在家人身上，這小子真可謂無孔不入！

「我腦門上長了一個特別大的包，你給我擠了吧！」顧海用腦門頂了白洛因的胸口一下。

白洛因撩開顧海的劉海看了一下，確實有一個挺大的疙瘩。

「還不熟呢！等熟了再擠。」

顧海被白洛因逗笑了，「這東西還分熟的生的？」

「當然了。」白洛因一本正經的模樣，「生的擠了會流血的，而且不容易好。」

「沒事，你給我擠了吧，太難受了。」顧海坐到旁邊一把椅子上，白洛因只好走了過去。

兩個大拇指對準腦門中間的那個包，輕輕擠了一下，見顧海沒什麼反應，這才開始用勁，我擠我擠我擠……血擠出來了，顧海都沒啥反應，眼睛在白洛因的腰腹部的線條上欣賞打量著，然後，手伸了過去。

果然臉皮夠厚，擠出這麼多血都沒反應……白洛因正想著，突然感覺自己的兩個屁股蛋兒被人用力揉了一把，他的身體猛地繃住，兇惡的目光看向顧海。罪魁禍首一臉陶醉的神情，惡魔的手掌在滿富彈性的渾圓上摩挲了一陣之後，又順著腰部性感的曲線開始往前挺進。

「你丫的找死是不是？」白洛因怒吼著去抻拽顧海的衣領，顧海攥住他的胳膊，兩個人撕扯了一陣，齊齊跌到了床上，顧海的呼吸瞬間變得粗重。

白洛因的心跳開始加速，目光憑空被削減了幾分銳度。

顧海邪肆一笑，餓狼一般地朝白洛因啃了上去。自從上次強吻過後，顧海就戀上了這種味道，可白洛因再也沒給他任何接近的機會，顧海只能偷偷想著吞嚥口水，今天他繃不住了，哪怕結束過後會挨兩下板磚他都認了。

第一次被接吻迷魂了心智，顧海始終認為，接吻只是做愛的前戲而已，但是和白洛因的接吻感覺明顯不同，每次把舌頭頂進去，在他的口腔裡馳騁，就感覺自己擁有了全世界。

白洛因差點兒把顧海的頭髮薅掉一把，一種怪異的感覺在心中升騰，他在和自己較勁，在和感覺較勁，其實，他真的不排斥，甚至還有那麼一丁點……舒服。

怎麼會這樣？

這世界為什麼亂了呢？

顧海律動的胸口貼著白洛因的手臂，白洛因能感覺到他的急促、狂暴和掠奪。每一次白洛因的反抗，哪怕一個揪頭髮的動作，都讓顧海有種想強暴身下人的衝動。

衣服外套猛地被拽開，露出裡面的T恤，顧海的手探了進去。

白洛因的心臟幾乎崩裂，他感覺自己的小腹涼了，胳膊開始拚死用勁兒，硬是將顧海的頭從自己的頭上拔了下來。

「別鬧了！」

白洛因瞳孔裡面射出兩道利劍，他不知道自己這一聲是提醒顧海的，還是提醒自己的。

顧海的呼吸劇烈地起伏，他的手滯留在白洛因胸前的兩個凸起處，他是真的特想摸上去。

「大海，因子，吃飯了！」

白漢旗突然喊出的兩聲讓兩人頓時僵住了。

白洛因恨恨地推開顧海，把自己的衣服整理好，平緩了一下呼吸走了出去。

晚上睡覺，顧海躺在自己的被子裡，底下那活兒就那麼支棱棱[84]地撅著，還未完全精神起來，卻已經虎頭虎腦、龐大駭人了。

84：豎起、翹起的意思。

「欸，因子，你腿根的肉是不是特軟乎啊？」

白洛因閉著眼不搭理這隻發情的獸。

顧海難耐地擼了一下，下流地用腳磨著白洛因屁股外面包裹的那層被窩。

「你這敏感不啊？今兒我摸你你覺得癢不？」

白洛因回頭就朝顧海的肚子上給了兩拳，「你有完沒完啊？別鬧了成不成啊？」

「幸好你沒往下打一點兒，不然我這根就折了。」

言外之意，我這……硬了……

白洛因的臉噌的被燒著了，不自在地背過身，不搭理顧海了。這事放誰身上誰能自在的了啊？身後一個流氓對著你擼管兒，跟你逗貧，拿你意淫，他要是沒明說還好，都是男的嘛，誰不知道誰啊！可這流氓不僅下面流氓，嘴更流氓，他把什麼都告訴你了，這不是存心臊你呢麼？

房菲從辦公大樓走出來，看到顧海的車停在下面。

房菲朝顧海招手。顧海笑著搖開車窗。

「又好長一段時間沒看見你了，你這程子去哪了？」房菲一邊說著，一邊打開右側的車門坐了進去。

「沒去哪，就兩件事，上學回家。」

「回家？」房菲驚訝了一下，「你和你爸的冷戰結束了？」

「沒回那個家。」

「你還在你那新房住著呢？」

顧海但笑不語。

房菲盯著顧海看了一會兒，「最近有什麼美事兒啊？一直在那偷著樂……」

「我能有什麼美事兒啊？」顧海手指在方向盤上敲著節拍，「有件事還讓我挺發愁的呢！」

房菲一副戒備的表情，「你不會又來我這求救了吧？我知道你丫一來準沒好事。」

「不是。」顧海一臉正色，「就是想找妳談談心。」

「談談心？」房菲面露猜疑之色，「金璐璐又回來找你了？」

「少跟我提她。」

「你瞧瞧，我一猜就是因為她，你能不能有點兒骨氣？她都那樣了……」

「打住。」顧海揚起一隻手，「真不是因為她。」

「那是怎麼回事？」

顧海俊逸的臉上浮現那麼一絲小得意，好像下一句要說的話多能給他長臉似的。

「我喜歡上一個男的。」

房菲那倆眼珠子差點兒從車窗飛出去。

「不是……小海，你別鬧，你和我說真的……」房菲語無倫次，手不停地在顧海強壯的身軀上摸來摸去，「你怎麼可能是那個呢？你看看你多爺們兒啊！滿大街隨便挑，也挑不出一個你這麼有男人味兒的了。」

顧海冷笑，「我可能是雄激素分泌過多，一般的女人沒法滿足我。」

房菲噗哧樂了，「小子，嚇我呢是吧？你是被金璐璐打擊狠了，報復社會是吧？」

「……我說的是真的。」

房菲的笑容慢慢地僵了，眼睛直勾勾地盯著顧海看了好一會兒，見他表情越來越凝重，絲毫沒有開玩笑的意思，心裡突然就有點兒沒底了。

「你……你到底怎麼回事？」

「回去再和妳說。」

房菲給顧海倒了一杯咖啡，窩在沙發上愁眉苦臉地看著他。

「我也不知道我為什麼這麼喜歡他，我確定我性取向正常沒問題，我走在街上絕不會關注男人一眼。可就對他不行，我離開他一天就想，想得晚上都睡不著覺。我就想對他好，無條件地對他好，恨不得把全世界都塞到他手裡。」

「這男的魅力夠大啊！」

一說起白洛因的魅力，顧海可算是打開了話匣子，一開口便收不住了。把和別人說了無數次的話又重新和房菲說了一遍，說得天花亂墜，神采飛揚，把白洛因說得上天入地無所不能，芸芸三界眾生都找不到第二個這樣的了。

房菲徹底變成石雕了。

她身為顧海的表姐這麼多年，從沒見顧海這麼魔怔過，姑且不說顧海這麼誇一個人是奇談，就是這種表情，這副神態，都讓房菲瞠目結舌。

這是何方妖孽啊？把我這弟弟給迷成這樣！

「現在這些男的都怎麼了？放著好好的美女不要，偏要和男的搞。」

「都？」顧海斜了房菲一眼，「妳身邊還有這樣的？」

「不僅有，而且很多，你忘了？我是在傳媒工作，整天接觸媒體，真真假假見的不少了。我特好一哥們兒，也是我閨蜜的前男友，不知道哪根弦兒搭錯了，居然和男的好了。他也整天苦惱著，父母那邊催著搞物件85，他整天摟著一個男的，活該他發愁！你也是，活該你發愁！」

顧海動了動唇，「我不是因為這個發愁。」

房菲神色微滯，「那是因為什麼？」

「人家沒答應我。」

「鬧了半天人家不喜歡你啊！那你跟這瞎白活什麼啊？」房菲的命都讓顧海氣沒了半條。

顧海臉色變了變，「他也不是不喜歡我，他就是不接受我，我覺得他對我也有意思。」

「這種事我也沒法給你出主意啊，我不能誤導你啊，要是讓我姨知道了，不得大晚上找我來……」房菲小聲嘟弄著。

「這樣吧，妳把妳那好哥們兒給我叫來，我跟他取取經。」

「你們倆聊著，我回避一下。」

房菲端著一杯咖啡去了自己的臥室。

顧海的對面坐著一個高大英俊的男人，兩人面對面坐著，一點兒都不像是聊天的，更像是格鬥

85：交女友。

的。

「你的意思是，他允許你在他們家住著，還不避諱和你睡在一張床上？」

顧海點頭，「是，我倆關係就像我剛才和你說的一樣，好也夠好，親密也夠親密，可他就是不讓我碰他，也不承認他喜歡我。」

「還承認什麼啊？」男人揚唇一笑，「他不已經承認了麼？」

顧海目光聚焦在男人的薄唇上，他喜歡聽這句話。

「既然他聽到你表白，沒有任何排斥，也沒有任何表示，就證明他在心底默認了。你想一想，假如你是一個性取向正常的男人，一個男人向你表白，你會不和他翻臉麼？你會允許他住在你們家麼？你恐怕躲著他還來不及吧！當然，我不是說他不正常，我的意思是他已經接受你了。說不定他很早就看出來了，他只是在裝傻，他就是存心拿著你。」

「其實你說的這些話我都懂，可問題的關鍵是……」

「他不讓你碰？」男人接了顧海這句話。

顧海起身和男人握了握手。

「其實這個問題吧，好解決也不好解決，關鍵在於你。」

顧海不吝賜教。

「就四個字，只要你敢！」

顧海微微瞇起眼睛。

週二下午沒課，學校裡安排體檢。

尤其一邊擺弄著衣服上的拉煉，一邊隨口說道：「聽說這次體檢的其中一項要求把衣服全脫了，二十個男生一個檢查室，要把每個人的那活兒都檢查了。」

白洛因看似不經意的神情下掩藏著一顆七上八下的心。

下課，白洛因找到副班長，他負責安排全部體檢事宜。

「體檢的時候別把我和顧海安排在一個隊。」

「為什麼啊？」副班長訝異，「你不是和顧海關係最好麼？我還特意把你倆安排在一個隊呢！」

「……」白洛因扶額，「你甭管了，別安排在一個隊裡就是了。」

「走，體檢去。」顧海拍了拍白洛因的肩膀。

白洛因淡淡回了句，「我和你不是一隊的，我們隊要下節課才去。」

顧海的臉色變了變，「反正也沒課，一塊去唄，在教室裡等著多沒勁啊！」

「我有點兒睏，我先睡會兒。」白洛因說完，立馬趴在了桌子上。

顧海挺無奈地走了。

到了體育館，看見外班的學生一批一批地走出來，都在議論脫衣服那事，顧海這才知道檢查裡面還有這一項呢。怪不得那小子不和我分在一隊，他絕對是事先得了這個信兒！顧海又氣又想樂，你以為少了這麼一個觀賞的機會，我就不能看了麼？今兒晚上就扒了你！小樣兒，彆扭勁兒的。

白洛因剛在班上躺了沒多久，副班長就來班裡叫人了。

「上一隊的人馬上就要體檢完了，這一隊的也趕緊下去吧。因為很多班一起檢查，所以隊伍排得很長，咱們得找人數最少的那一項排，我看了一下，生殖器檢查那一項最快了……」

班裡響起無數咳嗽聲和口哨起鬨聲，班裡的女生個個大紅臉，男生怎麼還檢查這玩意兒啊？

白洛因下去的時候，上一隊的人還沒檢查完，全都排在生殖器檢查這個科室。

顧海回過頭，大老遠朝白洛因擠了擠眼。白洛因自覺無視掉顧海這個找抽的眼神。

「二十七班一隊，馬上進來。」

白洛因盯著顧海走了進去，體檢室的門牢牢關閉，白洛因鬆了一口氣。

顧海是第一個把褲子脫了的。

十秒鐘之後，體檢室的門突然開了一條小縫，一下鑽出來七八個人。

尤其納悶，「你們怎麼檢查這麼快？」

其中一個男生用手比畫了褲襠，面露恐色，「我還是等下一批吧，實在拿不出手啊！」

幾個男生縮著頭竄到了隊伍最後面。

結果，科室的大夫走了出來，皺著眉說道：「這一隊怎麼少了這麼多人？你們幾個進來補上。」

白洛因愣住了。

大夫朝白洛因這邊指了指，「就說你們幾個呢，還愣著幹什麼，抓緊時間啊！」

45.

男生站成三排，白洛因特別慶幸自己站在顧海的後面，顧海是背朝著自己的。男科大夫在每個人身邊走過，仔細檢查男生的發育狀況，試圖揪出掩藏在裡面的雌激素分泌過高者。

「你，出來。」

一個身材矮小的男生脹紅著臉被請到了旁邊的小屋。

尤其小聲問白洛因，「他怎麼了？」

白洛因很淡定地告訴尤其，「倆蛋一大一小。」

尤其噗哧一樂。

顧海轉過身看著身後兩人，「你們樂什麼呢？」

尤其看到顧海身下掛著的物件，笑容瞬間僵在臉上，眼神逆轉到別處。我的個娘啊！我可算明白剛才怎麼跑出去那麼多人了，這廝要是挺起來，得雄壯到何等地步啊！真是人比人氣死人啊！尤其的腦子裡已經上演一副春宮圖了，顧海的那件東西捅到一個火柴棍一樣的小姑娘身體裡，小姑娘當場嗝屁了。

男科大夫從後往前檢查，檢查到白洛因這裡的時候，笑著拍了拍他的後背。

「小夥子，身材不錯，可以報飛行員了！」

鎂光燈聚焦到白洛因的兩腿中間，白洛因大大方方地讓每一個人觀賞，男人嘛，誰不樂意顯擺自個的這個東西啊！可偏偏有個人例外，白洛因一觸到他那兩道猥瑣的目光，就恨不得把他的眼球剜出來。

大夫檢查到顧海這裡的時候，瞬間屏住了呼吸。

這廝不僅下面嚇人，表情都很嚇人，大夫都沒敢細看，就從他身邊走過去了。

放學的時候，幾個男生笑呵呵地在後門口紮堆子胡侃。

「你聽說沒？今兒咱們剛檢查完，那男科大夫就被打了。」

「哈哈哈……真的啊？為什麼啊？」

「你說為什麼啊？肯定是因為傷了某些人的自尊心唄！你想想，凡是發育不良的，都被他單獨叫到一個小屋，班裡同學都看著呢，他就不能私下裡叫啊？」

「有道理。」

白洛因收拾書包剛要走，突然聽到副班長在後面叫他。

「白洛因，有點兒事找你，方便說話麼？」

白洛因走了出去，副班長把他拉到熱水房，裡面就他們兩個人。

「這事兒吧，你做好心理準備，其實也不確定，就是懷疑有這種可能性……」

白洛因就倆字，「直說！」

副班長四處張望了一下，小聲朝白洛因說道：「今兒體檢不是抽血來的麼？那個是驗肝功能的，你的檢查結果裡面出現了陽性，就……被懷疑是B肝。當然，也不一定，可能是B肝病毒攜帶者，咱們班也不只你一個，還有兩人呢！你們都是疑似病例，得去醫院做進一步的檢查。」

白洛因的臉色變了變，「怎麼可能呢？我高一也體檢過，沒檢查出問題啊！」

「這……你也知道，肝病是傳染的，說不定你在這兩年內接觸了B肝患者，結果被傳染上了。」

「可我打了預防針啊！」

「打預防針也不管事啊！剛才我找的那兩人，和你一種情況，他們也打過預防針，結果還不是出現問題了。這種事得去醫院確診一下比較好，早發現早治療，興許能治好呢！放心，我不會和別人說的。」

副班長走了，白洛因一個人愣在熱水房。

顧海在班上等了白洛因很久都沒見他回來，後來去熱水房找，也沒看到白洛因。他把白洛因的書包收拾好，關上教室的門走了出去。

最後，顧海在草坪上發現了白洛因。「放學不回家，在草坪上坐什麼？」顧海問。

白洛因沒說，臉色有些難看。

顧海覺察到了異樣，蹲下身看著白洛因，問：「怎麼了？」

「沒怎麼，就想在這待會兒。」

顧海樂呵著調侃白洛因，「就因為我朝你那兒多瞧了兩眼，您老就不樂意了？」

「滾！」白洛因黑著臉。

顧海勾起一個唇角，用手拉了白洛因一把，「起來吧，這個季節不適合坐在草坪上，太涼了，走！跟我回家！」

白洛因長出了一口氣，「我不想回去。」

在顧海的印象裡，白洛因不想回去的情況只有兩次，上次是被富二代揭穿了家底兒，這一次不知道因為什麼，但是問題肯定不輕，這小子看起來挺著實，其實心思挺敏感的。

「為什麼不想回去？能和我說說麼？」顧海盡量讓自己的表情看起來有愛一些。

白洛因斷然回絕，「不能。」

「那你也不能一直在這待著啊！走，去我那！」

白洛因猶豫了一下，還是起身和顧海走出了校門。

這一路上，白洛因想了很多，每個人都這樣，什麼事兒沒落在自己頭上的時候，總是覺得這不叫事兒。一旦真的有了這種可能性，所有的擔心、顧慮都來了。女人喜歡折騰是因為想得多、想得密，男人喜歡嘀咕是因為想得遠，想得深。

尤其是這個歲數的男人，青澀未褪，半瓶子成熟，就這麼晃蕩晃蕩著，很容易被一件事左右了情緒，稍有些理智卻略顯不足，沒法徹底安穩下來。

白洛因就在想，假如我真的有了這個病，那我爸怎麼辦？家裡已經兩個病號了，得的都是不治之症，需要常年服藥維持生命。真要再多我這麼一個，我爸還活不活了？這個病會給我將來的就業和發展帶來多大的限制啊！我的宏圖偉業就要這麼被斷送了麼？……

「因子，我可真帶你去我那了。」

白洛因一直沉浸在自己的臆想中，完全沒聽到顧海的話。

很遠的一段距離，等車在樓下停住的時候，天都黑透了。

白洛因這才意識到他被顧海帶到了這裡，不過也無所謂了，當一個人遭受巨大打擊的時候，他已經無暇顧及這些生活瑣碎了。

顧海打開冰箱底層，拿出了一些速凍餃子。「只有這些了，湊合吃點兒吧。」

顧海把保母趕走了，只能自己親手煮餃子，不知道餃子什麼時候會熟，就不停地嘗，從下鍋不到三分鐘就開始嘗，吃了好幾個生餃子，總算是吃到了那個熟餃子，趕緊把火關上了。

顧海先給白洛因盛了一碗過去。「趁熱吃。」

白洛因一點兒沒動，眼睛一直盯著窗外看，這是十八樓，視野很遼闊，遠近的夜景一覽無遺。

「還想讓我餵你怎麼著？」顧海玩味地看著白洛因。

白洛因沒搭理顧海。

顧海好脾氣地把餃子夾成兩半，自己吃了一半，另一半遞到了白洛因的嘴邊。

「寶貝兒，來，張嘴，吃一口。」

白洛因面無表情地看著顧海，突然開口說道：「我有B肝。」

顧海的拿著勺子的手頓了一下，問：「誰告訴你的？」

「副班長，他說體檢結果下來了，我的肝功出現異常，初步懷疑是B肝。」

顧海滿不在乎地回了句，「甭聽他扯淡，數他說話最沒譜了！來，先把餃子吃了，再不吃就涼了！」

白洛因突然就怒了，毫無徵兆地開始朝顧海發火。

「沒譜的人是你吧？我都說了我可能有肝病，你丫還和我用一雙筷子，一個碗，你是不是找死啊？」

顧海的臉也變了，態度特別強硬地把半個餃子塞到白洛因的嘴裡，然後又用白洛因舔過的筷子夾了一個餃子送到自己嘴裡。

白洛因心裡咯噔一下，「顧海，你至於為我做到這份上麼？」

「不是至於不至於的問題，是你根本不可能有這個毛病。」

「我有！」白洛因倒豎雙眉，「我說我有我就有！」

這孩子，怎麼這麼死心眼呢？

「好好好……你有……」顧海磨著牙，「那你今兒就撒開歡兒招我，使勁招，怎麼能招上你怎麼來，我跟你一起得成不成？」

「你傻B！」白洛因怒吼。

「我就是傻B！」顧海也朝白洛因吼，「我今兒就讓你看看，傻B都能看出來的事兒，你都看不出來！你不是覺得自個有病麼？你不是好賴話86兒不聽麼？行，今兒爺就給你好好治治，徹底把你這臭毛病扳過來！」

說罷，自己嘴裡叼一個餃子，一把拽過白洛因，嘴對嘴往裡面送。白洛因緊咬著牙關，顧海就用手強行掰開他的嘴，硬是塞了半個餃子進去。

白洛因眼神裡帶著惱怒和感動交織的糾結，他覺得自己來的不是地方，假如顧海非要用這種態度對他，他寧願回家。

顧海看到白洛因起身朝門口走，心狠狠被揪了一把，我怎麼給忘了啊？他是吃軟不吃硬的，這事放誰身上誰能淡定啊？他現在正是需要我安慰的時候，我那麼擠兌他幹什麼啊？

「因子。」顧海大步追了過去，在門口把白洛因抱住了。

「別害怕，沒事，你聽我的，禮拜六去醫院查查，肯定不會有任何毛病的。」

白洛因聲音有些低沉，「你能保證麼？」

「我能保證啊！」顧海把白洛因的身體轉過來，強迫他看著自己，「我說話特別準，我要說你什麼病也沒有，你肯定什麼病也沒有！」

雖然知道顧海是在安慰自己，可白洛因還是覺得心裡好受了不少。

顧海拍了拍白洛因的頭，「聽話，去吃餃子吧。」

「那你今天也別和我接觸，以防萬一。」

顧海還沒吃餃子就噎住了，不和你接觸？那我把你拽這來幹什麼？

吃過晚飯，白洛因在浴室洗澡，顧海在外面看電視。

說是看電視，音量調得還沒有浴室的水聲大，顧海的眼睛在電視上停留五秒鐘，肯定會往浴室瞟一眼。那朦朦朧朧的水聲一會兒響一會兒停，顧海腦子裡不停地浮現白洛因洗澡的畫面，他這會兒肯定脫內褲呢，這會兒該搓後背了吧，這會兒該打泡沫了吧？這麼半天沒動靜，是不是洗那地兒呢？……

顧海的手抓撓著沙發靠墊，心癢得像是長了蟲子似的。

白洛因洗完澡，裹著浴巾走了出去。「你這裡有多餘的睡衣麼？」白洛因問。

顧海回過神來，「有，我的臥室有，你等下，我去給你拿。」

白洛因跟著顧海走了進去。

顧海在衣櫃裡翻了翻，找到一件沒穿過的睡袍遞給白洛因，「先穿這個吧。」

白洛因或許是有心事，或許是懶得計較這些了，直接把浴巾摘了，完美的身材就這麼暴露在顧海的面前。顧海的心猛地一顫，呼吸像是密集的鼓點，一聲一聲分外清晰。雖然下午也看了，但那會兒

86：不知是好話還是壞話。

是十幾雙眼睛，現在只有他一雙眼睛，那會兒是遠距離瞟一眼，現在是近距離肆意欣賞。

白洛因把睡袍抖落開，披上之後走了出去。

雖然只有驚鴻一瞥，但足以讓顧海心潮澎湃。

這是不是一種無聲的暗示呢？

白洛因在電腦旁坐下，眼睛盯著電腦螢幕，注意力根本沒法集中，腦子裡來來回回都是體檢的事。打了一會兒遊戲，聽了一會兒音樂，心越來越煩，最後在百度裡面打了「B肝」兩個字，關於「B肝」的資訊鋪天蓋地地湧到白洛因面前。

「B肝病毒是一種微生物，具有傳染性，且難以控制；攜帶B肝病毒的人數很多，更多的是隱性感染，更難於控制其傳染性；B肝很容易慢性化，治療時間長，需要休息，影響學業及事業，會對患者造成一定的精神壓力和經濟負擔；部分病人可發展為肝硬化或肝癌而死亡……」

白洛因吃的那些餃子都堵在胸口了，憋得喘不過氣來。

顧海洗完澡出來，看到白洛因坐在電腦前，半乾半濕的頭髮柔順地搭著，性感的喉結一動一動的，堅毅的下巴上面是緊閉的唇角，那時刻變換的眼神，憂鬱中帶著無聲無息的韌性，好像整個房間的光亮都被他的這張臉吸走了。

顧海邁著輕快的步伐走了過去，微微俯身，兩條手臂環住了白洛因的前胸，薄唇就貼在白洛因的耳旁，聲音裡透著一股熱度。

「看什麼呢？」

白洛因心裡正煩呢，這傢伙黏黏糊糊地湊了過來，能不挨罵麼？「滾一邊去！煩著呢！」

顧海臉上仍是不懷好意的笑容，「怎麼著，還學會欲拒還迎了？」

白洛因牙齒磨得咯咯響，「我最後警告你一句，離我遠點兒！」

「你這人怎麼這樣啊？」顧海一副委屈相兒，「明明是你先勾引我的，現在又裝得沒那麼回事似的，你太壞了！」

白洛因惱了，「我啥時候勾引你了？」

顧海揚揚下巴，曖昧的眼神在白洛因的身上流竄，「剛才是哪個小混蛋在我面前換睡衣，故意拖拖拉拉不願意穿上？甭以為我看不出來，你丫沒安好心！故意讓我眼饞是吧？故意讓我著急是吧？……」

白洛因直接用桌布把顧海的嘴堵上了。

啊啊啊啊啊!!!

「你怎麼跑這屋來了？」白洛因已經準備睡下了，結果顧海推門進來，他忍不住問了一句。

顧海一邊關門一邊說：「我來睡覺啊！」

「你們家這麼多臥室，你幹嘛非要在這間臥室睡？我不是和你說了麼？別和我有過分的接觸，汗液也傳播知道麼？」

「還有什麼傳播？」顧海問。

白洛因覺得顧海根本沒把自己的顧慮當事兒，說多了也是廢話，乾脆直接下床，打算找另一間臥室睡覺。結果，腳還沒在地上站穩，就被顧海重新摔回了床上。

「我記得唾液也傳播是吧？」顧海說著，猛地俯下身吻住了白洛因。

睡袍散開，顧海的腿觸到了白洛因的皮膚，身體的熱度在此刻融合，顧海的眼神被醺得邪紅。他的牙齒輕輕啃咬著白洛因的薄唇，感覺到他的抗拒和不安，感覺到他內心深處的惶恐，顧海把自己的嘴轉移到了白洛因的耳根處。

白洛因的耳根很軟，耳根子軟的人，往往抗拒不了別人的哄騙。

「因子，不怕，真的不會有事的。即便真有事，我陪著你。」

顧海的語氣不重，但是卻有一種強烈的安神靜心的作用。

白洛因的眼神轉向顧海近在咫尺的臉。

顧海用手輕輕撫著白洛因的臉頰，輕語道：「別害怕，有我呢！」

白洛因攥住顧海的手，「我沒事，你別這樣，真的沒必要這麼冒風險。」

什麼風險不風險的？爺是想找機會占占便宜，平時去哪找這麼好的機會？又能把便宜占夠，還能打著無私的幌子……

「貌似性傳播也是肝病傳播的一種。」

「不行！」白洛因一把推開顧海，「絕對不成，你別犯傻了！」

「我很清醒我在做什麼。」

顧海鉗制住白洛因的兩隻手，身體的重量全部壓了上去，腦子裡只有一串字元，「只要你敢……只要你敢……只要你敢……」

他等不及了，他太想要了，他腦子裡除了白花花的肉，什麼都沒了。他清清楚楚地記得，白洛因睡袍裡面是沒有穿任何衣服的，小內褲都沒有，一種想要和他的身體完全貼合的願望讓顧海的腦袋幾乎爆炸。

白洛因的手嵌進了顧海的肉裡，一種絕望和亟待解脫的滋味在心裡交織，牽扯著他的所有感官神經。顧海遲遲未動，白洛因像是在等待一種刑罰的開始，惶恐不安，瀕臨崩潰，卻又在無法制止的情況下，渴望他早些到來。

也許，等待比承受更令人煎熬。

顧海的舌尖觸到了白洛因的耳垂，試探著，挑逗著，惡劣地打著圈，最後用兩片薄唇輕輕吸住，舌尖碾壓蹂躪著。

白洛因狠狠一腳踹在顧海的小腿上，嘴裡除了「不」什麼都不會說了，他第一次被一個男人如此玩弄，屈辱、折磨、不甘……所有難受的詞彙齊齊湧上大腦。可他卻無力反抗，顧海的唇舌太溫熱，他憎惡自己的感官是如此脆弱，此時此刻他無恥地需要著這個男人的安慰。

「因子，我控制不住了……」顧海的熱氣吐到了白洛因的脖頸上。

白洛因聲音微微發抖，「你別逼我。」

顧海猛地解開白洛因睡袍的帶子，帶著老繭的拇指按上兩顆紅果，在白洛因怒瞪的雙目注視下。不容分說的大力揉捏，並伴隨著腿間的摩擦。

「唔……」

白洛因從嘴角擠出一個殘破的悶哼聲，胸口像是瞬間通了電，快感一批一批堵住了他的喉嚨。他覺得屈辱，覺得只有女人的這個部位是敏感的，他一直在冷落這兩處。所以當顧海的手觸碰到這裡，肆意地褻玩時，他對這種陌生的快感沒有任何抵抗力的。

STORY 系列 009

上癮1

作　者—柴雞蛋
主　編—陳信宏
責任編輯—曾睦涵
責任企畫—曾睦涵
美術設計—黃庭祥
董事長—趙政岷
總編輯—李采洪
出版者—時報文化出版企業股份有限公司
一〇八〇一九臺北市和平西路三段二四〇號三樓
發行專線—（〇二）二三〇六六八四二
讀者服務專線—〇八〇〇二三一七〇五
（〇二）二三〇四七一〇三
讀者服務傳真—（〇二）二三〇四六八五八
郵撥—一九三四四七二四 時報文化出版公司
信箱—一〇八九九臺北華江橋郵局第九九信箱
時報悅讀網—http://www.readingtimes.com.tw
電子郵件信箱—newlife@readingtimes.com.tw
時報出版愛讀者粉絲團— http://www.facebook.com/readingtimes.2
法律顧問—理律法律事務所 陳長文律師、李念祖律師
印　刷—盈昌印刷有限公司
初版一刷—二〇一六年六月三日
初版三刷—二〇二一年五月十七日
定　價—新臺幣二九九元

時報文化出版公司成立於一九七五年，
並於一九九九年股票上櫃公開發行，於二〇〇八年脫離中時集團非屬旺中，
以「尊重智慧與創意的文化事業」為信念。

上癮1 / 柴雞蛋著. -- 初版. -- 臺北市：時報文化, 2016.06
冊；　公分. --（STORY系列；9）
ISBN 978-957-13-6638-8（平裝）

857.7　　105007545

ISBN 978-957-13-6638-8
Printed in Taiwan